(Par Guerrier-Dumast d'après Barbier)

FLEURS DE L'INDE,

COMPRENANT

LA MORT DE YAZNADATE,

ÉPISODE TIRÉ DE LA RAMAÏDE DE VALMIKI,

TRADUIT EN VERS LATINS ET EN VERS FRANÇAIS

AVEC TEXTE SANSCRIT EN REGARD,

ET PLUSIEURS AUTRES POÉSIES INDOUES;

SUIVIES DE

DEUX CHANTS ARABES

ET DE L'APOLOGUE DU DERVICHE ET DU PETIT CORBEAU.

ON Y A JOINT UNE TROISIÈME ÉDITION DE

L'ORIENTALISME

RENDU CLASSIQUE DANS LA MESURE DE L'UTILE ET DU POSSIBLE.

Ostro dùm niteant, dùm stillent melle salubri,
Undiquè collectos cur non decerpere flores ?

NANCY.
N. VAGNER, IMPRIMEUR-LIBRAIRE,
RUE DU MANÈGE, 3.

PARIS.
B. DUPRAT, LIBRAIRE DE L'INSTITUT,
RUE DU CLOÎTRE-SAINT-BENOÎT, 7.

1857.

AU PUBLIC.

« Qu'aurait-on dit d'un professeur de géographie qui, sous François Ier, quarante ou cinquante ans après la découverte de l'Amérique, n'en aurait tenu compte? — qui tranquillement aurait continué à ne vouloir s'occuper que de l'ancien hémisphère, et à ne parler que de *trois* parties du monde?

» N'en est-il pas ainsi des professeurs, soit de grammaire comparée, soit de haute littérature, qui à présent, c'est-à-dire plus de soixante ans après la possession acquise du sanscrit, et plus de quarante ans après son introduction au Collège de France (1), continuent à ne mentionner, dans l'univers classique, que le grec, le latin et le français? — regardant comme non avenus les immenses résultats linguistiques et littéraires amenés par la découverte de tout un ancien monde! — découverte plus instructive cent fois et plus curieuse que ne fut celle du nouveau. »

Ainsi s'exprimaient, dès 1853, quelques hommes, qui, donnant l'éveil à la France, lui reprochaient avec justice son indifférence à l'égard du développement énorme pris tout-à-coup par l'une des études qui firent autrefois sa gloire. Torpeur étrange de sa part, devant l'élargissement subit du vaste champ des langues orientales; d'une carrière où elle fut longtemps reine, — où même elle dominait encore il y a trente ans, — mais dans laquelle, par une déplorable négligence, elle se laisse maintenant rejoindre et dépasser.

Ni ces paroles ni d'autres pareilles n'ont été perdues : des actes les ont suivies. Deux académies de province, s'étayant de l'o-

(1) La chaire de M. de Chézy fut fondée en 1814.

pinion publique, et prenant, une fois par exception, l'avance sur l'Institut même, — ont proposé au Gouvernement une grande et décisive mesure, la seule qui soit propre à « *rendre classique l'Orientalisme dans la mesure de l'utile et du possible ;* » c'est à savoir, l'érection, au siége de chaque Faculté des Lettres, 1° d'une chaire de sanscrit, et 2° d'une chaire d'arabe classique : double création qui puisse assurer à notre pays la possession permanente de maîtres habiles dans deux genres d'instruction nécessaires : d'abord, dans la principale des langues indo-européennes, et secondairement, dans la principale des langues sémitiques.

Une telle initiative, honorable pour les deux compagnies savantes qui n'en ont pas redouté le poids (1), a provoqué des marques d'assentiment nombreuses. Mais afin de mener les choses à conclusion, et comme on ne saurait fournir à l'Autorité supérieure trop d'armes pour l'aider à triompher de la Routine, il était bon qu'à la théorie se joignissent quelques exemples pratiques, en sorte que le public pût prendre un avant-goût des fruits de l'arbre dont on lui propose d'encourager la culture.

C'est ce qu'a fait, par l'un de ses membres, le premier des deux corps dont nous venons de parler. Un livre sorti du sein de l'académie de Stanislas, — les *Fleurs de l'Inde,* — va peut-être contribuer efficacement à l'obtention des résultats désirés. Instrument de vulgarisation, par les formes littéraires classiques auxquelles il s'est astreint et par tous les éclaircissements qu'il donne, — il est destiné à rapprocher, si faire se peut, des yeux de quiconque possède de l'éducation, les réalités du vieil Orient.., comme un télescope rapproche de l'œil des passants du Pont-Neuf les planètes, trop longtemps mal connues. Aussi a-t-on eu soin, dans le simple et modeste rôle que l'on prenait, d'éviter tout ce qui pouvait ressembler à des airs doctes et hérissés. On n'a conservé là, de la science, que ce qu'il n'y a pas eu moyen d'écarter.

Ainsi, par exemple, comme les gens niaient L'EXISTENCE des antiques poésies indoues transportées ici en français, et les suppo-

---

(1) L'Académie dite de Stanislas, à Nancy, et après elle, l'Académie impériale de Metz.

saient le produit de l'imagination du traducteur, — force a bien été de publier en original l'un des morceaux (le principal), afin que l'on en vît au moins corporellement les mots, dont plusieurs sont assez clairs pour frapper même un ignorant. — Mais, au lieu d'imprimer la chose en dévanagari, quoique tel soit l'usage, on a eu soin, de peur que les femmes et les écoliers ne se fissent de l'écriture brahmanique un épouvantail ; on a eu soin, disons-nous, de faire graver et fondre tout exprès un caractère européanisé. En moins de trois quarts d'heure d'étude, le premier collégien venu, au moyen d'une clef facile qu'on lui fournit, pourra se mettre en état de lire matériellement le texte, mis en regard des vers français.

Nous venons de prononcer les mots de collégiens et de femmes. C'est qu'en effet, sans perdre de vue les exigences supérieures, on a songé beaucoup aux jeunes lecteurs, voire aux lectrices, et l'on ne s'est écarté de leur portée que le plus rarement possible. Dès lors, il va sans dire aussi que nulle sollicitude morale n'a lieu de naître, et que le volume offre encore moins de danger pour les cœurs que de fatigue pour les esprits. Composé de morceaux où règne une chasteté parfaite, il peut rester sans inconvénient sur la table de famille ; ce qui n'est pas sans importance quand il s'agit d'un genre tout-à-fait nouveau, qui naturellement doit éveiller des curiosités innocentes. Par leur nature, en effet, les *Fleurs de l'Inde* ont quelque chose de neuf et de singulier ; l'ouvrage ne ressemble pas à tout.

Au reste, selon les points de vue d'où on le prend, il est doué d'un triple aspect : c'est, si l'on veut, un livre d'homme de cabinet ; c'est plus encore un livre de lycée ; c'est peut-être aussi un livre de salon. D'après le genre auquel le volume appartient, il n'est pas impossible qu'un oncle trouve à propos de le donner en étrennes à son neveu, ou un tuteur à son pupille.

Un volume grand in-8°. En vente :

A PARIS ou à NANCY. . . . . 5 fr. » »
Par la poste. . . . . 5 fr. 50

NANCY. — Imprimerie de VAGNER, rue du Manège, 5.

FLEURS DE L'INDE.

NANCY. — IMPRIMERIE DE VAGNER,
RUE DU MANÈGE, 3.

FLEURS DE L'INDE,

COMPRENANT

LA MORT DE YAZNADATE,

ÉPISODE TIRÉ DE LA RAMAÏDE DE VALMIKI,

TRADUIT EN VERS LATINS ET EN VERS FRANÇAIS

AVEC TEXTE SANSCRIT EN REGARD,

ET PLUSIEURS AUTRES POÉSIES INDOUES;

SUIVIES DE

DEUX CHANTS ARABES

ET DE L'APOLOGUE DU DERVICHE ET DU PETIT CORBEAU.

ON Y A JOINT UNE TROISIÈME ÉDITION DE

L'ORIENTALISME

RENDU CLASSIQUE DANS LA MESURE DE L'UTILE ET DU POSSIBLE.

Ostro dùm niteant, dùm stillent melle salubri,
Undiquè collectos cur non decerpere flores?

NANCY.
N. VAGNER, IMPRIMEUR-LIBRAIRE,
RUE DU MANÈGE, 3.

PARIS.
B. DUPRAT, LIBRAIRE DE L'INSTITUT,
RUE DU CLOÎTRE-SAINT-BENOÎT, 7.

1857.

AVANT-PROPOS.

A l'âge social où nous sommes parvenus, âge où le développement des idées tend à restreindre et amoindrir, sinon à faire disparaître, les distances des lieux et des temps, un intérêt croissant doit s'attacher aux vastes régions qui furent le théâtre des civilisations primitives.

A la différence, en effet, des contrées du Nouveau-Monde, qui n'ont guère à nous livrer que leurs vulgarités présentes, l'Orient nous montre à la fois en perspective les richesses de son présent et celles de son passé. En même temps qu'il s'ouvre à notre commerce, il s'ouvre à nos études. Riche autrefois dans l'ordre de la pensée, et resté possesseur de travaux intellectuels qui précédèrent les nôtres, il n'a pas à nous offrir pour seuls diamants les diamants de Golconde ; aussi fut-ce une idée juste que celle qui, vers le début de notre siècle, inaugura en Allemagne un savant recueil sous le titre significatif de *Mines de l'Orient.* Les exploiter, ces mines, telle est la tâche actuelle de la race européenne ; et les nations qui en Occident prétendent à la primauté, sont tenues plus que d'autres à remplir cette mission.

Or la France a-t-elle bien conçu, se représente-t-elle avec plénitude, le rôle qui lui échoit sous ce rapport? — Si elle l'avait compris, elle l'aurait pris. Rien ne prépare à la vigueur des actes comme la clarté des idées.

Un écrit publié pour la première fois il y a quatre ans, a essayé de faire voir nettement de quoi il s'agissait. C'est la brochure intitulée : l'*Orientalisme rendu classique dans la limite de l'utile et du possible* (*).

Depuis ce temps, quoique rien à la surface n'ait paru changer, au fond les choses ne sont plus dans le même état ; la pensée qu'il Y A UN PARTI A PRENDRE a gagné du terrein.

(*) Imprimée en 1854 ; publiée de nouveau en 1855 avec quelques modifications et un supplément.

Faut-il maintenant, après deux éditions, en publier une troisième? — Oui; car, ainsi que l'a dit plaisamment un observateur très-fin, « la plus puissante des figures de rhétorique, c'est *la répétition.* »

Mais à présent, que l'éveil, donné aux esprits sur ce chapitre, a fait surgir des sympathies intelligentes déjà nombreuses, ce ne serait plus assez que de reproduire le plaidoyer seul. L'exposition et la polémique ont leur temps, la réalisation a le sien. Réaliser, même en abrégé, même par *specimen,* n'est jamais une chose indifférente. Toutes les fois que l'on peut, d'un nouveau principe qu'on enseigne, présenter quelques applications raisonnables, il y a un grand pas de fait. C'est par les exemples admissibles que se confirment les théories saines.

En réimprimant donc le petit écrit qui est devenu en quelque sorte le manifeste de la cause orientaliste, il convient d'en appuyer les arguments par les meilleures sortes de pièces probantes, c'est-à-dire par la traduction d'un petit nombre de morceaux choisis, propres à faire sentir, mieux que d'ordinaire on ne le sent, ce que contiennent de remarquable les littératures orientales, et à populariser par conséquent le désir de leur diffusion. Il est bon surtout d'exhiber, en manière d'échantillon, l'un des textes au moins ; celui, par exemple, du morceau dont les sublimes délicatesses de sentiment feraient peut-être contester le plus l'antique réalité.

Et s'il y a, pour publier ainsi l'original, certaines difficultés matérielles à vaincre, peu importe : voici le cas d'employer les moyens, non encore usités en France, mais déjà clairement indiqués, par lesquels il est possible d'opérer la vulgarisation du sanscrit (*).

Ce n'est point, en effet, des arguments seuls,

(*) En France, l'idée première en fut émise, et même réalisée, par MM. de Chézy et Burnouf père, et leur système, sans être parfait, était déjà fort bon ; mais les Allemands et les Anglais proposèrent une foule d'autres méthodes, dont aucune n'avait tout ce qu'il faut pour obtenir l'assentiment général, et dont les dernières ne valent pas même les premières, car celle de Brockhaus, par exemple, est loin de mériter préférence sur celle de Bopp. Au milieu donc de l'anarchie qui règne, il importait de rapprocher, comparer, discuter tous ces divers essais de vulgarisation ; de montrer ce qui manque à chacun ; de les rectifier, de les compléter ; et d'arriver ainsi (beaucoup par voie d'éclectisme, un peu par voie d'invention) à pouvoir essayer de présenter une méthode acceptable pour toute l'Europe : — moyen puissant, destiné non point à exclure l'emploi du dévanagari, mais à lui servir d'auxiliaire, mais à le remplacer provisoirement auprès de ceux qu'il effarouche ; moyen, par conséquent, dont l'adoption ferait faire des pas énormes à la diffusion de la belle langue brahmanique. — Ça été l'objet d'un mémoire intitulé : *Des Alphabets européens appliqués au sanscrit ;* travail que sa nature rendait nécessaire, et auquel les circonstances actuelles donnent une double opportunité, mais que le *Journal asiatique*, pressé qu'il est probablement par l'abondance des matières, n'a pu encore insérer.

arme insuffisante, qu'il faut attendre la victoire sur cette force d'inertie qui règne ordinairement, plus ou moins, dans les régions même les plus savantes, tant que les hommes d'initiative n'ont pas frayé la route, — vainement signalée jusqu'alors, soit par eux, soit avant eux. — Pour triompher de l'entêtement répulsif, le pouvoir de la Raison ne suffit pas : il a toujours fallu celui du Fait. — Devant les gens qui nient le mouvement, discuter sert à peu de chose : il faut marcher.

Ainsi a pensé la province qui a pris en main le drapeau de la conquête intellectuelle de l'Asie. De son sein était partie la pensée de rendre classique l'orientalisme : de son sein sera sorti le premier acte qui aura montré, tant bien que mal, comment la chose était possible. Conception, exécution s'enchaînaient; la seconde suivait la première. Que les instruments parussent manquer; qu'ils n'existassent pas même à l'imprimerie impériale, grand atelier de la nation (*) : — on ne s'est point arrêté en présence d'un

(*) On y trouverait bien, il est vrai, les caractères européanisés qui furent gravés au temps de M. de Chézy ; mais ils ne consistent qu'en un corps de petites majuscules ; et d'ailleurs ils appartiennent à un système de transcription qui, tout excellent qu'il est en majeure partie, laisse encore plusieurs choses à désirer.

léger obstacle... qui ne décourageait que les faibles. Ce que la capitale de la France ne fournissait pas, un simple foyer de vitalité secondaire, une cité dépouillée de sa couronne, l'ancienne capitale de la Lorraine, l'aura fourni.

Quand l'époque est venue, non pas d'une révolution (le mot serait impropre), mais d'une grande, douce et salutaire ÉVOLUTION : heureux encore, n'importe dans quel rang, les pays ou les villes qui savent payer à propos leur modeste tribut, — et qui peuvent, en apportant, au moment décisif, leur grain de sable dans la balance,

> Du vrai, du bon, du beau, servir les intérêts ;
> Donner prépondérance au plateau du progrès.

TABLE.

POÉSIES INDOUES

(SANSCRITES ET TAMOULES).

AVERTISSEMENT

SUR LES POÉSIES INDOUES PLACÉES DANS CE VOLUME.

Une fois la résolution prise de mettre à la portée des gens du monde quelques fragments de poésie indoue, — un surtout qui fixât fortement l'attention, — la première chose à faire était d'en publier le texte, afin de bien placer hors de doute l'existence des pensées traduites.

C'était, disons-nous, de le publier, et cela d'une manière efficace. Par conséquent point en caractères dévanagaris ni bengalis, — écritures dont l'aspect seul aurait détourné de tout examen soit les femmes, soit les jeunes gens ; — mais en caractères européanisés, qui pussent rendre praticable PRESQUE SUR LE CHAMP une lecture suffisamment approximative (*).

Puis, il convenait d'en donner deux traductions, — l'une en français, l'autre en latin, — toutes deux en vers. D'une part, le langage poétique était ici nécessaire, pour la fidélité du genre ; de l'autre, en

(*) Presque sur le champ, disons-nous ; car, au moyen du tableau ci-après, parvenir matériellement *à lire* est l'affaire de trois petits quarts d'heure d'étude et d'exercice.

empruntant l'idiôme de deux nations différentes, on se procurait une double ressource, un double moyen interprétatif. Comme chacune des deux langues a ses avantages propres ; comme chacune possède des tournures et des expressions dont sa rivale est dépourvue : on pouvait espérer ainsi d'approcher du résultat cherché, c'est-à-dire de produire sur l'esprit des lecteurs occidentaux un effet aussi analogue que possible à celui de l'œuvre gangétique.

Maintenant, quel morceau y avait-il lieu de présenter pour type ?

Rien n'empêchait de prendre une scène de Sacontala ; de cette belle conception dialoguée, intermédiaire entre l'idylle et la tragédie, dont Gœthe disait encore en octobre 1830 , avec un enthousiasme demeuré juvénile :

« Cet ouvrage, plein d'un charme indéfinissable,
« m'entraîna jadis irrésistiblement ; il a fait époque
« dans ma vie. Le poète nous y apparaît à la hau-
« teur de sa mission ; digne représentant d'une na-
« tion chez qui les mœurs, pour être restées plus
« près de la nature, n'en avaient que plus d'élé-
« gance et de fraîcheur ; où la morale brillait de
« toute sa pureté, où l'homme avait une digne atti-
« tude, où la Divinité était révérée avec un amour
« noble et sincère. Le beau drame de Sacontala
« resplendit parmi les admirables étoiles qui ren-
« dent mes nuits préférables à la clarté du jour. »

Sans contredit le choix aurait été fort bon. La

littérature sanscrite n'eût assurément pas perdu à se trouver jugée d'après des fragments empruntés au Racine du théâtre indou.

Toutefois, quelque pur que fût resté le goût à l'époque où vivait Calidasa, — sous ce règne de Vicramaditya qui fut le siècle d'Auguste de l'Inde classique, — ne vaut-il pas mieux, remontant plus haut, chercher une œuvre plus antique? choisir une production de l'âge reculé qui touchait aux temps héroïques? un de ces ouvrages, antérieurs à l'histoire, qui, fussent-ils par hasard déjà délicats et parfaits, n'en ont pas moins la précieuse simplicité de style, inimitable sceau de leur vieille date et de leur nature vraiment primitive!

A tout prendre, le génie épique est le point culminant des facultés imaginatives de l'homme, et c'est dans les poèmes héroïques que s'est manifestée, chez tous les peuples, la plus haute efflorescence de l'art. Que si cela est vrai même des épopées tardives, inspirées par l'admiration seule et par le besoin d'imiter, — hommage est dû, à plus forte raison, aux colossales productions qui naquirent spontanément dans des siècles naïfs encore, où le merveilleux qui les remplit et les anime était demeuré un objet de croyance.

Aussi est-ce à ces grands et magnifiques ouvrages, aux épopées de tous les temps, qu'appartiennent les plus belles choses qui soient restées dans la mémoire des nations. Y a-t-il, en définitive, rien qui prenne rang, par exemple, au-dessus des adieux d'Hector et d'Andromaque, ou de la scène de Priam aux pieds d'Achille? — au-dessus du tableau du sac et de l'incendie de Troie? ou du désespoir de Didon? ou de la mort de Nisus et d'Euryale? — au-dessus, dirons-nous surtout, du baptême de Clorinde?

Eh bien, à côté de telles richesses, — fleurons de l'Iliade, de l'Enéïde et de la Jérusalem délivrée, — s'il pouvait en être placé d'autres.., où les aller chercher plus naturellement que dans la Râmaïde, cette doyenne des épopées? — En regard des joyaux d'élite tirés des trésors d'Homère, de Virgile et du Tasse, veut-on essayer de poser une perle de l'Inde qui soit capable de supporter un tel voisinage..? ce n'est pas trop que de faire appel à l'écrin du vieux Valmiki (1).

Nous allons donc demander au vénérable patriarche des bardes du Gange sa Mort de Yaznadate : ravissant épisode déjà mis en lumière avec tant de soin par l'excellent Chézy; par ce savant aimable et regretté, dont le cœur, éminemment sensible, devait en effet s'y complaire. Si M. de Chézy dépensa là sa peine et son labeur, en s'arrêtant sur chaque mot, — comment ne l'eût-il pas fait, avec bonheur, avec délice, pour éclaircir un morceau pareil? un morceau qui lui présentait réunis tous les sentiments nobles et doux! tout ce qui élève ou qui épure! tout ce qui touche ou qui agrandit l'âme!

Nous n'émettrons, nous, aucun jugement sur le

rang, sur la valeur relative du sujet, tel que l'a conçu et traité la muse indienne. Quand les lecteurs l'auront étudié; quand, à la suite de leur étude, ils l'auront comparé avec ce qu'ils peuvent avoir eu occasion, dans leur vie, de connaître de plus admirable : ils lui assigneront à leur gré sa place.

Dans tous les cas, il est une classe d'hommes auprès de qui, du moins, la chose ne pourra guère passer inaperçue : c'est l'honnête phalange des professeurs sérieux de rhétorique ou d'humanités; ces hommes chargés d'en arriver, par la culture des lettres, à inculquer à la génération nouvelle l'amour réuni du bien et du beau, et qui doivent ne regarder comme réel le progrès du savoir de leurs élèves que s'il coïncide chez ceux-ci avec le progrès du bon sens et du goût. Ce que le juge contemporain de la littérature latine, l'antique précurseur de La Harpe, pensait de la lecture du grand orateur romain, peut-être le penseront-ils de la lecture du grand épique sanscrit. Peut-être, — en conseillant aussi à tel ou tel jeune homme studieux, déjà sorti de dessous leur discipline, d'examiner, pour savoir à quel point il a profité, le degré d'attrait qu'il se sent pour un modèle classique et pur, — appliqueront-ils à Valmiki le mot de Quintilien sur Cicéron, et diront-ils : *Ille se profecisse sciat cui* VALMICIUS *valdè placebit* (2).

NOTES.

(1). A l'écrin du vieux Valmiki *).

Nous n'adoptons pas, on le voit, le systême des hypercritiques qui regardent comme un personnage imaginaire, simple nom collectif d'une école de bardes épiques, ce grand poète, dont le rôle, ayant à peu près correspondu à celui d'Homère, a naturellement donné lieu aux mêmes conjectures.

Chez les Grecs, tout en faisant la part aux rhapsodes, et même en la leur faisant très-large, on ne saurait méconnaître qu'un chantre principal, resté connu sous le sobriquet de l'AVEUGLE (Ὅμηρος), a non seulement cousu ensemble, mais perfectionné, mais rendu plus sérieux leurs essais, et conduit à la grandeur et à l'unité leurs idées, jusque là décousues. L'Iliade surtout porte avec elle ce témoignage, et l'on sent que la main du génie a passé par là.

Eh bien, ce serait abuser du scepticisme que de révoquer en doute chez les Aryans sanscrits le même phénomène **) ; que de se

---

*) *Valmiki* ou *Valmiqui*, comme on voudra ; mais nous n'avons garde d'écrire pharisaïquement *Vâlmîki*. Une orthographe si fidèle étonnerait des yeux européens ; or il faut avoir soin de ne donner rien d'étrange à la figure d'un personnage justement célèbre, qui mérite de voir son nom francisé tout-à-fait.

Quant à sa grande et belle œuvre, nous agissons de même : nous l'appelons *la Râmaïde*. Encore tient-il à peu de chose que dans ce mot nous ne supprimions le circonflexe, quoique là il ne choque point. — Si l'on pense qu'en disant tout simplement *la Ramaïde*, on rende le nom plus courant et que ce soit le moyen de se jeter en plein dans les habitudes du gallicisme, nous n'y mettons aucun empêchement ; notre indulgence est d'avance acquise aux gens qui voudront remplacer l'*a* long par un *a* ordinaire. Car (tant qu'on ne dépassera pas certaines bornes et qu'on évitera l'excès) plus on adoptera tout ce qui vulgarise, mieux on fera.

**) Si l'on tenait à ne pas altérer le nom asiatique, on dirait les *Aryas ;* mais nous acceptons la transformation qu'a subie le mot pour s'européaniser, et nous appelons tout bonnement Aryans ou Aryens les peuples dont les migrations, soit vers l'Europe, soit vers l'Inde, ont eu pour point de départ le plateau de l'Arie.

refuser à voir derrière le chef-d'œuvre de l'Inde antique, — derrière son *epopea stupenda*, comme parle Gorrésio, — la présence d'une grande personnalité.

Passe pour le Vyasa du *Mahâbhârata;* car cet immense poème cyclique, outre qu'il a peu d'unité, paraît vraiment, par son étendue, aller au delà des forces d'un individu quelconque. On conçoit donc que la tâche de l'homme qui nous l'a légué (du *Vyasa*, du compilateur) ait pu être moins celle d'un vrai poète, — ποιητής (faiseur), *dichter*, *trovatore*, etc., — que d'un metteur en ordre, ou tout au plus d'un correcteur ou polisseur. Mais rien n'indique pareille chose pour le *Râmâyana*, où le nombre des vers est infiniment moindre, et où l'action, — bien que ralentie par l'insertion trop fréquente de légendes, auxquelles les auditeurs indous attachaient du prix, — marche cependant vers un but à peu près *un;* de manière à sortir du cyclisme, et à constituer nettement, quoique avec un peu de latitude, la véritable épopée.

Il est aisé même, pourrions-nous dire, de reconnaître encore, d'avec le tissu propre de Valmiki, les éléments primitifs étrangers qu'il y a fait entrer. Moins bien liés, et d'une moralité moins haute, ils ne sont pas seulement antérieurs à son œuvre; ils y sont inférieurs aussi. Tout ce qui vient de son travail, à lui, est plus beau, plus élevé, plus pur, et en outre plus concordant. Valmiki est certes, là-dedans, autre chose que le maître d'une escouade de maçons, ou qu'un badigeonneur en chef : à plus juste titre même qu'Homère (car son individualité perce peut-être comme plus puissante), il est bien l'Architecte homme de génie, véritable auteur de l'édifice. Les traditions ont donc eu raison de le lui attribuer tout entier, et d'appeler cet impérissable monument *Râmâyaṇaṃ vâlmîkyaṃ*, c'est-à-dire *Ramaïs valmiciana*, la Râmaïde valmicienne.

(2). *Cui Valmicius valdè placebit.*

Aucun des anciens poèmes, fût-ce des plus célèbres, n'est arrivé jusqu'aux temps modernes avec une entière uniformité dans les manuscrits; pas plus la Râmaïde que les autres chefs-d'œuvre de l'Antiquité. Sur la manière donc de fixer le texte de Valmiki, il devait y avoir plusieurs systèmes. On en connait deux principaux : d'une part, la leçon qui prévaut dans le nord de l'Indoustan et qu'ont préférée Schlégel et Lassen ; la leçon vulgate, dite « des » commentateurs, » titre dont Gorrésio conteste la justesse ; — de l'autre, celle des Bengalais, que le docte éditeur sarde appelle *la recensione gaudana*, et qu'il a adoptée pour base de son magnifique travail.

Décider *ex professo* entre de pareilles autorités, appartiendrait à un tribunal d'une compétence plus qu'ordinaire. Par bonheur, rien n'oblige à y siéger les auteurs de livres usuels et terre-à-terre comme celui-ci, qui n'appartient point au domaine de la haute science, et dont le but, tout pratique, est simplement d'amener sous les yeux et sous la main du public, trop étranger à la chose, certains trésors ignorés.

Mais, sans prononcer d'aucune manière sur la question de supériorité GÉNÉRALE entre les deux grandes révisions du *Râmâyana*, notre choix, quant au cas particulier, ne saurait être douteux. Outre qu'en adoptant la version septentrionale (comme ont fait les introducteurs du sanscrit en Europe), nous mettions tout lecteur à portée de partager l'avantage dont nous avons joui nous-mêmes, c'est-à-dire de profiter, s'il le veut, des travaux détaillés du bon Chézy, lequel a pris la peine de faire là-dessus ce qu'on appelle en style d'écolier les *parties des mots;* — outre cela, disons-nous, une considération décisive de préférence, c'est qu'ici, dans quatre ou cinq passages, le texte de l'école bengalaise ne fournit qu'un sens pâle et vulgaire ; un sens qui, plus insignifiant, moins délicat, moins élevé que l'autre, fait disparaître la fleur de la pensée valmicienne, toujours si aisée à reconnaître par sa noblesse. On peut très-bien ne point s'astreindre à suivre les routes frayées ; mais si l'on fait tant que de prendre des sentiers nouveaux, il ne faut pas que ce soit pour y perdre.

TABLEAU

SUFFISANT POUR RENDRE POSSIBLE LA LECTURE MATÉRIELLE DU TEXTE.

Signes graphiques adoptés.	Caractères dévanagaris correspondants.	Manière de prononcer.
	Consonnes.	
b	ब	*B* ordinaire français.
b́	भ	Le *b́* est un *b* aspiré. *B́a*, qui équivaut à *bha*, se prononce à peu près *bva*. (Tout comme le *p̔a*, espèce de *pha*, s'articule *pfa*, ou peu s'en faut).
ç	श	Un *s* plutôt soufflé que sifflé, pour lequel la langue s'en va toucher les dents du haut. Quelque chose dans le genre du *z* espagnol.
ć	च	Le *c* doux des Italiens ; c'est-à-dire à peu près le son français de *tch*, comme dans « Ru*th ch*ez Booz. »
c̋	छ	Même lettre, mais aspirée : *tchh*.
d	द	Le *d* français.

Signes graphiques adoptés.	Caractères dévanagaris correspondants.	Manière de prononcer.
	Consonnes.	
d'	ध	Un *d* emphatique : *dh*.
ḍ	ड	Un *d* venant du cerveau.
ḍ'	ढ	Le même *d* cérébral, auquel s'ajoute de l'aspiration ou de l'emphase.
g	ग	*G* dur ordinaire (de *ga*, *go*, *gu*), et cela même devant *e* ou *i*. Ainsi, pour *girâ*, prononcez à la façon dont les Français articulent *guirâ*.
ǵ	घ	*G* aspiré, *gh* ; le *g'aïn* arabe.
h	ह	*H*, l'aspiration ordinaire.
j	ज	*J* des Anglais ou *g* doux des Italiens, c'est-à-dire notre *dj* ; comme dans « Conra*d j*eune encore. »
j'	झ	La même articulation, mais aspirée : *djh*.
k	क	*C* dur ou *K*.

Signes graphiques adoptés.	Caractères dévanagaris correspondants.	Manière de prononcer.
	Consonnes.	
k'	ख	Un *k* aspiré ; la *jota* espagnole : le *ch* allemand de *buch* et de *nachbar*.
l	ल	*L* ordinaire.
l̥, *l̥̂*	»	Voir ci-après aux voyelles.
m	म	*M* ordinaire.
ṃ	Anouswara (ं).	Voir à la fin du tableau, aux signes orthographiques.
ń	*Idem.*	
n	न	*N* ordinaire.
ñ	ञ	Un *n* suivi de la consonne *yé;* c'est-à-dire le *ñ* des Espagnols, le *nh* des Portugais ; notre *gn* dans *agneau* ou dans *règne*.
ṇ	ण	Un *n* venant du cerveau.
γ̇	ङ	Le son du premier des deux γ grecs dans le mot ἄγγελος ; c'est-à-dire l'espèce de nasale gutturale qui se trouve à peu près figurée par les deux lettres NG dans les mots français *rang*, *sang ;* mieux encore dans le mot allemand *gesang* ou dans le mot anglais *song*.
p	प	*P* ordinaire.

Signes graphiques adoptés.	Caractères dévanagaris correspondants.	Manière de prononcer.
	Consonnes.	
p'	फ	*P* aspiré ; *ph* si l'on veut, mais non pas simplement *f* (1). Le mot *p'alaṃ* sonne presque *pfalam* (avec finale nasalisée comme dans *Adam*).
r	र	*R* français.
r_i $\hat{r}_i$	»	Voir ci-après aux voyelles.
s	स	*S* ordinaire. Suivre la règle espagnole, c'est-à-dire conserver toujours à cette sifflante sa pureté, et ne l'adoucir jamais en façon de *z*.
ś	ष	*Sh* anglais, *sch* allemand, *ch* français (2).
t	त	*T* ordinaire.
t'	थ	*T* aspiré, mais non pas sifflant à la façon du *th* des Anglais ou du *θ* des Grecs modernes. C'est simplement une sorte de *t* emphatique.
ṭ	ट	Un *t* qui part du cerveau.

(1) Du *p* aspiré (c'est-à-dire suivi d'un souffle) jusqu'à l'*f* véritable, il y a une distance à franchir, pour laquelle le *pva* ou *pfa* sert de moyen naturel de transition. Ainsi, les Allemands, par leur mot *pfeiffer*, nous montrent la liaison de l'italien *pifero* et du français *fifre*.

(2) Ce n'est pas que ce *ch* n'ait en outre, dans l'Inde, quelque chose de particulier ; mais nous pouvons très-bien faire abstraction de la nuance dont il s'agit, laquelle importe peu.

Signes graphiques adoptés.	Caractères dévanagaris correspondants.	Manière de prononcer.
	Consonnes.	
ṭ́	ठ	Le même *t* cérébral, mais devenu emphatique ou explosif.
v ou *w*	व	Au commencement des mots ou à la suite d'une voyelle, c'est le *v* français ; après une consonne, c'est le *w* anglais, c'est-à-dire un *oué* et non plus un *v*. Ainsi dans *êva*, nous rendons la consonne sanscrite par un *v*, car telle est là sa valeur française ; tandis que dans *twam*, nous l'exprimons à l'anglaise par *w*, attendu qu'il faut prononcer *touam*. — L'oreille suffirait pour indiquer cela.
x̓	क्ष	*X* aspiré, c'est-à-dire *kch*, comme dans la rencontre des mots « le duc *Charles*. » On pourrait aussi rendre la même lettre sanscrite par *Kś*, et il est indifférent d'écrire *Kśatra* ou *X̓atra* (1).

(1) A la rigueur il n'est pas bien sûr qu'en sanscrit cette lettre double fût toujours aspirée. Lorsqu'au lieu d'être radicale, elle se formait par la rencontre de deux éléments, et que ces éléments étaient *ténus*, elle devait n'équivaloir qu'à un *x* ordinaire. Libre donc aux savants de tenir compte de cette différence. — Mais ici, comme dans tout le cours du présent volume, dont le caractère est uniquement littéraire et moral, nous ne faisons point de science, nous n'en admettons que l'indispensable. Nous courons au plus pressé : A LA VULGARISATION. — Quand une fois la vérité sera connue en gros, il surgira une génération de gens experts, pour professer les détails.

Signes graphiques adoptés.	Caractères dévanagaris correspondants.	Manière de prononcer.
	Consonnes.	
y	य	Le *yod* hébreu, le *jod* allemand; le *yé* consonne qui se trouve dans les mots *yatagan*, *bayadère*, apporter de bon café du *Yémen*, etc.
	Voyelles simples.	
a	अ	*A* bref français. Ex. *natte*.
â	आ	*Â* long. Ex. *blâme*.
i	इ	*I* bref français. Ex. *canif*.
î	ई	*I* long. Ex. *empire*.
u	उ	*Ou* bref. Ex. *j'écoute*.
û	ऊ	*Ou* long. Ex. *j'entoure*.
ṛ	ऋ	*Ri* bref, d'une espèce particulière (1).

(1) Cette lettre et les trois suivantes sont quelque chose de bien extraordinaire. Comment *ri* et *li* peuvent-ils passer pour des voyelles? — Peu importe. Ainsi le veulent les Sanscrits, et force nous est de tenir compte de leur idée. Ils prétendent apercevoir une notable différence entre ces sons, réputés vocaux, et les émissions syllabiques formées par la réunion des consonnes *r* ou *l* avec la voyelle *i*, soit brève, soit longue : — nous sommes obligés là-dessus de nous en rapporter à eux.

Signes graphiques adoptés.	Caractères dêvanagaris correspondants.	Manière de prononcer.
	Voyelles simples.	
ṝ	ॠ	La même voyelle, mais allongée.
ḷ	ऌ	*Li* bref d'un certain genre.
ḹ	ॡ	Le même son, mais allongé.
	Voyelles composées (1).	
e, é ou ê (2)	ए	*E*, toujours plein et toujours long. Ex. *curé, blêmir.*

(1) Le sanscrit regarde l'*e* comme composé d'*a* et d'*i*, et l'*o* comme formé d'*a* et d'*u*. Seuls parmi les peuples d'Europe, les Français se sont placés au même point de vue; ils prononcent *j'ai* comme *jé*, et *vautre* comme *vôtre.*

(2) Ces trois orthographes, que nous avons concurremment employées selon les circonstances et d'après les habitudes de l'œil français, ne sont point destinées ici à marquer des nuances différentes. L'*E* sanscrit est homogène : toujours plein et toujours long. Une fois qu'on en est bien averti, peu importe le signe dont nous nous servirions pour exprimer ce son constant ; un *e* sans accents pourrait y suffire. Mais des accents étant adoptés, il sied d'employer, pour l'*e* sanscrit, l'*e* circonflexe (*ê*), au moins dans le corps des mots. — Quant aux finales, comme le circonflexe y est inusité en français, et que l'on n'écrit pas *Chloê*, mais *Chloé*, nous pouvons là placer l'accent aigu. Cela n'aura point d'inconvénient; car, à la fin des mots, l'*é* aigu est toujours vraiment fermé, vraiment long, tandis que dans les syllabes initiales ou médiales, il n'est souvent que SOUTENU et non fermé ; souvent, disons-nous, il y reste bref, et l'accent (qu'on lui donne improprement alors) n'a pour but que de le distinguer d'avec un *e* muet. Dans *pénétré*, par exemple, il n'y a d'*é* véritablement fermé que le troisième. Ce dernier seul est appuyé, ce dernier seul est long.

Signes graphiques adoptés.	Caractères dévanagaris correspondants.	Manière de prononcer.
	Voyelles composées.	
ô ou *au* (1).	ओ	*Au* français ou *ô* long. Ex. *royaume*, *apôtre*.
	Diphtongues.	
ei	ऐ	*Ei* des Italiens dans *sei*, des Allemands dans *breit; ey* des Espagnols dans *el rey*. C'est en français l'*ey* de *Nancéyen*, ou l'*ay* d'*essayer* (2).
âu	औ	*Au* des Allemands dans *laut*, des Italiens dans *augello*, des Espagnols dans *gaucho;* c'est-à-dire le son produit en français par les syllabes *a-ou* réunies; par exemple dans les mots « il demeure *à Ouessant*, il y fabrique de *la ouate*. »

SIGNES ORTHOGRAPHIQUES SANSCRITS.

ḥ	ः	Le *visarga;* sorte de légère aspiration finale, qui peut se changer en diverses lettres, et qui représente sur-

(1) Nous avons mis *ô* dans le corps des termes, et n'avons laissé *au* (pour *ô*) qu'aux points de suture des mots qui se sont vraiment rencontrés. Exemple : *Jagrâhaupaplavagatam* (par *au*), vu que *jagrâha* et *upaplavagatam* existaient chacun dans la phrase, où ils ne se sont soudés qu'à cause de la rencontre ; tandis que nous donnons l'*ô* à *nagô*, et même à *Vasavôpamam*, car, tout composé qu'est ce dernier terme, c'est devenu un seul mot cependant.

(2) Quelques orientalistes rendent cette diphtongue par *ai*, au lieu d'*ei*, mais à tort ; car en sanscrit, *ai* fait *é*, comme en français.

tout une sorte d'*s* virtuel ou latent. Ici le lecteur est maître ou de ne pas prononcer ce signe orthographique, ou de l'articuler comme un *s*. En rencontrant, par exemple, le mot *Daçaraťaś*, il pourra dire, à son gré, *Daçarathas*, ou *Daçaratha*. L'erreur, s'il en existe, ne sera pas assez grande pour qu'il y ait inconvénient.

m — L'*anouswaraṃ*, signe qui remplace les diverses nasales, et qui tient surtout lieu de l'*m* sourd. Nous l'emploierons, 1° dans le milieu des mots avant les labiales *b*, *p* etc. 2° dans les finales, soit neutres soit accusatives, où l'*m* figure comme en latin.

ń — Idem. — Autre représentation de l'anouswaram, pour certains cas où il n'a rien de labial. Brokhaus propose d'user de cet *ń* devant l'aspirée, les sifflantes et les demi-voyelles (1). Avant les lettres non labiales, mais classées (*vargîyâś*), nous laissons subsister la nasale propre de chaque ordre (2).

---

(1) Ce que les grammairiens sanscrits appellent ainsi, ce sont les quatre consonnes *ya*, *ra*, *la*, *va*. Ils leur donnent le nom de sémi-voyelles parce qu'ils les regardent comme cousines des voyelles *i*, *ri*, *li*, *u* (*ou*).

(2) C'est-à-savoir, devant les dentales, l'*n* ordinaire ; devant les cérébrales, l'*n* sous-ponctué ou *n* de tête ; devant les palatales, l'*n* circonflexe (le *gn* français d'agneau) ; et devant les gutturales, notre gamma pointé, autrement nommé le *nga*.

ऽ Equivalent de notre apostrophe. Seulement tandis qu'elle indique chez nous une apocope (suppression finale), le signe sanscrit indique une suppression initiale, une procope. Mais la chose n'offre rien d'étonnant ; elle avait lieu ainsi chez les Latins : *bonum'st* pour *bonum est*.

Au reste, tout ceci est expliqué, commenté et rendu clair pour le premier venu, dans le mémoire dont nous avons parlé (1); travail terminé depuis plus de deux ans, mais dont l'insertion au *Journal asiatique* n'a pas encore eu lieu (2).

---

(1) *Des alphabets européens appliqués au sanscrit.*

(2) Quoique n'y attachant aucune importance personnelle, l'auteur eût peut-être bien fait de le faire imprimer à part, puisque des esprits éminents, dont le vaste savoir se prête difficilement à comprendre les besoins de l'Ignorance, apportent de tels délais à s'occuper de ces questions trop modestes, qui n'intéressent, il est vrai, que le gros public des étudiants. Avec le système de ne donner place qu'à des labeurs de premier ordre, sans s'inquiéter des travaux qui tendent à vulgariser les résultats acquis, — on laisse d'autres nations, moins fières et plus pratiques, prendre tout doucement l'avance sur la nation française. — Il n'y a déjà, dans ce genre, que trop de chemin de fait.

Un aphorisme médical, très-connu, dit qu'on ne vit pas « de ce qu'on mange, » mais « de ce qu'on digère ; » et rien de plus vrai, car l'organisme vivant ne profite que de ce qu'il a pu s'assimiler. Or il en est de même pour les choses de l'intelligence. Le genre humain, dans l'ordre de la pensée, ne vit pas précisément des découvertes *faites ;* il vit des découvertes que l'on a bien voulu prendre la peine de mettre à sa portée. — Au GÉNIE la première de ces deux tâches et tout l'honneur qui doit la couronner ; mais

Voir, d'ailleurs, pour l'exercice, et quant aux applications pratiques, la grande note qu'on rencontrera la première, à la suite du texte et des deux traductions (1). Nous y avons donné avec détail quelques exemples.

Le mode de lecture auquel on arrivera aisément par la clef que les pages précédentes ont fournie, ne sera pas plus mauvais que celui qui se pratique à l'égard du latin, usage qui, malgré les défauts inévitables d'une méthode artificielle et conjecturale, ne nous dérobe ni le charme de style, ni même, jusqu'à un certain point, l'harmonie, du poète de Mantoue.

Notre procédé, quoique purement approximatif, suffira pour faire découvrir dans le texte une foule d'analogies gréco-latines. Quel est le simple bachelier qui ne reconnaîtra point, par exemple, en parcourant le morceau ci-après, les trois formes personnelles du verbe grec (μι, σι, τι)? ou les supins latins en *tum?* ou bien qui n'y saura pas voir dans l'adjectif *upastitam* (se tenant en bas) le participe hybride *ὑπο-stantem?* etc. Quel est l'écolier de cinquième, de sixième, qui, en lisant dans notre sanscrit européanisé *dêvîm Kâuçaliam*, ne sera pas surpris, enchanté, — ne sautera pas de joie, — d'en apercevoir à lui tout seul, non la ressemblance (c'est

---

s'il dédaigne la seconde, eh bien, qu'alors il sache au moins permettre à l'humble BON SENS de s'en charger à sa place. Et qu'il ne rende pas inabordables à la simple et vulgaire phalange des ouvriers praticiens, — qui ne demande pour elle ni éloge ni mention même, — les sentiers par où elle s'avancerait vers le but, pour peu qu'on mît moins de retard à les lui ouvrir.

(1) Pages 75 à 79.

trop peu dire) mais la presque identité, avec les mots latins placés en regard : *divam Causaliam* ?

Chacun, d'ailleurs comprendra fort bien quelle est ici la mesure du vers, composé de seize syllabes et coupé en deux hémistiches égaux (1). Il y a plus : on ne sera pas sans recevoir quelque impression de la *quantité* prosodique, qui revient périodiquement ; tant il est facile, fût-ce à une oreille de collégien médiocre, de sentir, au bout de deux ou trois paragraphes, que dans les vers héroïques, la première moitié des demi-çlokas se termine ordinairement par un *anti-bacchique*, et la seconde toujours par un *double iambe*.

---

(1) Au lieu d'hémistiches, nous devrions dire pieds, puisque la métrique sanscrite appelle *pada* chacune des grandes unités employées dans le calcul des rythmes. Mais les Grecs et les Latins ayant diminué la valeur du mot PIED, nos habitudes de collège ne nous permettent plus guère de le donner pour nom à des groupes si considérables, à des divisions octosyllabiques.

LA MORT DE YAZNADATE,

ÉPISODE.

AVIS SUR LE SANSCRIT.

Non seulement nous avons adopté, malgré l'usage indou, le principe de la distinction des mots, tel qu'il est à présent accepté en Europe pour les éditions sanscrites, mais (sauf emploi d'un trait-d'union) nous l'avons appliqué au cas même où ils sont agglutinés, excepté lorsque la jonction y est assez forte pour rendre tout décollement impossible.

Ainsi, quoique les mots *râtrâu udaharô*, juxtaposés d'abord, puis réunis au moyen de la transmutation d'*u* en *v*, soient arrivés, pratiquement, à ne plus former que *râtrâvudaharô*, — et quoique de même, par le changement de la voyelle *i* en la consonne *y*, les cinq syllabes de *dêvi anûḍa* se soient réduites aux quatre de *dêvyanûḍa*, — nous avons écrit, nous, parce qu'on le pouvait sans inconvénient, *râtrâv-udarahô* et *dêvy-anûḍâ*. Le trait-d'union, introduit ici pour satisfaire l'esprit, ne détruit point l'effet phonétique commandé par les exigences du rythme et par celle de l'orthographe brahmanique.

Ce n'est pas tout. Dans les mots composés, dans ceux surtout qui sont très-complexes, nous avons marqué aussi par un trait-d'union (à la vérité fort petit) chacun des éléments du groupe. Nous écrivons, par exemple, *vaka-sâraẏga-varhinaḥ*, et même nous divisons *p'ala-prepsur*.

Certaines raisons semblaient nous conseiller d'être plus hardis encore. Bien volontiers nous fussions allés jusqu'à mettre *ǰala-da*, faisant ressortir ainsi dans *jalada* (nuage, donneur d'eau, *aquæ dator*) les deux racines *ǰala* et *da*. — Mais on a pensé que c'était là trop de condescendance pour les débutants, et qu'il fallait leur laisser quelque chose à faire. Il y avait de l'exagération, nous disait-on, à isoler dans *duśkritam*, *sammohâd* et *paritarpitâ*, les prépositions composantes (*dus*, *saṃ* et *pari*), lorsque les Grecs ne se font aucun scrupule d'écrire sans division δύσκολον, σύννοια ou περιτεμνομένη. N'était-ce pas prendre trop de soin que de détacher les deux éléments de *mega-jêna*, lorsque le lecteur voit au-dessous, dans la traduction latine, le mot lié *nubigenâ!* Pourquoi scinder *danu-spanis*, lorsque les Anciens ont bien forgé pour un signe de leur zodiaque le terme non-divisé d'*arcitenens!*

A la bonne heure! — Et toutefois ce n'est pas sans regret que nous avons renoncé à une méthode analytique, bien scolaire peut-être, mais qui aurait eu son utilité. Décoller et séparer, jusqu'aux limites du possible, les éléments constitutifs du langage, ce n'est pas seulement aider l'étudiant à saisir plus vite le sens des mots : c'est lui en faciliter même le déchiffrement matériel, et lui en rendre plus aisée la lecture à haute voix *).

Or, quelle est l'intention principale de ce volume? celle qu'on y voit régner d'un bout à l'autre? — Le désir très-formel de contribuer à faire sortir du domaine d'un petit nombre de « doctes Elus » certaines notions mal à propos réputées inaccessibles, et de les mettre à la portée de toute personne tant soit peu lettrée **).

Tous les çlokas (distiques) sont numérotés, et même nous avons marqué par α et β le premier et le second vers de chacun. Voici principalement pourquoi :

Le tour et les allures de la pensée moderne conduisaient naturellement à opérer de légères inversions relativement aux idées antiques; or nous avons veillé, néanmoins, à mettre toujours en véritable regard les membres de phrase sanscrits et français qui se correspondent; dès lors, il en résulte quelquefois un petit déplacement dans la série qu'avait suivie le poète pour ses distiques ou demi-distiques. Eh bien, notre numérotage permet de rétablir entièrement cet ordre, supposé qu'on y tienne. Aux amateurs de l'exactitude, fût-ce de l'exactitude la plus exagérée, nous avons voulu ne rien laisser à désirer.

---

*) De notre système primitif, il subsistera pour vestige l'emploi du petit trait-d'union avant *tcha* et *vâ;* car, si nous adoptons ce signe, c'est sans aucune nécessité positive, puisqu'en latin *que* et *ve* ne se détachent pas des mots.

**) Voir, par exemple, la note *a*, page 90, et sa sous-note au bas de la page 91.

AVIS SUR LE FRANÇAIS.

Si l'on veut ne considérer la traduction française de cet épisode que comme un morceau destiné à les séances académiques ou comme un fragment à réciter dans des salons, il faut, au lieu de le déclamer jusqu'au bout, s'arrêter aussitôt après la disparition de l'image glorifiée de Yaznadate, et finir par les mots : « *emporté vers la nue* » (page 65). — Dans ce cas, en effet, le sentiment de l'art conseille de laisser de côté les derniers vers, dont l'intérêt ne roulant plus sur le jeune homme et sur ses vieux parents, ne peut évidemment continuer d'émouvoir au même degré un auditoire. Utiles encore pour la lecture de cabinet, ils conviennent moins pour la lecture à haute voix; car les gens (surtout dans leur ignorance de ce qui précède, et dans leur indifférence pour Dasarétas et Cauzalie), ne sauraient être aussi vivement touchés de ce qui regarde ces personnages que de ce qui concerne l'enfant blessé. Toute cette fin, quoique remarquable, significative, hautement morale, imposante même, serait pour eux comme un hors-d'œuvre. Si elle ne viole pas l'unité d'action, elle semblera toujours ôter quelque chose à l'unité d'effet (*).

Pareillement, il serait bon de supprimer, dans le débit, les vers que nous avons marqués d'un astérisque (page 61), c'est-à-dire les quatre vers qui mentionnent d'anciens rois de l'Inde ou des pères de famille vertueux. Au point de vue logique, ce sont là sans doute des parties intégrantes de la phalange que le poète passe en revue; mais au point de vue artistique, on ne se plaindra pas de l'absence de quelques anneaux de la chaîne. Loin de là : l'effet oratoire gagnera, au raccourcissement ainsi obtenu dans la période.

(*) Non pas pourtant qu'en elle-même elle soit une queue languissante et surajoutée, car elle est le corrélatif du début ; ce sont deux parties qui se répondent l'une à l'autre, — le haut et le bas d'une même bordure encadrant le petit tableau. — En effet, pour mettre hors de doute ici l'existence de l'unité aristotélique, il n'y aurait qu'à changer le titre du morceau ; il suffirait de nommer l'épisode, non pas *La mort de Yaznadate*, ce qui n'en exprime que la partie la plus saillante, mais bien *La mort de Dasarétas*, appellation qui embrasserait tout le sujet.

YAJ́ÑA-DATTA—BAD̓AḤ.

LA MORT DE YAZNADATE.

JAZIN̆ADATTI ṆEX.

ÇRÎ-RÂMÂYAṆÉ

YAJÑA-DATTA-BAĎÔPÂǨYÂNAṂ.

1 α. *Râmé Manuja-çârdûlé*
sânujé vanam âçrité (A),
1 β. *Râjâ Daçaratas kṛććrâm*
âpadaṃ samapadyata.
2 α. *Râma-Laxmanayôr éva*
vivâsâd, Vâsavôpamaṃ
2 β. *Jagrâhaupaplavagataṃ*
sûryaṃ tama ivâmbaré.

3 α. *Sa, ṡaṡṭé divasé, Râmaṃ*
çoćan éva mahâyaçâs,
3 β. *Ardda-râtré, vibuddas san,*
sasmârâtma-suduskṛtam;
4 α. *Smṛtwâ-ća, dêvîṃ Kâuçalyâm*
abibaṡyédam abravît:

JAZINADATTI NECIS FABULA

(UT) IN CELEBERRIMÂ RAMAÏDE (-LEGITUR).

Dùm leo Mānuides, Rāmas, cum fratre minore,
Longinquas peteret sylvas, heu spontè profectus,
Dēsărătham regem cœpit consūmere mœror.
Arbiter ille potens, metuendo proximus Indræ (*a*),
Exilio juvenis Ramæ, fratremque secuti
Lasmănis, exuerat splendorem fronte sedentem:
Æthere sic medio, trux sōlem sīdus obumbrat.

LA MORT DE YAZNADATE,

ÉPISODE

TRADUIT DE LA RÂMAÏDE DE VALMIKI.

Quand le jeune lion né des rois Manouvides [1],
Râma, qu'avaient vaincu des manœuvres perfides,
Fut parti, se courbant sous d'injustes arrêts [2];
Quand, cherchant avec lui l'épaisseur des forêts,
En compagnon d'exil, Lasman, généreux frère,
L'eut suivi, — quel chagrin saisit leur noble père!
Le monarque imposant succombait affaissé;
On eût dit un soleil dans les cieux éclipsé.

Depuis six jours entiers, dans sa douleur profonde,
Le vieux Dasarétas fuyait les yeux du monde [3] :
Or, la septiéme nuit, pleurant son fils si cher,
Il veillait.... Tout-à-coup un souvenir amer
Surgit, et par degrés rappelle à sa pensée
Un acte malheureux de sa course passée,
Acte que dans son âme un long oubli voilait.
Sous ces tourments nouveaux, faible et troublé qu'il est,
Le prince appelle à lui, d'une voix indécise,
L'auguste Causalie, à ses côtés assise :

Sextà jamque die, lacrymans et multa gemens rex
Hùc illùc secum versabat tædia noctu,
Quùm veteris culpæ paulatim tristis imago
Mentem illi subiit. Factus memor, ac nimis æger,
Dīvam Causaliam, thalamo quæ fortè sedebat,
Alloquitur : « Dormis, conjux? Si lībera somno

« Si le sommeil vous fuit, Cauzalie, écoutez;
Ma bouche énoncera de tristes vérités.

» Bonne ou mauvaise, oh oui, toute action humaine
Attire à son auteur ou récompense ou peine;
Avec le cours des temps, un sûr effet la suit,
Et, tôt ou tard, chaque homme en recueille le fruit.
Ah ! combien ce qu'on fait, il faut dès l'origine
Le peser ! — Que de fois le bien qu'on imagine
Se tourne en mal.. ! Souvent dans nos vœux empressés,
Nous optons, et nos choix sont des choix insensés.
On ressemble au mortel que différents bocages
Invitent au séjour de leurs divers ombrages ;
Qui des humbles manguiers méconnaît la valeur,
Et des fiers palâsas, plus brillants par la fleur,
S'en va chercher les bois : haute et vaine feuillée,
Où l'attente est déçue au jour de la cueillée [4].

Voilà quel fut mon sort, et pourquoi, trop puni,
J'appelle en vain Râma, de mes côtés banni.
Ma faute fut d'avoir, dans une ardente ivresse,
Atteint jadis un but par ma fatale adresse :

Nunc vigilas, attenta meis da vōcibus aures..

" Quidquid agunt homines, rēgīna, bonumve malumve,
Hoc manet, atque suo prōdūcit tempore fructus..
Actibus ergò citīs ex omni parte cavendum
Principio. Nam sī leviter quis prona sequatur,
Par erit insulso qui, cùm sibi quærere possit,
In sortem, vario vestītos arbore colles,
Amrœo nemori *palasinam*, flore superbam,

4 β. « *Yadi j́âgarši, Kâuçalyê,*
çṛnu me 'vahitâ vaćaḥ.

5 α. » *Yad âćarati, kalyâṇi,*
naraḥ karma çuƀâçuƀaṃ (B),
5 β. *So 'vaçyaṃ p'alam âpnôti*
tasya kala-kramâgataṃ.
6 α. *Guru-lâġavam ar'tânâm*
âraṃƀêsw-avitarkayan,
6 β. *Guṇatô dôšataç-ćeiva,*
ƀâla ity-ućyatê buďeiḥ;
7 α. *Tad ya'tâmra-vaṇam hitwâ,*
pâlâçaṃ vanam âçrayet,
7 β. *Pušpaṃ dṛštwâ p'ala-prepsur*
nirâçaḥ syât p'alâgamé.
8 α. *Sô 'ham, âmra-vaṇaṃ hitwâ,*
p'âlâçaṃ vanam âçritaḥ,
8 β. *Buďďi-môhât parityâj́ya,*
Râmaṃ çoćâmi durmatiḥ.

9 α. » *Kâuçalyê, labďalaxyêṇa,*
taruṇêna mayâ, purâ,
9 β. *Dûrataḥ çabda-vêďitwân,*
mahat tad duškṛtaṃ kṛtaṃ.
10 α. *Tad idaṃ mâm anuprâptaṃ,*
dêvi, duḥkaṃ swayaṅkṛtaṃ,

Fructifero sylvam præfert; cariturus ineptè
Autumni pōmīs (*b*). — Amræum sīc ego lucum,
Olim, pro palasis, cæcatâ mente relīqui;
Indè, nec immeritò, tristis nunc lūgeō Ramam.

» Sors mea sæva fuit jactu valuisse, scopumque
Nōn oculis notum promptâ tetigisse sagittâ.

10 β. *Sammôhâd iha bâlêna*
yaťâ syâd ƃaẋitaṃ viṡaṃ.
11 α. *Avijñânâd yaťâ kaçćit*
puruṡo ƃaẋayed viṡaṃ,
11 β. *Taťâ mayâpy-avijñânât*
pâpaṃ karma purâ kṛtaṃ.

12 α. » *Dêvy-anûḍâ, tadâƃûs twaṃ,*
yuva-râjô ƃavâmy-ahaṃ (c);
12 β. *Aťâ prâvṛḍ anuprâptâ*
mada-kâma-vivardďinî.

13 α. » *Âdâya hi rasaṃ ƃâumaṃ,*
taptwâ-ća jagatîṃ ravâu,
13 β. *Udag gatwâƃyupâvṛtté*
parêtâvaćitâṃ diçaṃ;
14 α. *Âvṛnwânâ diçaḣ sarvâḣ*
snigďâ dadṛçiré ġanâḣ,
14 β. *Mudâ jahṛṡirê-ćâpi*
vaka-sâraṅga-varhiṇaḣ.
15 α. *Âkûlâkûla-tôyâni*
srôtâṅsi vimalâny-api,
15 β. *Unmârga-jala-vâhîni*
baƃûvur jaladâgamé.

Ardor in errorem duxit me. Error mihi culpa;
Ut peccat puer incautus sūgendo venenum..

» Quam dūdùm memoro! Tu virgo innupta manebas;
Ipse ego regni hēres tantùm, flōrensque juventâ.
Flamina amoris agens, pluviarum contigit æstas.

» Vēnerat australes sōl, ex aquilone reversus,
Oras, et terræ succum calor hauserat omnem

Faute aveugle..! pareille à l'acte sans raison
D'un enfant qui se joue en suçant un poison.

» Comme ils ont fui, ces temps, dont l'image lointaine
Déjà dans mon esprit disparaît incertaine !
De la maternité vous ignoriez la loi ;
Vous étiez vierge encore, aimable reine ; et moi,
Joyeux et téméraire en ma course étourdie,
Je n'étais qu'héritier du trône d'Ayodie [5].

» Un soir, — c'était alors la saison des beaux jours,
L'admirable saison des fleurs et des amours, —
Par les feux du soleil si longtemps desséchée,
La terre avait enfin vu sa soif étanchée ;
Des nuages épais, agréable rideau,
Naissaient, puis se fondaient en féconds torrents d'eau ;
Aussi, peignant leur joie avec des cris étranges,
Les paons aux cent couleurs, les hérons, les saranges [6],

Torridus. At cœlum grātà cālīgine nimbi
Tandem vēlârunt, spem lætitiamque ferentes.
Mox tellūs inhians madefit ; perfunditur undâ
Nūbigenâ ; pleno decurrunt margine rivi ;
Splendida terra simul turget viridantibus herbis.
Tùm genus āligerum, tùm cycnus, pāvo, saranga,
Ardeaque insano strīdens velut ebria potu,
Exultat rīpīs et amīcos accipit imbres.

Près des ruisseaux grossis semblaient comme enivrés,
Et de gazons plus frais les champs s'étaient parés.

» Un soir donc, au hasard, parmi les herbes vertes,
Non loin du Sarayou, fleuve aux rives désertes [7],
Je pars, un arc en main, sur le dos deux carquois [8].
Peut-être, quand la nuit allait couvrir les bois,
Un buffle, un éléphant, quelque animal sauvage,
Viendrait vers la rivière y chercher son breuvage.
J'approche ; les buissons me la cachaient encor,
Que, palpitant d'ardeur, aveuglé par le sort,
J'entends s'agiter l'eau : je m'arrête et j'écoute.

» C'est comme un vase étroit qui s'emplirait...
Sans doute
Tel doit être, — tel est, — le bruit qu'en s'abreuvant,
Fait, du creux de sa trompe, ouïr un éléphant.
— Il suffit ; mon désir n'en attend pas la vue :
Sur l'arc impatient je mets la flèche aiguë ;
Au juste point du son je vise ; — acte insensé !
Le trait vole... Un cri part, qui d'effroi m'a glacé
Et fait échapper l'arc à ma main vacillante.

« Talia cùm starent, o pulchra (c), cupīdine pulsus
Vēnandi, egredior, tepidum sub vesperis ortum.
Arcus inest manibus fulgens ; humeroque duabus
Impositis pharetris, sylvas flūmenque Sarajum
Per dubios calles lætus peto. Namque videtur
Spīculo inaudito succumbere posse per umbras,
Būbalus aut elephas, aut sylvæ bellua quævis,
Sēmōtos latices quærens, Saragena fluenta.

« Haud equidem longè distabat pes meus illo

16 α. *Mégajênâmbunâ bûmir*
bûriṇâ paritarpitâ,
16 β. *Unmatta-çiki-sâraygâ* (D)
babâu harita-çâdwalâ.

17 α. » *Etasmin îdṛçé kâlé* (E)
vartamâné, 'hâm, ayganê,
17 β. *Baddwâ tûṇâu, danuśpânis,*
Sarayûm agaman nadîṃ;
18 α. *Nipâné mahiśaṃ râtrâu,*
gajaṃ-vâ tîram âgatam,
18 β. *Anyaṃ-vâpi mṛgaṃ kañćij*
jigâṅsur, ajitendriyas.

19 α. *Atâhaṃ pûryamâṅasya*
jala-kumbasya niswanam,
19 β. *Aćaxurviśayé, 'çrâuśaṃ,*
vâraṇasyêva vṛghitaṃ.
20 α. *Tatas, supuykaṃ, niçitam,*
çaraṃ sandâya kârmuké,
20 β. *Asmin çabdé, çaraṃ xipram*
asṛjaṃ, deiva-môhitas.
21 α. » *Çaré-ćâçṛṇavaṃ tasmin*
mukté nipatité tadâ:

Amne, sed ad ripam gressu properante ferebar,
Accessurus eam nī nox fruticesque vetarent :
Nescio quis strepitus è flumine surgit ad aurem.
Sic fortassè ad aquas longo strepit amphora collo,
Vel, bibiturus eas, sūgente proboscide barrus.
Expectata igitur vēnit fera (sic mea mens est).
Nec mora ; nam dextræ quærenti occurrit acutum,
Pennatum jaculum ; simul arcûs cornua flecto.
Undè sonus crepuit, volat illùc missile telum.
» Fit subitò gemitus miserabilis ; ac mihi sanguis

21 б. « *Hâ, hatô 'smîti!* » *karuṇâṃ*
mânuśêṇêritâṃ giraṃ.

22 α. « *Katam asmad-vidé çastraṃ*
nipatet tu tapaswini?

22 б. » *Kenâyaṃ sunṛçaṅsêna*
mayi bâṇô nipâtitaḥ?

23 α. » *Praviviktâṃ nadîṃ râtrâv-*
-udaharô 'hâm âgataḥ:

23 б. » *Iśuṇabihataḥ kêna?*
kasyêhâpakṛtaṃ mayâ?

25 α. » *Idaṃ niśp'alam ârambaṃ,*
kêvalânarta-saẏhitaṃ,

25 б. » *Vidwân kaḥ sâdu manyêta*
çiśyênêva guror badaṃ.

26 α. » *Nemaṃ tatânuçocâmi*
jîvita-xayam âtmanaḥ,

26 б. » *Mâtaraṃ pitaraṅcândâu*
vriddâu çocâmi tâu yatâ (F).

24 α. » *Vṛddâsyândasya dînasya,*
vané vanyêna jîvataḥ,

24 б. » *Muneḥ putrabadâd êva*
hṛdi bâṇô nipâtitaḥ (G).

28 α. » *Tâu-câhaṃ-ceiva kṛpaṇâḥ,*
kênâgamya durâtmanâ

Sistitur, èque manu letalis lābitur arcus.
" Ah! perii! " resonat tremulo vox murmure. " Sed quis
" Mî similem potuit crūdēlis figere jactu..,
" Sylvestrem puerum, monachum, nullīque nocentem,
" Qui fluvium saltûs, lymphas hausturus, adibat!
" Istud turpe scelus, sine causis, utile nullâ

« Je suis mort, » dit la voix douloureuse et tremblante.

» Mais quel être cruel m'a pu frapper? — Pourquoi
» Dépouiller de la vie un enfant tel que moi?
» Jeune ermite, à qui donc ai-je nui sur la terre?
» Je venais puiser l'onde au fleuve solitaire
» Pour gens à qui des bois l'humble aliment suffit.
» Ce meurtre sans pitié, sans raison, — sans profit, —
» N'est pas moins odieux que le forfait d'un traître,
» D'un coupable disciple assassin de son maître [9].

» Car ce n'est pas moi seul qu'un tel coup fait périr;
» Et les jours innocents qu'on m'est venu ravir,
» C'est pour d'autres que moi que mon cœur les regrette.
» C'est pour mon père, — aveugle et triste anachoréte,—
» C'est pour ma pauvre mère, aveugle comme lui.
» Quand j'aurai disparu, quel sera leur appui? »

" Lucrorum specie, stomachum ciet, haud secùs ac si
" Vellet discipulus proprium mactare magistrum.

" Non mihi condoleo de vītâ tàm citò raptâ;
" Sed complōrŏ pătri, qui sanctus erēmita vīvit,
" Conqueror et mātri, comiti sociæque recessûs,
" Ambōbus vetulis, ambōbus lūmine captis.
" Hoc par dulce senum, deinceps quid me sine fīet?
" Herbis, heu, solitos vesci, vel glande misellâ,
" Hos ego nūtrībam : me dempto, cura peribit. "

» O reine, à ces accents d'une plainte suprême,
Je m'avance éperdu, plein d'horreur pour moi-même ;
J'écarte les rameaux ; je marche en me pressant ;
J'arrive enfin. — Que vois-je ?

Un faible adolescent,
Qui, pauvrement couvert de simples peaux de bête,
Et les cheveux en tresse attachés sur la tête,
— Précoce pénitent, — de ma flèche percé,
Les pieds dans l'eau du fleuve, était là renversé.

Il m'aperçoit : son œil se ranime.., et mon âme
Frémit de repentir sous son regard de flamme.

« C'est donc toi, xatria, par qui je meurs ainsi [10] !
» Eh ! que t'avais-je fait ? — Qu'avaient-ils fait aussi,
» Mes vieux parents, dont l'œil ne voit plus la lumière !
» Qui, nourris par moi seul, voués à la prière,
» Innocents, vertueux, vivaient au fond des bois !

" His dictis propero, cupiensque videre quid a me
Patratum fuerit, trepidus virgulta repello.
Proh dolor ! Ecce puer, transfixus pectora ferro,
More anachōrētæ vestītus pelle ferinâ
Fronteque adhùc præbens religatos ritè capillos,
Sanguine rōrabat, mediusque jacebat in undâ.

" Vix me conspexit, tam diris vīsibus ægrum,

28 β. » *Bâṇêneikêna nihatâḥ,*
çaka-mûla-p'alâçanâḥ ?
27 α. » *Tad anđa-mit'unaṃ vṛđđaṃ*
dîrġa-kâlaṃ ƀṛtaṃ mayâ,
27 β. » *Mayi pañćatwam âpanné,*
kâṃ vṛttîṃ vartayiśyati ? »

29 α. » *Iti tâṃ karuṇâṃ vâćaṃ*
çrutwâ me. ƀrânta-ćetasaḥ,
29 β. *Ađarma-karma-ƀîtasya*
karâd aćyavatâyuđaṃ.
30 α. *Sahasâƀyupasṛtyeinam*
apaçyaṃ hṛdi tâditaṃ,
30 β. *Jatâjina-đaraṃ bâlaṃ,*
dînaṃ, patitam amƀasi.
31 α. *Sa, mâṃ kṛpaṇaṃ udvîxya,*
marmaṇy-aƀihatô ƀṛçaṃ,
31 β. *Ity-uvâća vaćô, dêvi,*
điđaxur iva têjasâ :

32 α. « *Kiṃ tavâpakṛtaṃ, xatra,*
vané nivasatâ mayâ,
32 β. *Jiġrixur âpô gurw-art'aṃ,*
yad ahaṃ tâḍitas twayâ ?

In temeratorem morientia lumina fixit ;
Lumina me justis quasi combūrentia flammis,

» Quæ tibi, quæ, *xatriă*, dic, a me injuria lata est,
» Quòd tu, sic, puero, jussu genitoris ad undas
» Cantharŏn implenti, corpus confōderis ictu ?
» Insuper, innocui, dic, quid fēcēre parentes,
» Præsidiis orbi, cæci, tardīque senectâ ?
» (Tres etenim miseros, tres ūna sagitta necavit).
» His opus est nato ; nimis, ēheu, jam moror absens.

34 α. » *Ekênânêna bâṇêna*
twayâ, pâpa, hatâs trayaḥ :
34 β. » *Aham, ambâ-ća, tâtaç-ća;*
kasmad? anaparâďînaḥ !

33 α. » *Amû hi, kṛpanâv-anďâv-*
-anâťâu, vijané vané,
33 β. » *Madîyâu pitarâu vṛďďâu*
pratîxeté mamâçayâ. »
35 α. » *Nûnaṃ na tapasaḥ kiṇćit*
p'alaṃ manyê çrutasya-vâ,
35 β. » *Yaťâ mâṃ nâbijânâti*
pitâ, mûḍa, twayâ hataṃ.
36 α. » *Jânan api-ća* [II], *kiṃ kuryâd,*
anďatwâd aparâkramaḥ ?
36 β. » *B'iďyamânam ivâçaktas*
trâtum anyan nago nagaṃ [I].

38 α. » *Iyam êkapadî yâti*
mama taṃ pitur âçramaṃ :
38 β. » *Taṃ prasâdaya gatwâçu,*
na twâṃ sa kupitaḥ çapet.
37 α. » *Pitus twam êva me gatwâ,*
çîġram âćaxwa, Râġava,
37 β. » *Mâ twâm ďaxyati çâpêna*
çuṡka-vṛxam ivânalaḥ.

" Scilicet ista boni merces ! adeòque tot annos
" Prōfuit austērâ corpus domuisse diætâ,
" Seu vigili studio Vēdas scrutâsse verendos !
" Insanus juvenis mihi vitam subripit : et me
" Cunctantem in sylvâ crēdit pater inscius. — At si
" Nota forent etiam genitori nunc mea fata,

» Car ta flèche., ô méchant, nous a tués tous trois.

» Troublés de mon absence, oh, déjà dans leur peine
» Ils m'attendent, sans doute.... Et leur attente est vaine!!!

» Tel est donc là le fruit de mes austérités!
» Des saints Védas par moi si longtemps médités [11])!
» Un insensé me tue.., et mon père, qui m'aime,
» Quand loin de lui je meurs, n'en est pas instruit même!
» — Mais, dans son impuissance, au reste, il le saurait,
» Qu'y ferait-il encor..? L'arbre de la forêt
» Peut-il, en s'agitant sur sa tige épargnée,
» Sauver à son voisin les coups de la cognée [12])?

» Eh! bien! prends ce sentier, chasseur,—et sans retard.
» Il mène à l'ermitage où languit le vieillard.
» Va l'y trouver; dis-lui l'œuvre de ta démence;
» Du pénitent, du brahme, implore la clémence;
» Car s'il te maudissait, tu mourrais consumé
» Comme un vieux arbre sec par la foudre enflammé.
» Va donc, — et puisses-tu fuir le courroux céleste!

" Quid magis..? Anne fit ut percussa secūribus arbos
" Arbore vīcīnâ velut auxiliante juvetur!

" Tu, mea verba audi. — Viden'? Ad māgāle paternum (*d*)
" Pauperis et tuguri tigna, istæc sēmita ducit.
" Hùc, age, verte pedem. Quæ fēceris omnia narra;
" Brachmănis ante pedes, in me commissa fatêre.
" Tûm supplex, ab eo vĕniam pete; ne citus ille
" Urat te miserum, tibi justè dīra precando,
" Ut scintilla vorat siccum sine cortice truncum.

» Mais non ; reviens.

Ce dard, que ton arme funeste
» M'a lancé.., qui suspend le souffle de ma voix,
» Qui m'enferre.., il m'étouffe et me brûle à la fois.
» De ce serpent de feu sauve-moi la torture;
» Viens l'arracher : la mort m'en paraîtra moins dure.

» Ecoute. — Je veux bien adoucir ton effroi [13]. —
» Oui; mon père, il est vrai, plus révéré qu'un roi,
» Tient un rang au-dessus de l'humaine puissance :
» L'honneur du brahmanat décora sa naissance.
» Mais l'épouse au cœur pur qu'il reçut dans ses bras,
» Ma bonne et pauvre mère, est du sang des Soudras [14].
» Qu'au moins par ce penser ta crainte un peu s'allège!
» Ton crime.., affreux sans doute.., échappe au sacrilège.
» Tu n'es point brahmicide. »

» Ainsi, près de la mort,
L'enfant blessé par moi me consolait encor!
— De son sein, qui palpite, en tremblant je retire
Ma flèche... Effort fatal! L'humble jeune homme expire.

" Adverte interdùm, nam te vocat ultima cura.
" Istud fulmineum fīgens præcordia telum,
" — Quo laceror, quo me gravat interclusus et æger
" Hālitus, — ut serpens, pulmōnibūs igneus hæret.
" Hoc abiens aufer ; hoc nīsibus abripe, sodes ;
" Expeditus ferro valeam spīrare supremùm !

" Cætera, ne nimio tu percellâre timore,
" Hoc volo te monitum : constat non posse negari
" Quin genitus fuerim in sylvis a brachmăne vero ;

39 α. » *Viçalyaṃ kuru mâṃ xipraṃ ;*
twayâyaṃ yô 'rpitaḥ çaraḥ,
39 β. » *Hṛdi vajrâgni-sańsarpaḥ,*
prâṇân uparuṇadďi mé.
40 α. » *Saçalyô maraṇân nâham*
âpnuyâṃ, çalyam udďara.

41 α. » *Brâhmaṇêna twaham jâtaḥ*
Çûdrâyâm vasatâ vané.
40 β. » *Na dwijâtir ahaṃ; çaγkâṃ*
brahma-hatyâ-kṛtâṃ tyaja. »

41 β. » *Iti mâm abravîd vâkyaṃ*
bâlaḥ çarahatô mayâ.
42 α. » *Tasyâťauttamyatô bâṇam*
ujjahâra balâd ahaṃ;
42 β. *Sa, mâm udvîxya santrastaṃ,*
jahâu prâṇâńs tapô-ďanaḥ.

» Ad tantùm *sudrœa* dedit mihi fœminá vitam;
» Casta, verenda quidem, sed non sata sanguine sacro.
» Brachmănicīda meo sic nōn es funere factus. »

» Isto verba modo fecit puer, ipse necanti
Prōvidus. — Ast ego tunc, lētālem dulce sagittam,
Incassùm tentans āvellere, vi propè magnâ
Extraxi tremulo. — Sed me, mea facta dolentem,
Conspiciendo, leves ascētă novītius auras
Traxit, et efflavit mītem sine crimine vitam.

43 α. » *Nidanam upagaté maharši-putré,*
saha yaçasâ sahaseiva mâm nipâtya,
43 б. *Bṛçam aham abavam vimûḍa-ćêtâ,*
vyasanam apâram asańçayam prapannaś.

44 α. » *Tatô 'ham, çaram uddṛtya,*
dîptam, açîvišôpamam,
44 б. *Âgaćam, kumbam âdâya,*
pitur asyâçramam prati.

45 α. *Tatrâham kṛpaṇav-andâu,*
vṛddâv-aparićârakâu,
45 б. *Apaçyam tasya pitarâu,*
lûna-paxâv-ivâṇḍajâu;
46 α. *Tat-katâbir upâsînâu,*
vyatitâu, putra-lâlasâu,
46 б. *Putrâgamanajâm âçâm*
âkâŷxantâu; MAYÂ HATÂU (J).

47 α. » *Pada-çabdam tu me çrutwâ,*
munir mâm abyabâšata :

« Sanctus hypermonachi postquàm sic natus obivit,
O conjux, cecidit pariter mea glōria; meque
Præcipitem jēcit dolor in genus omne malorum.

« Urnam mox relevans a ferre volente relictam,
Atque pii juvenis sic saltem mūnus adimplens,
Sedis erēmiticæ monstratum mox ego callem
Arripio titubans, et saltûs densa peragro.

« Tandem tecta casæ appārent, et limine parvo
Cernuntur duŏ sylvicolæ, qui, paupere cultu,
Mæsti, grandævi, famulo sine, — corda movebant;
Sat similes avibus quos durus līquerit auceps

» Moi, quand son œil fut clos, quand sa tête eut fléchi,
Quand resta pâle et froid le fils du grand *richi* [15]),
Ce que j'avais d'orgueil sembla tomber à terre.

» Dans ma douleur profonde, un cruel ministère
Me restait : — Je saisis l'urne aux flancs remplis d'eau,
Je l'emporte; et, chargé de ce triste fardeau,
Je prends l'étroit sentier qui mène à l'ermitage.

» Là, j'aperçois bientôt, courbés sous leur grand âge,
Les deux parents.., qui, seuls, au fond des bois touffus,
— Pauvres, de serviteurs et d'ami dépourvus, —
Semblaient, dans leur misère, époux cassés et frêles,
Deux oiseaux à qui l'homme aurait coupé les aîles.

L'un près de l'autre assis de leur fils bien-aimé
Ils se parlaient, le cœur déjà tout alarmé.
Hélas! ils attendaient avec sollicitude
Son retour, différé plus tard que d'habitude.
Ils ignoraient leur sort, ces deux infortunés,
Si touchants.., et par moi, — moi, dis-je, — assassinés.

» Or, au bruit de mes pas dans la forêt déserte,
Du solitaire ému l'oreille s'est ouverte.
Il se lève, il tressaille, et me tendant les bras :

Confossis oculis miseros ālisque recisis.
Alter ad alterius lătus, ægrâ fronte, sedebat
Fultus uterque parens, pro claustris, stīpite trunco.
Absentem natum vocitabant, dulce loquendo,
Anxius iste senex, ănus anxia non minus ista ;
Frustrā spērantes! occisi sæviter a me!

« Ecce pedum cæcis mōtus sonitusque meorum
Advĕnit. Exclāmat subitò pater : « O bone fili,

« Enfin c'est toi ! » dit-il. « Viens ; tu nous verseras
» L'eau des rites sacrés et l'eau qui désaltère.

» Mais... qui t'a retenu, dans la nuit solitaire ?
» Yaznadate, ô mon fils, qu'avec amour j'attends [16],
» Tu t'es au bord du fleuve arrêté bien longtemps !
» Déjà ta mère, ici, s'affligeait incertaine.

» T'aurions-nous, elle ou moi, fait quelque ombre de [peine ?
» Oh ! vois-tu : si jamais, troublant ton jour serein,
» Nous pouvions, par hasard, te causer du chagrin..,
» Excuse ou notre faute ou bien notre impuissance,
» Mais ne tarde pas tant..! trop dure est ton absence.
» N'es-tu pas notre pied, notre œil, et de nos pas
» L'unique appui ?
Cher fils, tu ne me réponds pas ! »

» Les sanglots m'étouffaient, illustre Cauzalie.
C'est en joignant les mains comme un honteux supplie,
Qu'enfin, et d'un accent encor mal assuré :

" Quæ mora te tenuit ? Pōtum sitientibus affer.
" Jazinadatte, diù lūsisti tū propè ripam ;
" Excruciata fuit mater tua, care puelle.

" An tibi, dic, hodiè, factus sum fortè molestus ?
" O si læserimus te incautè ; — si qua dolendi
" Causa, vel una levis, tibi per nos vēnerit unquàm ; —
" Candidus ignoscas tu culpæ, quæso, parentûm,

47 β. « *Kiṃ ćiraṃ te kṛtaṃ, putra?*
pâṇîyaṃ ẋipram ânaya.
48 α. » *Yajñadatta, çiraṃ, tâta,*
salilé krîḍitaṃ twayâ;
48 β. » *Utkaṇ'ṭitêyaṃ mâtâ té.*

Ta'tâ twam api, putrakâ,
49 α. » *Yadi kiñćid vyalîkaṃ té*
mayâ mâtrâpi-vâ kṛtaṃ,
49 β. » *Ẋamayes; twañ-ća mâ ƀûyaç,*
ćirayê'tâs kwaćit-kutas.
50 α. » *Agates twaṃ gatir me 'dya,*
twaṃ me ćaẋur aćaẋuśas;
50 β. » *Mamâsaktâs twayi prâṇâs....*
Kasmât twaṃ nâƀiƀâśasê? »

51 α. » *Vâśpa-pûrṇêna kaṇ'ṭêna,*
đṛtyâ saństaƀya vâgbalaṃ,
51 β. *Kṛtâñjalis tam abruvaṃ*
baya-gadgadayâ girâ:

" Dēsine sed posthàc tàm sērò nocte reverti!
" Fulcrum nonne mănes nostri? pedibŭsque carentùm
" Tū pes? Nonne oculis orborum fidus ocellus?
" In te noster amor tōtus, nostra omnia vergunt.

" Sed nil respondes. Cur vox tua verba recusat? "

" Gutture ceu lacrymis plēno, prōferre nequibam
Vōces. Vix potui, quùm facta est cōpia fandi,
Dicere prōciduus, manibusque in vertice junctis (*e*):

52 α. » *Ẋatriyô 'haṃ Daçaraťô ;*
nâhaṃ putrô, munê, tava.
52 β. » *Sajjanâv-amataṃ ġôraṃ*
kṛtwâ pâpam upâgataḥ.

53 α. » *Bagavanç, ćâpa-hastô 'haṃ*
Saraywâs tîram agataḥ,
53 β. » *Jiġâńsur mahiśaṃ vanyaṃ,*
nipanê-vâgataṃ gajaṃ.
54 α. » *Pûryamâṇasya kumbasya*
muka-çabdô mayâ çrutaḥ;
54 β. » *Tatra putrô mayâsâu tê*
nihatô gaja-çaŷkayâ.
55 α. » *Tasyâhaṃ ruditaṃ çrutwâ,*
hṛdi binnasya patriṇâ,
55 β. » *Bîta âgamya taṃ dêçam,*
apaçyaṃ taṃ tapaswinaṃ.

57 α. » *Sa-ćauddṛtê mayâ bâṇê,*
prâṇâńs tyaktwâ, divaṃ gataḥ;
57 β. » *B'avantâu, sućiraṃ kâlaṃ,*
pariçôćyâ tapaswinâu.

" Non tuus, ô moniă, sum filius ; ast ego mīles,
" Nōmine Desarathas, xatrio de sanguine tantùm.
" O tenues frūgīque senes, virtute decori (*f*),
" Horrendum facinus, quamvis non spontè peractum,
" Vestros ante pedes addūcit me quasi sontem.

" Arcu fretus, ovans, dùm ripas fortè Sarajûs
" Lustrarem, cupiens ūrum barrumve ferire,
" Implentis sonitus mōtis in fluctibus urnam
" Audītur. Verò occurrit mihi bellua mentem ;
" Fit sonus iste, reor, strepitante proboscidis haustu.

« Je ne suis point ton fils, ô brahme vénéré;
» Né hors des rangs bénis, ma caste est militaire;
» J'ai nom Dasarétas. — Un crime involontaire,
» Un horrible malheur, le plus affreux des coups,
» Bons et et saints pénitents, m'amène à vos genoux.

» Sur les monstres des bois, ce soir, aux bords du fleuve,
» De mon arc aux traits sûrs j'allais tenter l'épreuve;
» J'en approchais... Soudain, j'entends dans les roseaux
» Comme le bruit d'un tube où s'engouffrent des eaux :
» Le bruit d'un éléphant qui remplirait sa trompe.
» — Des armes dont le jet bien rarement me trompe
» Je m'empare avec fougue. Au point d'où le son part,
» D'instinct, rien qu'au juger, ma main décoche un dard.
» J'ai touché..! Mais quel cri? C'est une voix plaintive;
» Et lorsqu'au Sarayou, tout hors de moi, j'arrive,
» J'aperçois un jeune homme.., un doux religieux..,
» Blessé, pâle, sanglant, et la mort dans les yeux.

» Seigneur, j'ai de ton fils exauçant la prière [17]),
» Retiré de son sein la flèche meurtrière,
» Mais il n'en a pas moins pris son vol vers le ciel [18]),
» Après avoir gémi sur votre sort cruel,
» Vieux parents, pour qui seul il regrettait la vie.

" Prōtinùs excusso fugit āles missile nervo.
" Mox autem, simul ac, gemitū jàm territus, adsto,
" Tunc anachōrētes appāret arundine fixus
" Letiferà. — Crūdēle quidem mihi vellere ferrum
" Anxia cura fuit; sed postquàm languït ille
" Condoluitque diù de vobis (triste) relictis,
" Conscendit moriens placido spīrāmine cœlum.

» Ah ! c'est bien par malheur, bien malgré mon envie,
» Qu'hélas il a reçu un des traits empennés
» A l'éléphant, au buffle, au tigre destinés.
» Rien, dans ces bois déserts, ne donnait lieu de craindre
» Qu'un être humain fût là, que mon dard pût l'atteindre.
» Le coup qui sur ton fils vient de fondre aujourd'hui,
» M'a courbé, m'a vaincu, m'a tué comme lui.
» Toi, dont la voix, ô maître, est un feu qui dévore,
» Tu ne maudiras pas l'insensé qui t'implore. »

» Or, au récit fatal de mes lèvres sorti,
Le brahme était resté longtemps anéanti,
Muet, stupide. Enfin sa douleur prisonnière
Par des cris, par des pleurs, éclata tout entière.
Puis, de retour à lui, comprimant ses sanglots,
Le sage, avec grandeur, laissa tomber ces mots :

« Quels supplices, dis-moi, pour son forfait, mérite
» Celui qui librement tûrait un jeune ermite,
» Un doux enfant, déjà riche en austérités [19]),
» Lecteur des Livres saints, nuit et jour feuilletés ?
» On en frémit... Indra, pour un semblable crime,
» Tomberait renversé de son trône sublime [20]).

« Ah ! certè ignarus, domine, atque imprōvidus egi,
« Quùm mea sīc ad aquas fūnesta sagitta volavit
« Quà tuus insano est occisus filius ictu.
« Ad nihilum videor nunc ipse redactus eodem
« Telo ; cuncta mihi jàm sordent ; teque, magister,
« Te decet in miserum non vertere judicis iras. »

« Audierat me ut hĕbes prīmùm pater, atque stupore

56 α. » *B'agavañć, c̈abdavêd̈itwân,*
mayâ gaja-jiĝânsunâ,
56 ϐ. » *Visṛṣtô 'mb̈asi nârâćô*
yêna te nihataḥ sutaḥ.
58 α. » *Ajnânatô mayâ putrô*
hatas te dayitô, muné;
58 ϐ. » *Çêṡam êvaṃ gaté, têjô*
mayy-utsraṣṭuṃ twam arhasi. »

59 α. » *Sa, êtad ab̈isañçrutya,*
muhûrtam iva mûrc̈itaḥ,
59 ϐ. *Pratyâçwasy-âgata-prâṇô,*
mâm uvâća kṛtañjaliṃ :

61 α. » *X̌atriya, jñâṇapûrvañ ćed*
vânapras'ta-bad̈aḥ kṛtaḥ,
61 ϐ. » *S'tânât praćyâvayêtâçu*
Vajriṇam api sus'titaṃ.
62 α. » *Saptad̈â tu p'alen mûrd̈â,*
munâu tapasi tiṣṭati,
62 ϐ. » *Jñânâd visṛjataç çastraṃ*
tâdṛçé brahma-vâdini.

Mūtus et exanimis. Post, ille, silentia rumpens,
Singultu mixtas lacrymas effūdit abundè;
Factus et indè sui deprompsit talia compos :

« Quæ foret, ô xatriā, perverso dēbita merces
» Qui dulcem puerum, qui florem gentis erēmi,
» Ritibus addictum semper, Vēdisque legendis,
» Gnarus et ipse volens, mactârit cuspide sævâ ?

60 α. » *Yadi twam açubam̱ kr̥twâ,*
nâćaxîtâḥ swayam̱ mama,
60 β. » *Lôkâ api tatô dagdâ*
mayâ te çâpa-vahninâ.
63 α. » *Hatas tw-asâu yad ajñânât*
twayâ, TÊNÂDYA JÎVASI.
63 β. » *Na syâd vihvalam apy-adya*
Râġavânâm̱, bavân, kimu.

64 α. » *Naya mâm̱, nr̥pa, tam̱ dêçam̱*
yatrâsâu bâlakas twayâ
64 β. » *Hatô nr̥çansa-bâṇêna,*
mamândasyânda-yaṣṭikaḥ.
66 α. » *Rudirêṇâvasiktâṅgam̱,*
prakîrṇâćita-mûrddajam̱,
66 β. » *Sabâryas tam̱ spr̥çâmy-adya,*
Darma-râja-vaçam̱ gatam̱.
65 α. » *Tam aham̱ pâtitam̱ bûmâu*
spraṣṭum iććâmi putrakam̱;
65 β. » *Sam̱prâpya, — yadi jîvêyam̱, —*
putra-sparçana-paççimam̱ ! »

» Quæ lex dura nimis sceleri ? Pro talibus ausis,
» Damnatus caderet præceps è nubibus Indra.
» Nunc igitur nisi tu sic vĕneris æger, acerbi
» Dēlicti veniam tàm supplice voce rogatum,
» Ecce meis precibus sōlùm, justoque furore,
» In septem partes ageretur frons tua, latè
» Dissiliens : æqui tantùm valet alta potestas !
» Nil tibi prōficeret populus tuus, igne peremptus.

» Sed tu te reprobas? peccasti nescius, āmens? —
» INDÈ MANES VIVUS. — Tibi sit pax ! Eia age, VIVES.
» Per me, parce metu, princeps, tibimetque tuisque (*g*).

» Va! du courroux d'en haut pour éteindre les feux,
» Il faut et ton erreur et tes humbles aveux.
» Oui, si tu ne venais, détournant l'anathême,
» Pleurer ton ignorance et t'accuser toi-même;
» Vois-tu..., faible vengeur de mon fils innocent,
» Je ne suis qu'un vieillard, faible, aveugle, impuissant :
» Eh bien, le cri d'appel d'un brahmane et d'un père
» Ferait encor sur toi descendre le tonnerre;
» Ton front, sept fois fendu, volerait en éclats;
» Tous tes peuples, ligués, ne te sauveraient pas.

« Mais, le meurtre commis, ton âme le déplore?
» L'ardeur t'entraîna seule? — Aussi, TU VIS ENCORE.
» —Tu vivras... Pour les tiens demeure exempt d'effroi :
» Mon pardon les atteint; sois content, fils de roi [21]).

» Conduis-nous, cependant, où sur la terre humide
» Gît renversé mon aide et mon soutien timide.
» Oui, ses membres déjà par la mort réfroidis,
» Ses cheveux en désordre et de son sang raidis,
» Je veux les reconnaître et les palper moi-même :
» Dernier attouchement, embrassement suprême
» A ce doux-cher appui que ta flèche immola.
» Marchons..., s'il m'est donné de vivre jusque là. »

" Interea, duc nos illùc ubi, morte peremptus,
" Cæcorum columen nostri, pius hic adolescens,
" Stratus humi jacet, heu, rigidas ingressus ĭāmæ
" Justitiæ regis lēges, sibi nulla minantes.
" Tangere fīliolum saltem; palpare supremùm
" Sanguine adhùc madidos artus spsarsosque capillos,
" Amplexūque frui : talis mea tota cupīdo;
" Usque ad eas cūras si tantùm vīvere fas est! "

» Hélas ! le cœur brisé, moi, belle et noble reine [22],
Vers la triste rivière où leur vœu les entraîne,
Je guide à pas soigneux ces deux infortunés ;
Je les amène au bord. — Là, soudain prosternés,
Et touchant de leurs mains l'être aimé qu'ils regrettent,
Sur le corps de leur fils en pleurant ils se jettent.
Alors, toute réserve a disparu pour eux ;
La mère, le rongeant de baisers douloureux,
Mugit en cris plaintifs où le délire éclate [23] :

« Ne m'aimes-tu donc plus, dis.., dis-moi, Yaznadate,
» Que tu restes muet ? — Parle..! Un son de ta voix,
» Pour ta mère..! O chéri ! parle encore une fois !
» Que ta tendresse, enfant, nous laisse un dernier gage !
» Embrasse-nous, du moins.., avant ton long voyage [24].»

" Tali perculsus miserorum sorte parentùm,
Ipse ego, solus eis custos tūtorque superstes,
Illos ad ripam quæsīto trāmite duxi,
Ut cæsam sobolem possent reperire jacentem.

" Prōciduos subitò, prōmentes flebile murmur,
Me vidisse senes memini, sōlamine vano,
Carum quærentes tactu dignoscere corpus.
— Nati membra sui postquàm tentavit uterque,
Omnis inanis eis mox missa est cura decōris,

67 α. » *Taťâham êkas taṃ dêçaṃ*
nîtwâ tâu ƀr̥ça-dûǩitâu,
67 ϐ. *Tan ahaṃ sparçayâmâsa*
saƀâryaṃ patitaṃ sutaṃ.
68 α. *Putra-çôkâturâu spr̥šṭwâ*
tâu putraṃ patitaṃ x̌itâu,
68 ϐ. *Ârta-swanaṃ visr̥ǰyôƀâu*
çarîré 'sya nipêtatuḣ;
69 α. *Mâtâ-ćâsya mr̥tasyâpi*
ǰihvayâ nihataṃ muǩaṃ,
69 ϐ. *Vilalâpâtikaruṇaṃ*
gâur vivaťsêva vatsalâ :

70 α. « *Nanu té, Yaǰñadattâhaṃ*
praṇêbyô 'pi priyâ, viƀô ?
71 ϐ. » *Kiṃ, vatsa, kupitô me 'si,*
yêna mâṃ nâƀiƀâšasê ?
70 ϐ. » *Sakaťaṃ, dîrǧam aďwânaṃ*
prasťitô, mâṃ na ƀâšasê ?
71 α. » *Sampariŝwaǰya tâvan mâṃ,*
paççât, putra, gamišyasi. »

Ambŏque plōrantes simul in juvenem ceciderunt.
Oscula tùm fīgens puero mœstissima mater,
Exsanguesque genas lambens, āmensque dolore,
Mūgiit, ut vitulo mūgit prīvata juvenca :

« Nonne fui semper vitâ tibi carior ipsâ,
» Jazinadatte! Meo cur nil nunc reddis amori ?
» O! tàm longinquum cursum si carpere dēbes,
» Ne profisciscaris dīrus, dīlecte, tacendo ;
» Extremumque valē genitrīci conjice saltem! »

72 α. *» Anantaraṃ, pitâ-ćâsya*
gâtrâṇyâsya parispṛçan,
72 β. *Idam âha mṛtaṃ putraṃ,*
jîvantam-iva-ćâturaȟ :

73 α. *« Nanu te 'haṃ pitâ, putra,*
saha mâtrâƀyupâgataȟ ?
73 β. *» Uttiṣṭa tâvad ! éhy-âvâṃ !*
kaṇťé, vatsa, pariśwaja.

74 α. *» Kasya-ćâpara-râtré 'haṃ,*
swâďyâyaṃ kurvatô vané,
74 β. *» Çrôṣyami maďuraṃ çabdaṃ,*
Puṇyaṃ Çâstram aďîyataȟ ?
75 α. *» Paryupâsya-ća kaȟ sanďyâṃ,*
snâtwâ, hutwâ-ća pâvakaṃ,
75 β. *» Hlâdayiṣyati me pâdâu,*
karâƀyâm parisaṅspṛçan ?
76 α. *» Çâka-mûla-pʿalaṃ vanyam*
âhariṣyati kô vanât,
76 β. *» Âvayor anďayoȟ, putra,*
kaẏẋatoȟ, ẋut-parîtayoȟ ?
77 α. *» Imâm anďâñ-ća vṛddâñ-ća*
mâtaraṃ te tapaswinîṃ,
77 β. *» Kaťaṃ, putra, ƀariṣyê 'ham,*
anďô, gata-parâkramaȟ ?

« Nec minus infēlix, nati quoque frigida palpans
Pectora, dēfunctum pater orbus, sic, quasi vivum
Alloquitur :
« Cum matre tuâ genitor tuus adsum,
» Fīlī. Ne sileas ! Ob te devenimus ambo.
» Surge redux, et adhùc tu nos amplectere collo.

» Tout en larmes aussi, le pénitent sacré,
Comme à qui l'entendrait, au disciple expiré
S'adresse; et d'un accent qui gémit et qui tremble :

« C'est nous... Ta mère et moi sommes venus ensemble,
» Cher fils..! De tant d'amour toi qui nous entouras,
» Soulève-toi pour nous; jette à nos cous tes bras.

» Hélas..! Qui donc, le soir, dans la Sainte Ecriture [25],
» Avec sa douce voix nous fera la lecture?
» Qui donc, quand le matin j'aurai brûlé l'encens [26],
» M'assouplira les pieds, de ses doigts caressants [27]?
» Dans les fourrés voisins, sur les berges voisines,
» Qui nous ira cueillir des herbes, des racines,
» Des fruits? — Quand nos regrets t'appelleront en vain;
» Quand l'horrible abandon fera sentir la faim
» A ta pauvre, à ta vieille, à ta pieuse mère..,
» Enfant, — pour la nourrir, dis, que pourrai-je faire,
» Moi, sans force et sans yeux, aveugle et décrépit?

" Cujus enim vocem mellītam, nocte silenti,
" Sanctas Scripturas potero auscultare legentis?
" Quis, mātūtīnos postquàm complēvero ritus,*
" Exactis precibus solitīs oleoque cremato,
" Dulce meas plantas manibus mulcendo juvabit?
" Herbas, rādīces, aut fructus, quærere sylvâ
" Quis poterit nobīs, orbatis paupere victu?
" Cùmque timenda fames circumdăbit, o bone, matrem,
" Hancce piam matrem, moniali sorte verendam (*h*),
" Dic : vetulus vetulam, dic, cæcam cæcus alendi
" Inveniamne vias? ego, cujus robur ademptum est!

» Oh! ne te hâte point! Prends un jour de répit!
» Pourquoi franchir si tôt la céleste barrière?
» — Plus que l'affreux besoin, la douleur meurtrière
» Nous tûra... Va, jeune homme, attends nous: dès demain,
» Tous LES TROIS nous prendrons le funèbre chemin.
» — Aussi bien, jusqu'aux pieds du Juge qu'on implore,
» S'il m'écoute, pour toi, je veux plaider encore.
» J'irai, disant les soins que tu nous as rendus,
» Mendier pour mon fils le prix de ses vertus [28].

» Tu l'obtiendras. — L'enfant qui, chez deux solitaires,
» Avait pris du devoir les us héréditaires,
» N'aurait-il, sous la loi des arrêts du trépas,
» Qu'une place chétive et dans les rangs d'en bas?
» Non certes. — Bon pour ceux dont le plaisir inique
» T'est venu mettre à mort, toi, mon amour unique,
» Mon seul parent au monde et tout mon sang dernier.

» Ah, puisqu'un fer cruel, — qui devait t'épargner,
» Mais qui moissonne, hélas, ta fraîche adolescence, —
» T'enlève aimable et pur, en ta pleine innocence..,
» Je ne crains rien pour toi du tribunal d'en haut.

" Nōli igitur, nōli, jam nunc discēdere terrâ;
" Trāmēs enim quo tu gradiēris, nos vocat īdem.
" Nos dēsīderium mox solvet flāmine vitæ,
" Crasque tribus simul, ô puer, alta licebit adire.
" Expectā; summi nam Jūdicis antè tribūnal
" Pro te stare velim, et causam virtutis agendo,
" Præmia quæ meruit pietas tua dīcere, testis.
" Justitiam nato, mendīcans, ipse rogarem.

78 α. » *Tišṭa ! mâ, mâ gamas, vatsa,*
Yamasya sadanaṃ prati :
78 β. » *Çwô, mayâ-ceiva mâtrâ-ca,*
gantâsi saha, putraka.
79 α. » *Ubâv-api, hi, twać-śokâd,*
anâtâu, na ćirâd iva,
79 β. » *Prâṇeis, putra, viyôxyâvô,*
maraṇé kṛta-niçćayâu.
80 α. » *Itô Veivaswataṃ gatwâ,*
bixišyê kṛpanas swayaṃ :
80 β. « *Putra-bixâm pradêhîti,* »
twayeiva sahitô gatas.

86 α. » *Nahîdṛçé kulé janma*
prâpya yaty-adamâṃ gatim ;
86 β. » *Sa tu yâsyati yêna twam*
nihatô, mama bândavas.

81 α. » *Apâpô 'si yaťâ, putra,*
nihatas pâpa-karmaṇâ,
81 β. » *Twam âpnuhi taťâ lôkân*
çûrâṇâm anivartinâṃ ;

" Macte tamen ! Sēdes relegatas quis putet unquàm
" Sortītūrum te, benedicto sanguine eretum,
" Qui bona, pōnè sequens, vestīgia semper amâsti !
" Tales obtineat satis est, qui, nescius æqui,
" Te, mea sola domus, mī sōle propinque, cecīdit.

" Cùm vērò mortis stimulos invēneris insons,
" I nunc, absque metu, quò relligionis ierunt
" Discipuli, dociles normæ gravibusque magistris ;

82 α. » *Aparâvartinâṃ lôkâḥ*
çantânâm yê tapaswinâṃ,

82 ϐ. » *Yaǰwanâṃ, guru-vartinâṃ,*
tâns twam âpnuhi çâçwatân.

83 α. » *Yân lôkân vêda-vêdâṅga-*
-pâragâ munayô gatâḥ;

83 ϐ. » *Yâñç-ća râǰarṡayô yâtâ,*
Yayâti-Nahuṡâdayaḥ;

84 α. » *Gṛhamêdinâç-ća lôkân*
sadâra-brahmaćâṛinaḥ,

84 ϐ. » *Gô-hiraṇyânnâ-dâtârô* (K)
ƀûmidâç-ćeiva yân gatâḥ;

85 α. » *Yâṅç-ćâbaya-pradâtâras,*
taťâ yân satya-vâdinaḥ:

85 ϐ. » *Tân lokân, mad-anuďyâtô,*
yâhi, putraka, çâçwatân. »

87 α. » *Evam âdi-vilapyârtaḥ*
sa muniḥ ḥaha ƀâryayâ,

" Quòve sacerdōtes puri, seu spontè severis
" Lēgibus addicti monachi, cultûsque perīti ;
" Quò sancti rēges, Jagatis velut atque Nahussas ;
" Quò probus it, solitus nil falsi farier ore
" Vēridico ; vel qui fugienti præstat asylum ;
" Vel qui mūnificè pecudes dispertit et agros
" Atque aurum miseris, propriâ quos nutrit oryzâ ;
" Hùc ubi splendescunt justo in certamine cæsi (*i*)
" Herōes ; vel ii qui se gessēre pudīco
" More apud uxores et digno brachmanisantûm :
" Rectores domuum veri, patresque familjâs (*j*),
" Connubiis castis utentes nonnisi castè.

» Va, mon doux bien-aimé; va, — sans nous, s'il le faut, —
» Aux lieux où sont allés les pénitents austères,
» Nourris dans les Védas et leurs saints commentaires;
» Les sacrificateurs justes et vénérés;
» Les disciples soumis à leurs guides sacrés;
» Et ceux qui sans faiblesse ont exposé leur vie,
» Les guerriers généreux tombés pour la patrie;
* » Et ceux qui par l'exemple ont fait régner les lois,
* » Yagati, Nahoussa, vrais dévots et grands rois [29]);
* » Et ces chefs de famille environnés d'estime,
* » Chastes jusqu'au milieu d'un bonheur légitime [30]);
» Et quiconque en sa vie eut horreur de mentir;
» Et qui sut largement au pauvre départir
» L'or, le riz, les troupeaux, — ou pour ceux qu'on exile,
» Sous son toit protecteur ouvrir un sûr asyle.
» Va, — va dis-je, — où les bons, pour prix de leurs travaux,
» Sans retours ici-bas et sans efforts nouveaux,
» Dispensés désormais d'épreuves expiatoire,
» Sont allés recueillir le repos et la gloire.
» Pars, — sans nous oublier ! — Que ton sort soit le leur !
» Monte... au divin séjour de l'éternel bonheur [31]). »

» Lorsque ainsi, tout tremblant, eut parlé le vieux brame,
Il voulut essayer, avec sa pauvre femme,

" Istos nempè locos quò jam, mercedibus aucti
" Ascendêre suis, Cœlestes nec redituri..,
" Hosce locos fīlī, nostrì memor, ītŏ perennes. "

" Dixerat. Indè senex, miserâ cum conjuge cœpit

* Quatre vers qui, dans la lecture à haute voix, peuvent être supprimés si l'on veut, afin de rendre la période moins fatigante pour le déclamateur.

D'ensevelir le mort ; de rendre, en le lavant,
Quelque honneur funéraire au corps de son enfant.
Moi, j'admirais, ému, leur touchante pratique.

» Mais voici que, monté sur un char magnifique,
Le fils objet chéri d'un si tendre intérêt,
Fantôme glorieux, dans les airs apparaît ;
Et sa voix, des destins consolant interprète,
Fait entendre ces mots au couple anachorète :

« Ne pleurez point sur moi. Dans ce jeune chasseur
» Du trépas qui m'atteint, cessez de voir l'auteur.
» Tout, par un ordre sage, était réglé d'avance [52]).
» Pour prix des soins pieux dont ma docile enfance
» A pu vous entourer, J'AI, parmi les heureux,
» Le lieu qu'en ma faveur sollicitaient vos vœux.
» Encor bien peu de temps, et dans les rangs suprêmes,
» Tous deux vous m'allez joindre et vous asseoir vous-
[mêmes. »

Occisi pueri plōrans compōnere membra,
Atque ea, pro tumulo, curis dōnare lavacri.

« Surgit at intereà de flumine lūcida nubes ;
Mox in eâ, medius pūrâque albēdine clarus,
Fīlius appāret moniæ, jàm corporis umbrâ
Dīvīnâ gaudens, et curru magnifico stans.
Desuper, ille grăvi sōlatur voce parentes :

« Nōn ego lūgendus. Planctu cessate, meīque
» Fūneris etsī jàm possit reus iste videri
» Princeps, hunc dīri facti ne crēdite causam.

87 β. *Tatô 'sya kartum udakaṃ*
pratasṫê dîna-mânasaḣ.

88 α. » *Aṫa, divya-vapur b̓ûtwâ,*
vimâna-varam âsṫitaḣ,
88 β. » *Muni-putraḣ sa tâu vâkyam*
Uvâća pitarav-idam :

90 α. « *Na b̓avadb̓yâm ahaṃ çôćyo;*
nâyaṃ râȷ́âparâd̓yati.
90 β. » *B'avitavyam anêneivaṃ*
yênâhaṃ nid̓anaṃ gataḣ.
89 α. » *B'avatoḣ parićaryâhaṃ*
prâptaḣ puṇyâṃ parâṃ gatiṃ;
89 β. » *Bavantâv-api h̓i xipraṃ*
sṫânam iṣṭam avâpsyaṫaḣ. »

» Mors ea quæ nobis vīsa est inopīna, superno
» Permissu cecidit mītī, fueratque futura.
» Jussa sequendo piè, vestram cūrando senectam,
» Obtinui sēdem quam pro me sæpè rogabat
» Vester amor. — Nec sunt hæc omnia ; nam mihi dīves
» Si concessa fuit merces, gaudēte : manet vos
» Sors eadem. Finis vĕnit, ambobusque licebit
» Sanctâ pāce frui, circisque sĕdēre beatis. »

91 α. » *Evam uktwâ tu vaćanam ,*
Ṛṡi-putrô divaṃ yayâu ;
91 β. *Divi divya-vapû-râǰan* (L) ,
vimâna-varam âsťitaḥ.

---

92 α. » *So 'pi , kṛtwôdakaṃ tasya*
putrasya saha ƀâryayâ (M) ,
92 β. *Tapaswi mâm uvâćêdaṃ* ,
kṛtañǰalim , upasťitaṃ :

93 α. « *Twayâ tu yad , avijnânân ,*
nihatô me sutaḥ çućiḥ ,
93 β. » *Têna , twâm api çapsyâmi*
su-dusќam atidâruṇaṃ.
94 α. » *Putra-çokâturaḥ prâṇân*
santyaẋyâmy-avasô yaťâ ,
94 β. » *Twam apy-anté taťâ prâṇâns*
tyaẋyasê putra-lâlasaḥ. »

« Sic fatus juvenis, radians splendore benigno,
Curru sublīmis, terræ confīnia linquit,
Motus et in sursùm, perlābitur æthera scandens.

« At mihi prostrato timidoque, manusque levanti,
Tunc, medius surgens et nati corpore nisus
Ablūto, loquitur, reverendâ fronte severus,
Mājestate micans, hæc verba minantia brachman :

« Imprūdens potius quàm vērè conscia quamvis
« Tàm pūrum puerum jaculo tua dextra necârit,

» Le corps divinisé qui déjà plane en haut,
Image rayonnante, ainsi parle [33]; — et bientôt,
Montant, montant toujours, il échappe à ma vue,
Avec calme et splendeur emporté vers la nue (*).

» A moi, dès lors, — à moi confus et suppliant, —
Le brahmane s'adresse en langage effrayant [34].

» Quoique du coup affreux, dit-il, qui nous accable,
» Ta folle promptitude ait seule été coupable,
» La mort de l'innocent doit toujours se punir,
» Prince, et je te révèle un sévère avenir.
» De même qu'aujourd'hui, dans la tombe entr'ouverte,
» De mon fils bien-aimé l'irréparable perte
» Me pousse, et que je meurs de ce regret amer :
» De même, séparé de ton fils le plus cher,
» Si parmi les vivants quelque heureux sort le laisse,
» Tu n'en pourras du moins appuyer ta faiblesse.
» Tel sera ton désir à tes derniers moments,
» Mais tu mourras privé de ses embrassements. »

" Immūnem penitùs te vīvere non foret æquum ;
" Haud aliter possum quin dīra precer tibi quædam.
" Sīcut enim morior justīs amplexibus orbus
" Dīlecti geniti : tibi princeps, sic quoque fīet.
" Vita quidem nati servabitur ; at tua saltem,
" Deficiens, ejus linquet te amplexibus orbum. "

(*) C'est ici que la lecture à haute voix peut se terminer si l'on veut. (Voir l'Avis préliminaire, page 26.)

» Il dit. Bientôt après, sous leur douleur trop vive,
S'éteignit des vieillards l'existence plaintive.
Dans les murs paternels, moi, triste je revins.

» Depuis lors, sans malheurs, sans châtiments divins,
Oublieux j'ai vécu, régné; — mais tout m'indique
Que du brahme, à la fin, l'oracle prophétique
Va s'accomplir. Déjà, de mes enfants chéris
Je sens bien que l'absence amortit mes esprits.
Oui, mon âme s'affaisse et languit désolée;
Un sombre abattement, ma mémoire troublée..,
Mon regard obscurci, qu'ont fatigué les pleurs..,
De l'appel du Grand Roi sont les avant-coureurs.
Le chagrin, qui m'emporte, a miné mon courage..,
Comme un fleuve écumeux, tout grossi par l'orage,
Renverse, et va chassant, vaincus, déracinés,
Les arbres de sa rive, à la mer entraînés.

» Si Râma, de ces lieux ayant repris la route,
Me parlait, me touchait.., je revivrais sans doute,
Comme un malade à qui l'on aurait apporté
L'ambroisie, aliment de l'immortalité [35];
Mais en quittant la vie, ô compagne fidèle,

" Brachmănis, ô conjux, hæc ultima verba fuêre.
Mox, anachōrētis tacito languore peremptis,
Ipse urbem repetens, tristis mea tecta revīsi.

" Multa quid adjiciam ? Longos oblīta per annos,
Sylvicolæ magni contrà me ōrācula surgunt.
Ecce meis hodiè gliscit sopor artubus ; ecce
Nunc acies oculis dēēst, nunc immemor est mens (*k*) ;

95 α. » *Evań çâpam ahaṃ labďwa,*
swa-puraṃ punar âgataḥ;
95 β. *So 'pyaṛṡiḥ, putra-çôkêna* (N),
na ćirâd iva sanśtitaḥ.

96 α. » *Sa brahma-çâpô niyatam*
adya mâṃ samupâgataḥ;
96 β. *Taťâ hi putra-çôkârtaṃ*
prâṇâḥ santwarayanti mâṃ.
97 α. *Caẋurƃyâṃ na prapaçyâmi;*
smṛtir me, dêvi, lupyatê;
97 β. *Dûtâ Veivaswatasyêti*
twarayanti-ća mâm, çubê.
98 α. *Râmâ-darçanaja-çôkaḥ*
prâṇân ârujatîva mé,
98 β. *Nadî-tîré ruhân vṛẋân*
vârivêgô mahân iva.
99 α. *Yadi mâṃ sańspṛced Râmaḥ,*
saṃƃaṡetâpi-vâgataḥ,
99 β. *Jîvêyam, iti me buddiḥ,*
prâpyâmṛtam ivâturaḥ.

Spīritus ecce vigens hebetem me dēserit. — Ista
Signa patent; Jamæ tristes agnosco legatos,
Talibus et monitis me rex Vævasvătus urĝet (*l*).
Absentis Ramæ sic me dolor abripit, ut vis
Crescentis fluvii natas in margine stirpes.

» Fortè redux heros si me nunc tangeret ægrum,
Aut compellaret vocitans me, — tunc redivivo
Surgere fas, rēgīna, foret mihi; non secùs ac quùm
Ambrosiam nacto lux vitæ redditur alma.

100 α. *Atô nu kiṃ duḥk'ataraṃ*
b'aved, dêvi pativratê,
100 β. *Yad adṛṣṭweiva Râmasya*
muk'am tyaxyâmi jîvitaṃ!

101 α. » *Nivṛtta-vana-vâsaṃ tam,*
Ayôdyâm punar âgatam,
101 β. *Draxyanti suk'inô Râmaṃ*
Çakraṃ swargâd ivâgataṃ.
102 α. *Na tê manuṣyâ, dêvâs tê* (o),
yê tat purṇendu-sannib'aṃ
102 β. *Muk'am draxyanti Râmasya*
purî-praviçatô vanât.
103 α. *Sudaṇṣṭraṃ, vimalaṃ, kântaṃ,*
ćâru, padma-dalexaṇaṃ,
103 β. *Danya draxyanti Râmasya*
târâ-pati-nib'aṃ muk'aṃ.
104 α. *Çarać-ćandrasya sadṛçaṃ*
p'ullasya kamalasya-ća,
104 β. *Draxyanti suk'inas tasya*
mukaṃ putrasya yê narâḥ! »

105 α. *Iti, Râmaṃ smaran êva*
çâyanîya-talê nṛpaḥ,

Vērùm, quid magis est, ô conjux fīda, dolendum,
Quàm facie Ramæ non vīsâ linquere terram!

« Olim, rex et ovans, ēlapso tempore pœnæ,
Ajodiam, sylvis egressus, Rama redibit;
Haud secùs exciperent venientem cœlitùs Indram.
Nōn homines, sed dî potiùs, quibus ista licebit
Cernere; quīque, feros hostes quùm vīcerit omnes,

O princesse, il est dur de se séparer d'elle
Loin du fils que l'on aime et sans l'avoir revu.

» Un jour du fond des bois à la fin revenu,
Rapportant de l'exil une gloire agrandie,
Mon Râma rentrera dans l'heureuse Ayodie.
Ah ! ce seront des dieux, plutôt que des humains,
Ceux qui de son retour borderont les chemins.
Son visage éclatant, à leur foule éblouie,
Semblera du lotus la fleur épanouie,
Ou la lune en son plein, quand elle marche et luit,
Souveraine au milieu des astres de la nuit.
Fortunés les mortels qu'atteindra son sourire !
A leur félicité, moi, vainement j'aspire ;
Je ne la verrai pas : je meurs. »

Ce fut ainsi,
Qu'abattu par le deuil et par l'âpre souci,
Un vieux père, un vieux roi, dont l'âme était brisée,
Lança les derniers jets de sa force épuisée.
Sur sa couche et dans l'ombre, ainsi Dasarétas,
Pasteur des peuples, chef qui de vastes états

— Splendenti lūnæ similem lōtove decoro,
Dentibus et pulchris rīdentem, — per sua Ramam,
Mænia grassantem, reseratâ mente videbunt !
Nōn ego, nam morior. »

Facto sic fine loquendi,
Dēsarathas magnus cœpit sēcēdere vitâ,
Atque, jacens lecto, vīres disperdere lentè,
Paulatim periens , par Tsandræ, cornua cujus

Longtemps avait si bien porté le diadême,
S'approcha par degrés de son terme suprême;
Faible, sans agonie et plein de majesté,
Comme on voit de Tchandra le croissant argenté
Pâlir et disparaître au lever de l'aurore.
« O mon fils, ô Râma! » murmurait-il encore..,
Lorsqu'enfin, sous le coup de souvenirs trop chers,
Son âme en gémissant s'exhala dans les airs [36].

Vānescunt oculis, auroræ luce propinquâ (*m*).
« Ah Rama ! ah fili ! » quĕribundus sæpè gemebat ;

105 β. *Çaneir upaǰagâmâçu*
çaçîva raǰanî-x̌ayé.
106 α. « *Ha Râma ! hâ putra !* » *iti*
ƀruvan êva çaneir nṛpaṡ,
106 β. *Tatyâǰa swa-priyân prâṇân,*
putra-çôkêna duṡḱitaṡ.

Ast hominum pastor, cruciante dolore paterno,
Tandem succubuit lūgens, animamque relīquit.

NOTES

DE LA MORT DE YAZNADATE.

NOTES DU YAJÑADATTA—BAḊA.

PREMIÈRE SECTION.

NOTES SUR LE TEXTE SANSCRIT.

(A) *Râmé Manujaçârdûlé*, etc.

Si les jeunes amateurs d'orientalisme ont pris la peine d'examiner avec quelque attention le tableau alphabétique (pages 11 à 20), et s'ils ont passé une heure ou deux à l'appliquer par forme d'exercice, nous n'avons point à leur donner de leçon de lecture. Ils déchiffreront couramment ce début, par exemple, et diront, à la française, sans la moindre hésitation :

Râ-mé-Ma-nou-dja-çâr-doû-lé
sâ-nou-djé-va-na-mâs-ri-té;

ou bien, au distique 4, seconde partie :

Ya-di-dja-gar-chi-Câou-sal-yé,
sri-nou-mè-va-hi-tâ-va-tcha (*).

Les passages où se trouve l'*m* sous-ponctué, représentant l'anouswara, ne leur offriront pas plus d'embarras. Au çloka 2, quand ils rencontreront :

Jagrâhaupaplavagataṃ souryaṃ, etc.,

ils diront tout simplement *dja-grâ-hô-pa-pla-va-ga-tan*, et

(*) Ou *vatchas*, s'ils aiment mieux faire sentir par l'addition d'une sifflante la présence du visarga.

sou-ryan, moyennant cette finale française bien connue que nous employons dans *roman* et dans *Adam*. A moins que, pour prononcer encore mieux, ils ne fassent entendre après le son nasal *an* une sorte d'*m* sourd ; comme si l'on disait, mais en tenant les dents fermées, *sou-ryan-m* (*).

Pareillement, au çloka 12, α :

*Dê-vya-noû-dhâ-ta-da-bvous-*TOUAN*-m ,*
*you-va-râ-djô-bva-va-mya-*HAN*-m* (**).

La même prononciation nasale sera donnée aux syllabes où entre l'*n* accentué (*ń*) ; car celui-ci n'est, comme l'*m* sous-pointé (*ṃ*), qu'une représentation de l'anouswara. Ainsi, l'on dira au vers 51 (second hémistiche ou pied) :

*Dhri-tyâ-*SANM*-sta-bvya-vâg-ba-lanm.*

Mais quant à l'*n* non accentué, on peut lui laisser son articulation claire et distincte ; par exemple, au vers 86 α,

Nahîdṛcé kulé janma, etc.,

lequel devra être prononcé *na-hi-dri-cé-cou-lé-djann-ma* (***).

On n'agira même pas différemment dans les cas où cet *n* libre serait sous-ponctué, c'est-à-dire cérébral, car une telle nuance importe peu. Et les lecteurs, par exemple, arrivés au vers 51, première partie, prononceront ainsi (à la française) :

*Vach-pa-pour-nê-na-*CANN*-thê-na,* etc.

(*) Dans les cas où la voyelle qui précède l'anouswara est longue, on en sera quitte pour donner au son nasal plus de durée et de profondeur ; à la syllabe *vânm*, par exemple, dans *ivânmbaré* (*ivâṃbaré* avec *m* sous-ponctué).

(**) On remarquera qu'ici nous faisons abstraction de la nuance cérébrale des consonnes, où on l'indique par un point inférieur. Difficile, en effet, à expliquer aux gens, cette valeur spéciale, dite prononciation de tête, peut sans inconvénient être négligée pour des Européens, dans un ouvrage tel que celui-ci, où il s'agit de littérature et non de grammaire.

(***) L'*n* se détache et se fait d'autant mieux articuler dans *jan-ma* (*djann-ma*), que ce mot, dont il caractérise fortement la racine, serait très bien représenté chez nous par le terme grec γέννημα (géniture) : expression à laquelle l'instinct fait songer tout de suite, à l'aspect de son correspondant sanscrit.

Ni le *b* ni le *p* aspirés ne feront embarras, car on articulera l'un comme *bv* et l'autre comme *pf*. Ainsi, la première moitié du vers 16 sera pratiquement :

*Mê-gha-djê-nam-bou-nâ-*BVOU*-mir*
BVOU-ri-nâ-pa-ri-tar-pi-tâ,

et la seconde moitié du distique 7, ceci :

*Pouch-panm-drich-touâ-*PFA*-la-prep-sour,*
*ni-râ-ça-syât-*PFA*-la-ga-mé.*

Un mot qui peut effaroucher, c'est *smṛtwâ-ćâ;* et cependant, il n'y a pas, à prononcer *smri-touâ-tcha*, grande difficulté réelle ; cela ne choque que nos habitudes. C'est uniquement comme inaccoutumée pour nous, que la syllabe *smri* nous étonne ; car les langues européennes même interposent très-bien une consonne labiale entre un *s* et un *r*. Les Italiens possèdent le nom propre *Sbrigani*, les Allemands le verbe *sprechen*, et nous avons le mot *esprit* (*).

Il n'y a, dans tout le morceau, qu'un endroit vraiment difficile à lire. Or il se présente au début ; c'est le premier hémistiche du second vers du distique initial. — Là se trouve un mot extraordinaire, lequel paraît d'abord imprononçable : le mot *kṛćc̈râm*. Comme en effet il renferme un *ć* (lequel vaut *tch*), suivi d'un *c̈* (*tch* aspiré), — évidemment, si l'on prend les règles au pied de la lettre, on est censé devoir dire *kritch-tchhrâm*. — Horrible et ridicule cacophonie !

Quand les choses vont jusque là, le bon sens avertit le lecteur que les apparences sont trompeuses.

Voyez l'italien ! Là, également, le *c* se prononce *tch;* ainsi, lorsqu'il y a deux *c* consécutifs, on devrait, ce semble, doubler ce groupe de consonnes françaises. Puisque *cio* italien fait *tchio*, rien n'empêche un cuistre de prétendre qu'Ajaccio doit se prononcer *A-yâtch-tchio*. — Or en est-il ainsi ? — A coup sûr, non.

(*) Dût on les prononcer avec rapidité et ne pas y faire sentir l'*e* muet, on n'éprouverait aucune gêne phonétique par la rencontre des mots suivants, qui cependant amènent *smri :* « Comment trouvez-vous cet enthousia-*sm*-e ? *Ri*-dicule, n'est-ce pas ?

La seconde lettre, si elle corrobore quelque peu la première, ne la répète pas pour cela. L'articulation *ch* (*sh* anglais) en devient un peu plus forte, mais c'est tout; le *t* qui la précède ne se réitère point.

Eh bien, il en était de même chez les Brahmes. Assurément on ne se tourmentait pas jusqu'à dire *critche-tchrâme;* on ne faisait sonner que *critche-râme.*

Peut-être même ne disait-on guère que *criche-râme* (presque sans aucun *t*), et c'est même le plus probable. Personne n'ignore à quel point s'affaiblit souvent le *d* du *dj*, ou le *t* du *tch*, dans la manière pratique d'articuler soit le *g* et le *c* italien, soit les lettres turques, persanes, indoues, etc. qui y correspondent; or, quand les groupes où elles entrent sont un peu compliqués, cet élément dental peut aisément y disparaître tout-à-fait. L'oreille, dans de semblables choses, est le meilleur conseiller (*).

Terminons par deux remarques.

L'*e*, en sanscrit, étant toujours plein, et même toujours long, il aurait pu, dans notre système de transcription, être marqué par un signe unique (l'*ê* circonflexe par exemple). Si nous avons, selon les occurrences, exprimé cette voyelle par trois caractères différents, c'est afin d'accorder quelque chose aux habitudes oculaires. Des yeux français trouvent *dêva* fort naturel, mais il leur semble apercevoir quelque chose d'étrange dans *sanspriçêd* et dans *Ramê;* ils aiment mieux voir écrire *Ramé* par un accent aigu, et *sanspriçed* sans aucun accent. A la bonne heure. Va donc pour cette variété, qui satisfait le regard, et qui, pourvu que l'on convienne de sa nullité de valeur, n'a point d'inconvénients (**).

Quant à ce qui est des *a*, bien des lecteurs seront surpris de les

(*) On objectera peut-être que le second *tché* est aspiré. Mais qui donc connaît au juste quels étaient ici les résultats de l'aspiration? Durcissait-elle la consonne? ou bien ne produisait elle pas plutôt l'effet contraire? Ce qu'il y a de sûr, c'est qu'ajouté en anglais au *t* dans *their* et dans *those*, l'*h*, au lieu de rendre plus rude cette dentale, l'adoucit extrêmement, et la change en une sorte de *z*.

(**) Nous n'avons laissé le circonflexe sur les *e* finaux, que là où semblaient le demander les souvenirs grecs de notre éducation : dans *Kâuçalyê*, par exemple, qui rappelle les féminins ioniques. (Καυσαλίη, aurait dit Homère.) Au reste, on trouvera plus loin (note O) quelques détails de plus sur cette question.

voir figurer en telle abondance. Cela tient à la convention grammaticale qui fait donner pour corps un *a* bref à toute syllabe sanscrite où ne se trouve indiquée aucune autre voyelle. Il va sans dire que cette règle factice, — moyen commode de simplification, adopté pour l'enseignement, — ne répondait point aux réalités phonétiques. Beaucoup de ces prétendus *a* avaient le son de l'*e* ou de l'*o* brefs, vocalités qui ne possèdent pas de signe graphique en sanscrit. — Mais à quels mots s'appliquaient ces mutations, consacrées par l'usage, et semblables à celle qui transforme chez nous la prononciation de l'*e* en *a* dans *femme* ou dans *ennui ?* Impossible de se jeter dans une pareille discussion, et force nous a été de laisser subsister l'*a* partout, faute d'être à portée de rien indiquer de certain (*).

(B) *Yad âcarati... naraḥ karma çubâçubaṃ.*

Nous nous dispensons d'écrire *karmma* (कर्म्म). Le doublement des consonnes, après l'*r*, n'est guère en sanscrit qu'une mode orthographique, qui, une fois transportée en dehors des alphabets indous, perd sa principale raison d'être (**).

Si nous avons laissé subsister deux *d* à la suite de l'*r* dans *arddarâtré* (au çloka 3), c'est parce que l'un est ténu et l'autre aspiré. Encore n'y aurait-il pas eu grand inconvénient, même là, à supprimer le premier des deux, le second seul étant prononçable.

(C) *Yuva-râjô bavâmy-ahaṃ.*

« Et moi je suis (pour *j'étais*) prince royal ou héritier du trône (mot-à-mot, *jeune roi*). »

(*) Il y a seulement quelques mots, pour ainsi dire évidents, où l'on devine très-bien la chose. On sent d'instinct, par exemple, que la proposition *pari* (autour) se prononçait *peri* (περι). Et comment ne pas voir qu'un *o* bref perce sous l'*a*, dans *asti*, os (ὀστέον), ou dans *avi*, brebis (*ovis*) !

(**) Un fait graphique analogue, et bien plus hardi, se passe en Europe. En caractères romains, le ß du caractère gothique allemand, au lieu de se copier *sz*, se transcrit *ss*, selon la prononciation réelle ; et personne n'y trouve à redire.

Donner au présent de l'indicatif le sens d'un prétérit, cela se fait en français même, puisque nous y dirions très-bien : « Les armées étaient en présence, quand tout-à-coup un homme *sort* des rangs, *s'avance*, etc. » Seulement une telle manière de parler ne se rencontre chez nous qu'après des imparfaits, lesquels sont déjà des présents antérieurs, c'est-à-dire des demi-présents. Il n'en va pas ainsi chez les épiques de l'Antiquité ; et dans Virgile on voit Enée, voulant proposer, en prix à conquérir, deux coupes que lui donna jadis la reine de Carthage, dire sans scrupule :

Craterasque duos quos DAT sidonia Dido.

Dat pour *dedit,* comme ici *bavâṃi* pour *abavam* ou *abûṃ.*

(D) *Un-matta-çiki-sáraγgá,* etc.

S'il était de notre plan de faire remarquer aux lecteurs, à mesure que le texte se déroule sous nos yeux, les innombrables mots par lesquels le sanscrit touche aux langues européennes, il y en aurait ici une belle occasion. Dans cette description des oiseaux pressés de la soif, qui, enfin satisfaits, ont l'air d'être en état d'ivresse, et semblent devenus fous de joie de pouvoir se baigner et s'abreuver à l'aise, quoi de plus curieux que de voir employer, pour dépeindre leur extravagante gaîté, le terme *matta* (anglais *mad*, italien *matto*) ! Mais une telle besogne conduirait trop loin, et nous laissons les amateurs s'engager seuls dans la route (*).

(E) *Etasmin ìdṛçé kâlé,* etc.

Si nous avons omis exprès le second *n* d'*etasminn* (comme déjà dans *çocánn*), c'est d'après le conseil d'un sanscritiste, professeur de Facultés, héritier d'un nom devenu deux fois célèbre.

(*) La satisfaction des jeunes linguistes sera doublée, par exemple, quand, informés que la particule *un* n'est ici que l'adverbe *ut* (fondé par euphonisme avec la consonne subséquente), ils y reconnaîtront le *out* anglais. Alors ils croiront lire dans *ut-matta* le composé britannique *out-mad* (pour *out-minded*), ce qui correspond assez à la signification étymologique et primitive de notre mot *extra-vagant.*

Sans doute on ne saurait alléguer ici, pour supprimer la double lettre, — qui du moins est prononçable, — d'aussi fortes raisons que dans *karmma*, *varttamânê*, etc., où elle ne l'est point. Mais néanmoins, tout comme M. Emile Burnouf, nous ne voyons pas trop pourquoi l'on se jugerait astreint à suivre une orthographe qui, dépourvue de motifs grammaticaux, ressemble beaucoup à une affaire de mode. Son règne paraît pouvoir sans inconvénients rester enfermé en Asie, où il tient à des nuances phonétiques indifférentes pour des étrangers, surtout dans une langue morte.

(F) *Mâtaraṃ pitarañ-ća*, etc.

Au lieu de *mâtaraṃ pitarañ-ća*, Yaznadate pouvait aussi bien dire *pitaraṃ mâtarañ-ća*, car nulle règle prosodique n'empêchait Valmiki de lui mettre ce langage dans la bouche (*).

Mais il n'a garde de le faire. Dans la sphère délicate où vivait le poète, tel n'était pas l'ordre des sentiments.

Lorsque le jeune anachoréte, plus occupé d'autrui que de lui-même, tourne avec regret sa pensée vers les vieux parents que sa mort va laisser sans appui, le premier mot de compassion qui lui échappe EST POUR SA MÈRE. Elle est la première personne qu'il plaigne.

Ne pas perdre de vue ce trait de mœurs, vivement confirmé par le çloka 70, et dont nous aurons plus tard à tenir compte (**).

(G) *Hṛdi banô nipatitaḥ.*

Nous laissons ici subsister pour l'orthographe, malgré la difficulté de l'articuler, le mot *hṛdi*.

Mais, comme on sait, le ṛ ou *ṛi* se change souvent en *ar* (***),

(*) Il est aussi bien permis de commencer le vers héroïque sanscrit par une brève que par une longue.

(**) La remarque faite ici pourrait être répétée à propos du çloka 54, où Yaznadate mentionne de nouveau sa mère avant son père : *ambâ-tcha tâtaç-tcha*.

(***) L'*ar* est ce qu'on appelle en grammaire son *gouna*.

et même M. Eichhof a coutume de l'exprimer par un signe formé de l'*a* et de l'*r* fondus ensemble. Il est bon de se rappeler cela; car, supposé que les lecteurs ne réussissent point à prononcer *hridi,* ce qui n'est pourtant pas impossible à la rigueur (*), — eh bien ils diront *hardi.* On n'en saisira que mieux la ressemblance de ce mot avec le *heart* anglais, dont il est à la fois le synonyme et l'homonyme (**).

(H) *Jânan api-ća,* etc.

Jânan pour *jânann;* suppression de la lettre surajoutée, comme dans *etasmin* pour *etasminn.* (Voir ci-avant la note E). On rencontrera encore la même chose au çloka 105.

Supposé pourtant que l'on préfère s'en tenir, comme méthode définitive, au doublement adopté par les brahmanes modernes : eh bien, soit; mais notre orthographe, en s'écartant moins de la simple grammaire, aura toujours eu l'avantage provisoire, dans un ouvrage aussi vulgarisé que celui-ci, d'avoir rendu plus reconnaissables les participes *côćan, janan, smaran,* dont la finale n'aura pas été altérée.

(I) *B'idyamânam ivâçktas* (iva-açaktas)
trâtum anyan nagô nagam.

Ce vers, où l'on reconnait et l'infinitif supin dans *trâtum,* et l'accusatif (*alium*) dans *anyan,* et l'*a* privatif dans *açaktas* (sans puissance), est un de ceux où se montre le plus visible, — le plus étonnant pour ceux qui n'en auraient pas encore la conviction, — l'intime parenté du sanscrit avec le grec et le latin.

(*) Sous les Francs on disait *Hlodwig*, *Hlothilde* ou *Hrotilde;* et à présent encore, Prague possède pour palais le *Hradschin.*

(**) Plus fidèle à l'étymologie que *herz*, où les Allemands ont ajouté une sifflante, ce mot *heart* (prononcez à peu près *hart*) répond, comme on sait, non seulement au *hrid* ou *hard* du sanscrit, mais au καρδία du grec et au *corde* du latin : termes où l'aspiration s'est renforcée en gutturale, par la même facilité de mutation qui a produit *horn* et *corn(u)*, *hort(us)*, et *gart(en)*, etc.

Ici on peut jouïr du plaisir, assez curieux, de voir les deux langues classiques de nos collèges converger et se réunir, se souder l'une à l'autre, dans un seul et même mot ; dans le participe *b̆idyamânam* (prononcez *bvidyamânam*), dont la racine se retrouve conservée en latin (*), tandis que sa terminaison rappelle vivement celle du participe présent des verbes grecs, — à l'*m* final près, lequel est latin aussi.

Supposé que l'on voulût donner absolument le mot-à-mot de la phrase, il faudrait, en créant *ad hoc* un terme hybride, écrire :

Find-ομένην sicut impotens (est) salvare aliam arbor arborem.

C'est-à-dire : « De même qu'un arbre est incapable de sauver un autre arbre que l'on fend (ou entame). »

Au reste, le genre de soudure, de coalescence, de fusion dont nous parlons, se rencontrait déjà dans le çloka 17, où on lisait : *idṛicé kalé vartamâné,* ce qui signifie *tali tempore vergente* (seu *currente*); proprement, *tali tempore vert-ομένῳ*.

La même chose aurait pu être observée à propos du çloka 16, où seulement elle se présente sous la combinaison inverse. La terre aride, humectée enfin par des pluies abondantes, y est représentée comme joyeuse, ravie, enchantée, délectée : *paritarpitâ*. Or ici, ce sont les participes latins, et non pas grecs, que représente la finale (*ita*); et le corps du mot, au contraire, emprunté au verbe *paritripyâmi*, fait sauter aux yeux un verbe hellénique, περιτέρπομαι (**).

(J) *Mayâ hatâu.*

Après une peinture si naturelle, si touchante, remarquable par

---

(*) *Bhid*, qui se prononce *bvid* ou *bfid*, n'est autre chose que FID, fendre, couper, entamer. A la vérité, *fid* prend une nasale dans *findo ;* mais dans *fidi*, *fideram*, *fidero*, ainsi que dans *fissus* (pour *fidsus*), il la quitte, il revient à sa racine simple. On connaît ces nasales adventices, empruntées et rejetées : *pango*, *pepigi ; tango*, *tetigi ; frango*, *fractus ; pingo*, *pictus*, etc. Très-fréquentes en latin, elles ne sont pas moins communes en sanscrit.

(**) Inusité, mais de formation régulière, ce verbe pourrait presque être employé si l'on voulait ; car toutes les analogies l'autoriseraient, et il vient s'offrir comme de lui-même avec un sens clair comme le jour.

un goût si pur, et dans laquelle il n'y a pas un trait qui ne porte ; lorsque chaque auditeur se sent déjà le cœur gros et les yeux humides en se dépeignant la misère et l'isolement des pauvres vieux parents de Yaznadate, restés encore dans l'ignorance de leur malheur ; quel dernier trait, quel coup de maître, que ces deux mots de réflexion accablante, réservés pour la fin : *mayâ hatâu !* « tués par moi ! »

Et ce n'est pas tout. De quelle manière arrivent-ils, ces mots foudroyants ? — A la suite d'une série de terminaisons duelles, dont l'imposante et solennelle assonance vient de bercer tristement l'auditeur comme eût fait jadis une *nænia* funéraire.

Quand toutes ces finales successives en *âu* (*), disposées de huit en huit syllabes, ou même de quatre en quatre, — et pareilles aux coups espacés et réguliers de tambours que voilerait un crêpe, — ont marqué, pendant toute la durée d'une période de huit padas, la grave et plaintive cadence de cette douloureuse poésie : — alors, et au juste moment, vient tomber comme un assommoir le terrible *mayâ hatâu*, coup de massue à la fois pour l'âme et pour l'oreille.

(*) Cet *âu* représente sans doute, à proprement parler, l'*au* allemand de *brautigam*, ou italien de *flauto*, c'est-à-dire une sorte d'*aou* français ; mais dans la pratique, il s'approche assez d'un *o* long (*ô*) pour qu'ici son effet phonétique y soit à peu près assimilé. Les duels grecs ne se terminent-ils pas en *oméga ?* Τὼ λόγω, κ. τ. λ.

Une personne qui voulait donner à des curieux quelque idée de l'effet vocal des vers dont nous parlons, les leur transcrivait ainsi, en les priant de les prononcer tout à fait à la française :

Tatrâ ham cripanâve andeau,
vriddâve, aparit' chare aqueau,
Apace yam tacya pitarô,
lôuna pacq-châve ivan' dad jeau ;
Tatte catabire ou pâ si nô,
vyatte y tô, poutre à lâ la seau,
Poutrâgue à ma nad jame âçame,
à quand qu' chanteau, mayâ hatô.

Quelque grossière que soit une pareille approximation, nous l'insérons ici à titre de renseignement, comme pouvant du moins (ce qui n'est pas inutile) montrer à quel point le sanscrit est moins éloigné de nos organes que l'arabe, le chinois, etc.

Où sont Quintilien et La Harpe, qui n'ont pas pu lire cela ! qui n'ont pas pu le commenter !

Le jour viendra où des critiques experts et patients feront de l'analyse littéraire sur les chefs-d'œuvre sanscrits : nous n'entreprendrons point ce rôle, malgré l'attrait qu'il peut offrir. Une fois seulement, et en passant, comme faible signal de la route qui serait à suivre, il nous sera arrivé de laisser entendre le langage d'une admiration raisonnée.

Certes le pieux Valmiki ne s'appliquait guère à chercher, quoiqu'il les ait trouvées, ces beautés techniques et de détail que les philologues découvrent dans son *faire*. Trop supérieur pour n'être pas simple, il s'occupait de tout autre chose que des procédés qui conduisent à l'harmonie imitative et aux divers effets syllabiques. — Mais on n'est pas grand artiste pour rien. Quand on a reçu le don du génie, quand les facultés dont on est doué sont des facultés transcendantes.., on domine son instrument, et celui-ci devient le plus intelligent des esclaves. Souple et docile sous le poinçon de l'éminent poète (*), la langue sanscrite lui obéissait comme une baguette enchantée ; sous les tours les moins élaborés, elle se pliait merveilleusement à ses pensées. Et tandis qu'il ne songeait, lui, qu'à exprimer de nobles sentiments, sans avoir à peine conscience du travail de l'art, — elle mettait à son service, de manière qu'il pût en user par instinct, les plus riches et les plus délicates ressources du métier.

(K) *Gôhiraṇyânna-dâtârô*, etc.

Ici l'on a un des exemples frappants de la manière dont le sanscrit peut aisément dire les choses en peu de mots, au moyen de ses composés. Prenant les termes *gô*, vache (**), *hiranyam*, or,

---

(*) Sous le poinçon. Ce n'est point du *calam*, comme les Arabes, que se servaient les compatriotes et les contemporains de Valmiki. Ils écrivaient avec le style ou poinçon, et sur des feuilles de palmier ; méthode, du reste, que les Brahmanes n'ont point encore abandonnée, tout en y joignant à présent l'emploi du roseau et de l'encre (sur d'autres feuilles comme celles du Pandanus).

(**) *Kuh* allemand, *cow* anglais.

anna, riz, et le substantif *dâtâras*, donneurs (*), il en forme l'expression unique *gôhiranyânna-dâtâras*, laquelle, si l'on y ajoute le *bvoumidâs-tchâ* (**) de l'hémistiche suivant, suffit pour signifier, moyennant deux mots seulement, « donateurs et distributeurs de vaches, d'or, de riz et de terres. » Car, à la lettre, il y a : *vaccarum-auri-oryzæ-datores, terramque-dantes.*

(L) *Divi divya-vapû-rajan*, etc.

Quelquefois, dans la Râmaïde, c'est à la simplicité d'un style antique et patriarcal que tiennent les répétitions de mots ; mais ici la cause est différente.

Divam yayâu DIVI DIVYA-*vapû-rajan* : il y a là une assonnance trop marquée, trop extraordinaire, pour pouvoir venir du hasard et de la simple négligence. En se laissant aller à une pareille accumulation de termes formés du radical *div*, le poète savait bien l'effet qu'il allait produire.

Par ce procédé de style, il fait tellement pénétrer, retentir dans l'oreille de ses auditeurs, l'idée de CIEL et de CÉLESTE, qu'il triple en quelque sorte pour eux l'impression qui leur restera de l'apothéose du doux et pur enfant.

(M) *So 'pi, kṛtwôdakaṃ tasya putrasya*, etc.

Kritwâ udakam : Ayant pris le soin pieux dont il a été question au vers 87 6.

Mais de quoi précisément s'agit-il. Qu'est-ce qui se trouve indiqué là par les mots *kartum udakaṃ* (à la lettre, *aquam facere*) ? Est-ce bien l'ablution du corps du jeune homme ? Ou ne serait-ce pas plutôt l'accomplissement de la touchante cérémonie dont les

(*) Proprement, *dâtâraḥ* ; mais ici nous simplifions les choses.
(**) Mot que nous écrivons ici à la française.

épopées indoues font souvent mention (*), et qui, pratiquée en faveur des défunts, s'appelait « leur donner l'eau funèbre? » Quoique notre version, restée conforme à celle de MM. Burnouf père et Chézy, soit faite dans le premier système, les probabilités sont peut-être plus grandes pour l'autre, pour l'hypothèse de l'acte rituel. Il est certain que Bopp, dans son Glossaire, ne traduit *udakaẏ-kartum* que par *aquam Mānibus libare.*

(N) *Sô 'pyaṛsiḥ putra-çôkêna*, etc.

En se reportant à la note G, on y verra que là nous permettions déjà de substituer l'*ar* au *ṛ*, et de dire *haṛdi* pour *hṛidi*, mot très-pénible à prononcer. Que si nous avons fait aux lecteurs une telle concession à cause de la simple difficulté qu'ils auraient d'articuler autrement, à combien plus forte raison ici, où ils se trouvent en face d'une presque impossibilité !

Et d'abord, on est si peu accoutumé chez nous à regarder le caractère *y* comme autre chose qu'une voyelle, bien que le *yé* soit une articulation dans toutes les langues, et quelquefois même dans la nôtre (**); — les Français ont tant de peine à prendre ce signe pour une consonne, — que déjà ce n'est pas sans quelque effort qu'on le leur fait reconnaître pour tel dans les mots sanscrits où la chose est simple jusqu'à l'évidence; dans *ma-yâ* ou *yu-vana*, par exemple, — termes où cependant le *yé* tombe aussi naturellement sur *â* ou sur *u* (*ou*) qu'y tomberait un *b* dans *bâton* et dans *bouc*.

(*) *Râmâyana*, *lib.* II, 85 et 111 ; *lib.* III, 75, etc.

(**) Nos grammaires ne le font pas remarquer, mais la chose n'en est pas moins vraie. Quoique le signe *y* représente ordinairement chez nous la voyelle *i*, et soit appelé par conséquent *i* grec, il y exprime aussi quelquefois la consonne *yé*, articulation dont notre langue n'est pas privée. Voyez *Ba-yard*, *ma-yonnaise;* voyez *Go-yon*, *Etchégo-yen*, *Lo-yola;* voyez *Bisca-ye*, *Anda-ye;* voyez *Fa-ye* et son diminutif *Fa-yette;* voyez *grassé-yer*, qu'il *s'assé-ye*, etc., etc. Dans tous ces mots, le *yé* reprend sa force native; il redevient consonne, comme il l'est chez tous les peuples du monde.

Que serait-ce donc, lorsqu'à la suite d'une lettre déjà si peu généralement connue à Paris pour consonne, on avait à placer la prétendue voyelle *ṛi !* syllabe dont la vocalité est bizarre pour tout le monde; aussi peu voyelle pour des oreilles espagnoles, anglaises, allemandes ou russes, que pour des oreilles françaises !

Certes, si l'on voulait, sans s'inquiéter de l'effet, écrire avec une exactitude pharisaïque, d'après le système sanscrit, *pyr̥siṣ* ou *pyṛisiṣ*, il n'y aurait pas moyen d'empêcher que le lecteur, prenant ici le *yé* pour une voyelle, et l'*r* du *r̥* ou *ṛi* pour une consonne, ne divisât les deux syllabes en trois, et ne prononçât *pi-ri-si* au lieu de *pyr̥-si*. Peu de gens, à coup sûr, seraient capables de sentir que le *yé* n'est pas là un son vocal, mais un simple coup de langue, une simple articulation destinée à se précipiter sur la voyelle *r̥*. Presque personne n'arriverait à concevoir que l'on doit prononcer *pyṛi* en une syllabe, à la façon dont s'articule *pfri* ou *ptri* (*).

Et l'incompréhension serait d'autant plus pardonnable, qu'ici la prononciation normale, si l'on veut réellement l'émettre, exige, de la part des organes buccaux, un véritable tour de force.

N'imposons donc aux bouches françaises rien de plus que ce qui leur est possible; et, sachant secouer, quand il le faut, les entraves d'une rectitude logique exagérée, écrivons ici *so'pyarsiṣ*, ce qui du moins ne forcera pas les gens à se démonter les mâchoires (**).

(o) *Na tê manuśya, dêvâs tê, yê tat*, etc. (***)

Demeurés maîtres, ainsi qu'on l'a vu, de donner à l'*E* sanscrit,

---

(*) *Pfri* dans *Topfritz ; ptri* dans *catoptrique*.

(**) Conformément aux réflexions finales que renferme notre note première (pages 77, 78), il doit y avoir eu quelque manière pratique de surmonter un obstacle pareil. Peut-être qu'on effaçait la nuance produite par l'*r*, et qu'on prononçait simplement *pyi*, syllabe aussi aisée à dire que nos mots *pied*, *pion*. — Mais, quoiqu'il en soit, faute de connaître quel a été jadis le vrai moyen de vaincre la difficulté, le parti le plus sage pour nous est de la tourner ; et c'est ce que nous faisons en remplaçant ici le *ri* par *ar*.

(***) *Non hi (erunt) homines, dii (verò) illi (erunt) qui*, etc.

lequel reste constamment long et plein, tous les accents qu'il nous plairait (*), — voire même point d'accent du tout (**) — nous n'avons eu garde toutefois, là dedans, d'opérer au hasard et selon la simple fantaisie. L'entière latitude que nous laissait ici la nature des choses, nous avons tâché d'en user d'une manière profitable aux jeunes lecteurs, en ayant soin que les variétés par nous admises pussent correspondre à des nuances grammaticales.

Ainsi l'on a dû s'apercevoir que d'une part nous avons coutume, pour satisfaire aux habitudes des yeux français, de donner à l'*E* sanscrit, quand il est final, un accent aigu, — et que néanmoins nous y avons substitué par exception le circonflexe, pour certaines dernières syllabes. C'est que la chose convenait, par exemple, dans des mots tels que *Kâuçalyê*, *aγganê*, *pativratê*, qui rappellent l'orthographe des féminins grecs, — ou bien dans les verbes mis à la conjugaison passive (ex. *ucyatê*, *lupyatê*, etc.); car, si les Grecs modernes ont tort quant à la voyelle ἦτα, — puisque l'iotacisme, quoique déjà fort ancien, n'a rien de primitif et constitue une corruption, — en revanche ils ont raison quant au groupe αι, qui s'est prononcé de tout temps *é* ou *ê*, chez les Hellènes comme chez les Sanscrits et chez les Perses.

Pareillement, nous donnons l'accent circonflexe au mot *tê* quand il est pronom de la troisième personne du pluriel, signifiant *hi*, *illi*, afin de le distinguer du même monosyllabe représentant le pronom singulier de la seconde personne ; car, celui-là, nous l'avons constamment écrit *té*, à la manière française, ou, ce qui revient au même, *te*, à la façon latine (***).

Quand rien ne déconseille ces sortes de distinctions, il est bon de les faire, — ne répondissent-elles point, dans la pratique, à des nuances diverses de son. C'est ainsi, par exemple, que les grammairiens français ont imaginé de différencier par un accent,

---

(*) *Accent* dans le sens grammatical français ; c'est-à-dire, non pas intonation quasi-musicale, mais simple signe graphique indiquant la nature même de la voyelle.

(**) Voir la note 2 de la page 17.

(***) Cette seconde méthode (celle de ne point mettre d'accent du tout) est celle que nous avons préférée quand *te* glisse sur les autres mots ; tandis que nous avons employé la première quand il porte le poids de la phrase (ex. vers 54 6) : différence que l'oreille sent très-bien.

quoiqu'il n'y en eût aucune raison phonétique, les mots *a*, verbe (*habet*), et *à*, préposition (*ad*); les mots *ou*, conjonction (*aut*), et *où*, adverbe (*ubi*). En général, à moins de fortes raisons contraires, il faut accepter toute invention qui a le modeste mérite d'empêcher les confusions et les méprises.

SECONDE SECTION.

NOTES RELATIVES A LA VERSION LATINE

[a] *Arbiter ille potens, metuendo proximus Indræ.*

Dans l'emploi fait ici de *proximus*, tout professeur verra bien qu'il ne s'agit point de voisinage, mais de ressemblance. *Proximus* pour *similis* est un latinisme poétique fort peu rare, connu de quiconque a l'habitude de la lecture des auteurs. Comme toutefois il pourrait causer quelque incertitude aux débutants, ceux-ci nous sauront peut-être gré de l'avoir indiqué en leur faveur.

Même réflexion à propos de quatre ou cinq autres choses pareilles, — idiotismes ou particularités quasi-scolaires, — dont il nous arrivera de signaler ou la nuance de sens ou la légitimité d'emploi, et cela avec une sollicitude que les *forts* pourront juger superflue. A notre avis, mieux valait pécher par la surabondance des explications que par leur absence; l'épisode que nous voulons vulgariser ayant un caractère éminemment classique, lequel semble demander qu'on ne perde jamais de vue la disposition d'esprit des collégiens (*).

(b) *Amræo nemori palasinam, flore superbam,*
Fructifero sylvam præfert, etc.

Empruntant ses moyens de comparaison à la riche nature qui l'environne, Valmiki fait entrer dans ses vers le nom de deux arbres de l'Inde : l'AMRA et le PALAÇA. Pour type de l'UTILE pur, que les fous dédaignent, il choisit l'amra, c'est-à-dire le *Mangifera indica* (L.), dont l'excellent fruit, la mangue, succède à de petites fleurs (pentandriques) insignifiantes ; tandis que pour exemple du simple BEAU, qui séduit sans utilité, il prend le palaça, c'est à savoir le *Butea frondosa* (**), arbre charmant, mais dont la magnifique fleur (papilionacée) n'est remplacée que par des gousses de peu d'importance.

(c) *Talia cùm starent, o pulchra*, etc.

S'il est peu d'usage en latin d'employer ainsi au vocatif une simple épithète sans substantif, la chose pourtant n'est pas défendue ; témoin, entre autres, ce vers d'Horace : *I, bone, quò virtus tua te vocat*, etc. Ici nous avions à donner l'idée des mœurs in-

(*) C'est par la même raison, on le comprend, que des signes prosodiques ont été jetés par ci par là sur certaines syllabes. Non pas que la *quantité* pût y offrir la moindre incertitude, mais parce qu'elle y est ordinairement faussée par les écoliers français, dont l'oreille cède aux habitudes nationales. Accoutumés qu'ils sont, par exemple, à nos mots *consumer*, *funeste*, où l'*u* est si bref, ils ont bien de la peine à le faire entendre long dans *consūmere, fūnestus*. Voit-on jamais un lycéen dire en latin *nōn*, comme *une aune*, ou *sōl*, comme un *saule* ? A coup sûr non ; et cependant Virgile prononçait ainsi (νῶν, σῶλ), et si l'on adopte une autre manière, la mesure de l'hexamètre ne se retrouve pas.

(**) *Butea frondosa* de Kœnig et de Roxburg ; *Rudolphia frondosa* (Poir.); *Erythrina monosperma* (Lam.).

doues ; et nous aurions cru manquer à la couleur en négligeant de reproduire le mot *ayganê*, « ô belle. »

(d) *Ad magale paternum.*

Dans les ouvrages classiques que l'on met aux mains des écoliers, ce mot ne se trouve employé qu'au pluriel. La raison en est simple : c'est que les poètes de l'Antiquité, pour le but qu'ils se proposaient, n'ont jamais eu à considérer de près ni en détail ces espèces de cabanes sauvages dont nous voulons parler. Ils n'ont eu occasion de mentionner les *magalia* que dans leur effet d'ensemble, tels qu'on les apercevait de loin, jetés en groupes soit sur la côte d'Afrique, soit sur toute autre plage réputée barbare.

S'ils avaient eu occasion de faire de l'une de ces huttes le théâtre de quelque scène d'idylle, ou de quelque épisode de drame ou d'épopée, — à l'instant ils se fussent servis du singulier (*magale*), qui leur serait devenu nécessaire. Or tel est notre cas, à nous, qui, reproduisant un tableau dont les Latins n'ont jamais tracé l'analogue, avons à y faire figurer un ermitage brahmanique.

(e) *Dicere prociduus, manibusque in vertice junctis.*

Manibus in vertice junctis : par cette locution on parvient à exprimer, avec plus de justesse qu'il ne serait possible de le faire en vers français, l'idée renfermée dans *kṛitâñjalis*, terme technique, indiquant la posture d'un homme qui fait l'espèce de révérence nommée *andjali.* Faire l'andjali, ce qui est la marque de la plus profonde vénération, ce n'est pas seulement se prosterner : c'est porter au-dessus de sa tête ses deux mains dressées, jointes par le bas, et un peu séparées par le haut. Il y a là, dit-on, le souvenir d'un ancien acte d'offrande respectueuse : les mains, placées ainsi, sont restées le symbole de la coupe ou du vase quelconque où était contenu l'objet présenté.

(f) *O tenues frugique senes, virtute decori !*

Outre ses significations ordinaires (mince, fin, frêle, etc.) *tenuis* a en poésie deux sens particuliers, qui trouvent ici leur application l'un et l'autre. Le premier, celui de PAUVRE, et le second, celui d'HUMBLE.

Cet adjectif, d'une part, et le mot *frugi*, de l'autre, sont peut-être les seuls termes qui permettent d'exprimer en latin classique, — langue à laquelle étaient inconnues les idées de vie érémitique et de pénitence volontaire ; — qui permettent, disons-nous, d'exprimer en style du siècle d'Auguste les vertus spéciales des anachorètes : leur pauvreté, leur humilité, leur pieuse sobriété.

(g) *Per me, parce metu, princeps, tibimetque tuisque.*

Per me parce metu, c'est-à-dire « sois tranquille de mon côté, tranquille en ce qui me concerne ; tranquille autant que la chose dépendra de moi. » On dit en latin : *per me illos salvere jubeto*, « saluez-les de ma part. »

(h) *Hancce piam matrem, moniali sorte verendam.*

« Condition, état de vie, » c'est un des sens dans lesquels le mot *sors* est employé chez les bons auteurs. *Moniali sorte verendam*, « respectable par la profession qu'elle fait de la vie religieuse, de la vie monastique. »

(i) *Hùc ubi splendescunt* etc.

Ceux qui pensent, malgré des autorités au nombre desquelles on peut citer l'exemple d'Horace, que l'initiale *sp* devait ici réagir par grécisme sur la *quantité* du mot précédent, et que nous aurions dû allonger l'*i* final d'*ubi ;* ceux-là sont libres de remplacer *splendescunt* par *collucent*. — *Hùc ubĭ collūcent justo in certamine cœsi ;* il n'y aura plus rien à dire.

(j) *Rectores domuum veri, patresque familjas.*

Il aurait été fort regrettable que l'on ne pût pas, dans cette énumération, faire usage, pour désigner les respectables chefs de maison dont parle le poète, du mot *patres-familias*, qui est le terme propre, obligatoire, hiératique, immémorial.

Or son emploi paraissait absolument prohibé, par la nature même du vers hexamètre, où certains mots ne sauraient entrer d'aucune manière, à cause de l'ordre qui se trouve exister entre leurs brèves et leurs longues, ordre qui ne se prête à la formation de dactyles ni de spondées.

On a réussi, néanmoins, à vaincre l'apparente impossibilité; et cela sans violer aucune véritable règle, de grammaire ni de prosodie. On y est parvenu au moyen de deux légers artifices, qui sont du nombre des exceptions licites.

L'un, d'abord, a été l'introduction de l'enclitique latine *que* entre les deux mots dont se forme le composé *pater familias*. Il n'était pas plus défendu de dire *paterque familias* que *resque publica;* ce que de bons auteurs anciens ont fait sans scrupule.

L'autre moyen a simplement consisté dans le changement de l'*i* voyelle en sa consonne : permutation qu'autorise l'exemple des meilleurs poètes. Qui ne connaît l'*arjete crebro*, rendu célèbre par un beau passage de l'Enéide! Et Virgile n'a-t-il pas dit ailleurs : *abjetibus patriis similes* (*) !

(k) *Nunc acies oculis deest, nunc immemor est mens.*

Quoiqu'il soit fort d'usage, en vers latins, de CONTRACTER le mot *deest*, c'est-à-dire de n'en faire qu'une syllabe unique, cette ha-

---

(*) Il va sans dire que ce n'est pas une raison pour prononcer ce *j* à la française. Le *j* consonne des Latins n'était point une sorte de *g* doux, quoiqu'il ait fini par glisser sur cette pente ; ce n'était que le son de l'*i*, mais changé en articulation, c'est-à-dire frappé par voie de coup de langue. Et telle est encore la valeur du *j* chez les Allemands ou chez les Italiens : ex. *jahrbuch*, *lavatojo*. Le *j* des Latins équivalait au *yod* hébreu, au *yâ* sanscrit, arabe, turc, etc., et à la consonne *y* (*yé*) de notre mot *bayadère*.

bitude n'est point une loi, et il est très-permis de s'en tenir au dissyllabisme primitif, qui séparait le verbe *est* d'avec sa préposition *de*. Telle est la méthode, par exemple, qu'a toujours suivie Stace, « l'adorateur de Virgile (*). »

Voici, du reste, la dernière fois que nous entrons dans de pareils détails, qui semblent appartenir au professorat de troisième ou de seconde. Si nous avons cru devoir formuler quelques observations de cette sorte, c'est que leur genre d'utilité était en rapport avec notre but général. Dans une publication où l'on se proposait de répandre la connaissance de beautés littéraires trop ignorées, il y avait lieu de songer beaucoup aux adolescents, aux futurs bacheliers. Nous ne rougirions pas du tout de passer pour avoir travaillé un peu *ad usum scolarum*.

(l) *Talibus et monitis me vex Vævasvătus urget.*

Il a été possible ici, grâce aux droits et latitudes dont jouïssaient les versifications antiques, de faire ce qu'aurait difficilement permis la poésie française : à savoir, de conserver mention littérale du nom sanscrit *Veivaswata*. Employé en concurrence avec le mot *Yama*, ce terme *Veivaswata* est l'une des principales appellations du Rhadamanthe indou, ou du grand « roi de justice » (*dharmarâdja*), comme disent les poètes, c'est-à-dire de Dieu considéré en tant que juge suprême.

(m) *Par Tsandræ, cornua cujus*
Vanescunt oculis, auroræ luce propinquâ.

C'est sous le nom de *Çaçî*, non point sous celui de Tchandra, que la lune figure dans le vers correspondant; mais on a rencontré ce terme quelques lignes auparavant (**). D'ailleurs, il nous aurait paru tout simple, même sans cela, d'employer à volonté,

---

(*) *Tu longè sequere, et vestigia semper adora.* (Stat.)
(**) Au çloka 104, hémistiche *a*.

comme souvenir naturel, et comme faisant partie du style de la chose, cette désignation fréquente et célèbre, qui a laissé des traces jusque dans l'histoire (*).

En fait de couleur locale, *Tchandra* produit exactement, dans une poésie gangétique, le même effet que *Phœbé* dans une poésie grecque.

TROISIÈME SECTION.

NOTES RELATIVES A LA TRADUCTION FRANÇAISE.

1) Quand le jeune lion né des rois Manouvides.

« *Le tigre né de la race de Manou,* » telle est l'expression du poète indien. Mais on est absolument forcé, soit en latin, soit en français, de la remplacer par une autre métaphore, puisqu'il a plu aux Occidentaux d'attacher à celle-ci un sens tout-à-fait odieux.

Et cependant, le plus bel animal de l'Hindoustan, ce n'est pas le lion, — quoiqu'il y existe, notamment à Ceylan : — c'est bien le tigre du Bengale, ce superbe monarque des forêts, à qui nous-mêmes, à travers nos invectives (peut-être un peu déclamatoires), nous avons accordé l'épithète de tigre ROYAL (**).

(*) Témoin le fameux roi Sandra-Cottus; originairement *Tsandra-Coptus*, c'est-à-dire *Tchandra-Goupta*.

(**) On connait le bel article de Buffon sur le tigre; morceau admirable, surtout s'il est d'une entière justesse et si quelque peu de rhétorique ne s'y mêle point à l'éloquence; ce dont les naturalistes ne sont pas sûrs.

[2]) Fut parti, se courbant sous d'injustes arrêts.

Sommé de tenir un serment qu'il avait prêté autrefois dans des intentions meilleures, Dasarétas venait d'être obligé d'accorder à des demandes abusives et jalouses, le bannissement pendant deux fois sept ans, de Ràma, son fils préféré et l'héritier de sa couronne. Celui-ci, trop vertueux pour souffrir qu'en sa faveur son père hésitât sur l'accomplissement d'une parole donnée, s'était plié sous les arrêts providentiels. Il avait accepté l'exil; il l'avait embrassé avec la plénitude de l'esprit de sacrifice: fermant l'oreille aux conseils d'adoucissement, et se résignant à passer au milieu de déserts sauvages ces quatorze années d'absence, dans les exercices de la pénitence érémitique.

Mais il n'avait pas pu, comme il l'eût désiré, réussir à porter seul le fardeau de l'exil. Sa jeune et charmante femme, Sita, avait absolument voulu le suivre, sans s'effrayer de partager avec lui, — elle, princesse délicate et jusqu'alors environnée des douceurs du luxe, — toutes les austérités de la vie d'anachoréte; et force avait été pour lui de céder aux énergiques instances d'une si vive tendresse conjugale. Ce n'est pas tout : Laxman, frère de Râma, n'avait pas souffert que les deux époux partissent ainsi dépourvus d'un aide et d'un ami. Lui aussi, sans regret de perdre ses belles années et les plaisirs de la cour d'Ayodie, il s'était courageusement éloigné avec eux, pour se faire habitant des forêts; pour y vivre dans les privations et dans l'oubli; afin d'y être le fidéle compagnon de son frère et le chaste gardien de sa belle-sœur.

Or on en est là, au moment où les chagrins du vieux roi amènent dans sa bouche le récit de la mort de Yaznadate.

Puisque nous détachions du poème cet épisode, il fallait bien que de tels antécédents fussent indiqués, au moins en quelques mots; et voilà pourquoi notre début, légèrement paraphrasé, se trouve arrondi par deux ou trois vers qui n'existent pas dans le texte mis en regard.

[3]) Le vieux Dasarétas fuyait les yeux du monde.

Quoique ce soit quatre *a* brefs qui doivent, d'après l'usage orthographique, venir remplir ici les vides laissés par l'écriture après les quatre consonnes fondamentales du nom sanscrit Daçarathas (*D ç r t s*), il ne faut pas croire, nous l'avons déjà dit, que ces voyelles brèves fussent nécessairement des *a* réels (*).

En français nous adopterons *Dasarétas*, qui est conforme à nos habitudes auriculaires, puisqu'il nous rappelle Nicétas, Arétas, Damétas, etc. Pour la version latine, nous aimons mieux placer l'*e* dans la première syllabe que dans la troisième, car il semble que le *dé* initial de *Desarathas* (ou *Desaratas*) fasse un peu songer à *Dejotarus*, *Demaratus*, *Demochares*, etc.

[4]) Où l'attente est déçue au jour de la cueillée.

La CUEILLÉE, mot analogue à la *veillée*, la *feuillée*, etc., est un terme de très-bonne compagnie, parfaitement connu dans les châteaux. Les lexicographes l'ont oublié, comme tant d'autres excellents, tandis qu'ils en ont souvent enrégistré de pitoyables. On ne trouve imprimé dans les dictionnaires que son synonyme la *cueillette*, lequel sans doute est bon, mais appartient au style familier et ne saurait entrer dans des vers nobles.

[5]) Je n'étais qu'héritier du trône d'Ayodie.

Ayodie, la plus anciennement fameuse des villes de l'Inde, était célèbre dès les premiers âges héroïques et avant Palibothra (Patali-poutra). Elle existe encore ; c'est Aoude. — *Oude* d'après l'orthographe anglaise.

Malheureusement elle n'a plus guère de reconnaissable que son nom. On aurait peine à y découvrir quelques restes un peu notables des sentiments élevés et purs qui, comme on le voit, y régnaient il y a trois mille ans.

Les Anglais, souvent moins ambitieux qu'on ne le dit, et dont la plupart des conquêtes ont été aussi motivées que les nôtres, si ce n'est quelquefois davantage ; les Anglais, malgré leur voisinage

---

(*) Voir la note 1, page 79.

et mille sujets de plainte, avaient respecté jusqu'ici l'autonomie de ce royaume, et laissé à son sultan la plus entière indépendance. Les voici amenés enfin, par la force des choses, et d'après une sorte d'appel général de tous les partis, à s'y constituer souverains ; car il n'y avait plus un seul genre de désordre, même sanglant, qui n'eût envahi cette ville, jadis le séjour d'une moralité si haute. Aoude ne présentait plus qu'un spectacle digne des temps d'Héliogabale ; elle n'offrait plus que les luttes ignobles d'un indianisme et d'un islamisme dégénérés, atteints tous deux de gangrène sénile et tombant l'un et l'autre en décomposition.

[6]) Les paons aux cent couleurs, les hérons, les saranges.

On discute pour savoir ce que sont précisément les oiseaux aquatiques appelés ici *sâraṅgâs* (*). En attendant que la chose s'éclaircisse, nous leur avons laissé leur nom sanscrit, simplement francisé ; d'autant mieux que sous cette forme, il a très-bon air. *La sarange* est un mot dont s'accommode parfaitement notre vocabulaire poétique.

[7]) Non loin du Sarayou, fleuve aux rives désertes.

« Non loin *de la* Sarayou, » faudrait-il dire à la rigueur, pour l'entière exactitude. Mais comment, en français, ne pas faire masculin un mot terminé en *ou !*

Au reste, un si léger manque de littéralité est bien peu de chose, auprès de l'usage qui nous force tous à dire *le* Gange, au lieu de *la* Gange. Car il n'y a rien de plus connu que le genre grammatical féminin du nom de cette grande masse d'eau, si constamment personnifiée dans tous les chants épiques indous sous le nom de « la nymphe Ganga. »

(*) Aquatiques, disons-nous ; c'est la seule chose qui soit certaine. On a même quelquefois appelé *sârangas* des quadrupèdes, à cause de leurs mœurs fluviatiles.

[8]) Je pars, un arc en main, sur le dos deux carquois.

Deux carquois, c'était apparemment l'usage, au moins pour les princes ; ou bien cela tenait à l'ardeur passionnée de Dasarétas, qui ne croyait peut-être avoir jamais trop de munitions à la chasse. Quoi qu'il en soit, nous avons, dans notre système d'exactitude, laissé subsister ce détail. *Humeroque duabus impositis pharetris*, avons-nous dit en latin.

[9]) D'un coupable disciple, assassin de son maître.

En prenant pour point de comparaison avec le coup dont il est victime l'action d'un élève qui tuerait son maitre ou directeur (*ciŝyêna gurôr badam*), le jeune pénitent nous a l'air peut-être de choisir un rapprochement bien peu exact ; car nous n'apercevons pas grande similitude entre les deux choses.

Mais c'est qu'ici la ressemblance ne gît pas dans la nature des crimes ; elle existe dans leur degré de gravité.

Les Indous ne sauraient se représenter de forfait plus odieux que celui d'un disciple assez indigne pour pousser l'ingratitude et le sacrilège jusqu'à frapper de mort son propre gourou (directeur de conscience). C'est donc à ce genre de scélératesse, comme au pire de tous, que Yaznadate, sous l'empire de sa première émotion, compare l'acte de son assassin : meurtre, en effet, qui, n'ayant d'excuse ni dans aucune vengeance ni dans aucun intérêt, paraissait avoir quelque chose d'affreux et d'impie, exercé qu'il était sur un pauvre anachorète innocent.

[10]) C'est donc toi, xatria, par qui je meurs ainsi !

Dans l'antique organisation qui remonte à l'âge des lois de Manou, les xatrias (ou plus exactement, les kchatriyas) forment, comme on sait, la seconde des quatre castes du peuple indou. Ils y sont la classe militaire.

[11]) Tel est donc là le fruit de mes austérités !

Ce n'est point ici le mécompte d'une sagesse pharisaïque qui, se rendant orgueilleusement justice (ou plus que justice), s'indignerait de n'avoir pas « *reçu sa récompense,* » et qui, dans son courroux, passerait de la présomption au blasphême.

Ce n'est pas même le mot désolant de Brutus, lorsque, dans ses amères déceptions, — au terme d'une lutte impuissante, entreprise pour sauver les vieilles institutions de la patrie, pour rétablir la force du droit contre le fait, et pour essayer de venger la cause des pères de famille honnêtes gens, vaincus par la triple alliance des démagogues, des débauchés et des voleurs, — il s'écrie, découragé d'une longue série d'insuccès, et à l'aspect de l'isolement sans remède où restent les derniers Romains : « O vertu, tu n'es donc qu'un vain nom ! »

Ici, c'est simplement le cri douloureux de la nature, d'une nature candide et naïve. « Pourquoi suis-je abandonné ! » Voilà tout ce que semble penser et dire le pauvre jeune homme. Encore ne le pense et ne le dit-il pas POUR LUI.

Certes (et toute la suite du morceau ne fera qu'en donner de mieux en mieux la preuve), certes l'excellent Yaznadate ne songe guère à la gloriole de ce qu'il a pu valoir. Ce n'est nullement de SES MÉRITES qu'il s'occupe ; ce n'est pas même de SES MAUX. Ses regrets, ses craintes, ses angoisses, sont pour qui ? — pour ses vieux parents. — Les derniers conseils de sa sollicitude sont pour qui ? — pour son propre meurtrier. — Rempli qu'il est de sentiments si bons, Yaznadate n'accuse point la Providence ; encore moins en vient-il à douter d'elle.

Mais, sans se courroucer, il s'afflige. Eh ! n'a-t-il donc pas sujet d'éprouver l'affliction la plus pardonnable..! On ajouterait presque la plus louable ; car voyons quelle en est la nature :

Il s'afflige, disons-nous ; et cela, de n'avoir pas su réussir, en faisant DU MIEUX QU'IL A PU durant sa courte vie, — en obéissant, en priant, en méditant, en se préservant autant que possible de toute faute, en tâchant même de se priver de tout plaisir ; — à obtenir, pour unique grâce, un don bien modeste, et lequel ? La faveur de remplir jusqu'au bout les plus humbles devoirs de fils. Celle d'entourer de sa tendresse vigilante, aussi longtemps qu'ils en auraient eu besoin, un père et une mère vénérés. Celle de demeurer, jusqu'à la mort des deux vieillards, leur serviteur infatigable, leur respectueux nourricier.

Le gémissement, quand il est sans colère; — le gémissement accompagné de résignation, et néanmoins vivement exprimé lors d'une douleur vivement ressentie, — il s'est quelquefois échappé, chacun le sait, des bouches les plus parfaites. Il n'est pas resté étranger aux âmes éminentes que l'on propose avec raison pour modéles.

Leur langage parût-il alors renfermer une sorte de reproche, n'importe : comme c'est un reproche affectueux, on n'y va pas chercher du mal. De douces plaintes, restées toutes filiales, on a toujours aimé à espérer que le Ciel ne s'en irritait pas. La suprême Justice voudrait-elle les imputer à crime à des cœurs soumis, qui la reconnaissent, qui la révèrent, qui la craignent ? — et qui se bornent à « soupirer leur peine, » quand il arrive que leur docile et patiente fidélité ne les ait pas empêchés de devenir profondément malheureux !

12) Sauver à son voisin les coups de la cognée.

On a pu voir, par l'analyse grammaticale du vers sanscrit correspondant (*), que cette délicieuse image est de l'auteur ; que la création ne nous en appartient aucunement.

Pour l'ordinaire il en est de même ailleurs ; et cela est surtout vrai dans les endroits les plus ravissants ; dans ceux qui pourraient le mieux, par leur délicatesse, prêter au soupçon d'avoir subi l'empreinte du vernis moderne.

13) Ecoute ; je veux bien adoucir ton effroi.

Cette phrase, nous l'avons, il est vrai, ajoutée en français, pour

(*) Voir ci-avant la note 1, page 82.

l'aisance et la clarté du style ; mais elle était virtuellement renfermée, chez Valmiki, dans les expressions concomitantes.

[14]) Mais l'épouse au cœur pur qu'il reçut dans ses bras,
Ma bonne et pauvre mère… est du sang des Soudras.

Quand on se représente quel était dans l'Inde l'empire des préjugés relatifs à la naissance ;

Quand on songe à cette invincible FORCE D'OPINION qui mettait entre une personne de première classe, ou de caste brahmanique, et une personne de quatrième, ou de caste *soudre*, autant de distance que nos pères en ont encore vu régner aux Colonies entre un blanc et un nègre (*) :

Alors seulement, on comprend l'imnensité du sacrifice que fait ici Yaznadate, quand, par ses humbles aveux, il s'abaisse volontairement à la classe des hybrides, à la classe des quasi-mulâtres.

Et voyez jusqu'où va son dépouillement ! C'est bien plus que sa gloire, en effet, qu'il abandonne. En prenant le parti spontané de se déclarer *simple demi-brahme*, afin de diminuer les remords et les craintes de son meurtrier, — ce qu'il immole à l'amour du prochain, à l'amour des ennemis, c'est… quoi ?

Non pas sans doute l'HONNEUR de sa mère, dans le sens français du mot, puisque notre langue en a fait le synonyme de vertu féminine; mais l'*honos* latin (l'attitude honorifique, le rang social, la position de *femme comme il faut*) de cette mère passionnément aimée, qu'il chérit uniquement, qui lui est « plus chère que la vie, » *prâṇêbyô 'pi priyâ* (**).

Dans sa pureté d'adolescent et de solitaire, Yaznadate n'a point connu d'autre attachement féminin. L'amour exalté qu'il a ressenti pour sa mère a constitué tout son idéal ; une si douce affection est

(*) Hormis quant à la dureté des châtiments ; car jamais les Indous n'ont ressemblé pour la cruauté aux Européens d'Amérique, qui tous (soit qu'ils fussent de race espagnole, portugaise, française ou anglaise) ont été, sauf certaines exceptions individuelles, des tyrans pour leurs esclaves, et souvent même des bourreaux.

(**) Voir le çloka 70, vers α.

demeurée la fleur par excellence des sentiments de son jeune cœur. — Eh bien, c'est cette fleur même, dont il n'eut jamais laissé ternir le velouté, — c'est cette fleur, son bien le plus cher, — qu'il se détermine à cueillir, à flétrir.., pour l'utilité du prochain.

De quel prochain? De l'homme dont la flèche vient de lui percer les poumons et de lui arracher tout espoir de vie.

[15]) Quand resta pâle et froid le fils du grand *richi*.

Maharchi ou *maha-richi* (grand richi), tel est le terme de l'original, terme qu'il nous a fallu traduire en latin par le mot peu usité mais compréhensible *hypermonachus*.

Un RICHI, c'est, comme on sait, pour les habitants des bords du Gange, ou un homme favorisé de dons surnaturels, un *voyant*, — ou bien, au moins, un homme vénérable, pieux, austère, vivant en odeur de sainteté. Nous avons, pour la fidélité du costume, laissé subsister ce mot des langues indoues.

[16]) Yaznadate, ô mon fils, etc.

Certaines nations, n'ayant pas dans leur alphabet l'articulation du *j*, soit anglais (*dj* ou *dg*), soit même simplement français, — remplacent, à la façon des petits enfants, ces consonnes par un *z*. En sanscrit, au contraire, c'est notre *z* qui manque, et l'on n'y trouve que le *j*.

Or, comme cette dernière lettre est du nombre de celles dont nos compatriotes font usage, on serait tenté de croire qu'il n'y a rien de plus simple, dans tous les cas possibles, que d'opérer la transcription française des mots sanscrits où elle figure.

Il n'en est pourtant pas ainsi; car, bien que nous possédions le *j*, nous n'en faisons emploi que de certaines manières, et non pas de toutes façons. Jamais nous ne le plaçons dans des groupes où il serait suivi d'une consonne; notre langue exige qu'il tombe toujours sur une voyelle. Ainsi, *Yadjnadate* (ou *Yajnadate*, même sans *d*) offre pour des yeux parisiens quelque chose qui les effarouche. Au cas où on laisserait subsister le *j*, ils auraient besoin que l'on fît précéder l'*n* d'un *e* muet, malgré l'inconvénient de produire ainsi une syllabe de plus. Leur exigence forcerait d'écrire *Yadjenadate* ou *Yajenadate*, quoique ce soit là une chose lourde et languissante (*).

Si donc on veut donner à ce nom propre une tournure assez française pour qu'en vers il ne choque point, — et cependant ne pas l'estropier, — il n'y a qu'un parti à prendre : savoir, de substituer au *j* sa lettre analogue le *z*, et d'écrire tout franchement *Yaznadate*. .

C'est aussi ce que nous avons fait.

Voilà pour la question orthographique ou lexique. Maintenant, et au point de vue étymologique, il y aurait ici occasion, si on le voulait, de faire de nombreuses et instructives remarques.

Rien n'ayant été plus fréquent chez les diverses nations, que l'idée, non seulement d'adresser des prières pour la fécondité d'un mariage stérile, mais d'y joindre des vœux et des offrandes *ad hoc*, — il a été partout d'usage aussi de donner aux enfants survenus en pareil cas, un nom modelé sur celui de l'être divin à qui l'on avait demandé leur naissance, et à la protection duquel on s'en jugeait redevable.

Qui ne connaît chez les Grecs, par exemple, *Diodore* (don de Jupiter), *Athénodore* (don de Minerve), *Artémidore* (don de Diane), *Héphestiodore* (don de Vulcain), *Hérodote* (donné par Junon) ? Et dans des siècles postérieurs, *Théodore* et *Théodose* (don de Dieu) ?

(*) Il en arrive presque de même pour le *ch*, qui n'est que le *j* renforcé. A part quelques exceptions (le nom de la ville d'*Auch*, par exemple, et ceux du prélat *Dupuch* ou du littérateur *Pechméja*, qui s'articulent *Auche*, *Dupuche*, *Pèche méja*), le *ch* français a toujours besoin d'être suivi d'une voyelle. Ainsi, nous ne savons pas écrire un *chnapan*, comme le voudrait l'étymologie (*schnappen*). Notre poltronnerie nous condamne à écrire lourdement *chenapan* ; quoique pourtant selon la tradition, et dans la bouche des gens qui parlent bien, l'*e* muet ajouté ici demeure absolument nul, ce *chena* ne faisant qu'une syllabe. De même, beaucoup de gens trouvent si étranges des noms tels que *Vichnou* et *Crichna*, qu'ils les prononcent à la grecque (*Vicnou* et *Cricna*), ou bien qu'ils se permettent de les altérer en *Visnou* et *Crisna*. Trop emprisonnés que sont de tels lecteurs dans les étroites habitudes du gallicisme, ils n'articuleraient correctement le *ch* français (*sh* anglais, *sch* allemand) que s'ils l'apercevaient suivi d'une voyelle ; et l'on serait obligé, pour eux, d'écrire *Vichenou* et *Crichena*.

Chez les Hébreux, ne voit-on pas *Nathanaël* (Dieu l'a donné) ?

Chez les Romains devenus chrétiens, ne rencontre-t-on pas la traduction littérale de Nathanaël, c'est à savoir *Deus-dedit?*

Et son synonyme Adéodat (*a-Deo-datus*), dont l'équivalent se retrouve dans notre mot Dieudonné ?

Enfin, les Perses, les Parthes, etc., ne possédaient-ils pas une foule de noms terminés en *date*, dont le plus célèbre est *Mithridate* (donné par Mithra) ?

Eh bien, c'est à cette dernière série qu'appartient le nom composé que nous francisons sous la forme YAZNADATE. Seulement, au lieu de rappeler le nom de la divinité invoquée, il consacre le souvenir de l'invocation même. *Yajña-datta*, en effet, signifie « obtenu par le sacrifice, ou par un sacrifice ; » littéralement : « donné par (suite d') un sacrifice (यज्ञ). »

Ainsi, et comme si ce n'était pas assez de toutes les raisons qui rendaient aimable et regrettable le doux héros de l'épisode, un motif d'intérêt de plus vient s'attacher à lui. Selon les nobles conceptions de Valmiki, le jeune personnage n'était point un enfant comme un autre, et sa naissance l'avait en quelque sorte prédestiné à d'éminentes vertus. Consolation accordée à la vieillesse de ses pieux parents, l'unique et précieux rejeton leur avait été octroyé à titre d'enfant de grâce, en retour de sacrifices par eux offerts à cette intention ; sacrifices dont sa perte douloureuse vient (en apparence du moins) leur enlever le fruit (*).

17) Seigneur, j'ai de ton fils exaucé la prière.

Seigneur n'est pas ici une locution racinienne, un de ces termes de convention qui faisaient partie de l'ancien style héroïque français ; c'est la traduction littérale du mot *ƀagavan*, dont se sert le prince. Dasarétas, tout héritier qu'il est du trône, se regarde

---

(*) En retour de sacrifices, disons-nous. Bien entendu de sacrifices non sanglants ; car le genre d'actes pieux dont il s'agit ici (*yadjna*, qui est le mot zend *yaçna*) consistait en simples offrandes rituelles, accompagnées de prières et de mortifications.

comme l'inférieur du pauvre vieux solitaire ; il ne lui parle qu'avec respect.

[18]) Mais il n'en a pas moins pris son vol vers le ciel.

Divaṃ gataḥ. Le texte est formel ; *cœlum petiit*. Il ne s'agit ici, on le voit, ni comme dans l'Odyssée, d'enfers héroïques, — assez ennuyeux pour les morts et fort peu souhaitables pour les vivants, — ni même, comme dans l'Enéïde, de Champs Elysées, — plus noblement décrits, il est vrai, mais toujours limités et souterrains, où il faille descendre par des cavernes, et qui ne soient qu'un paradis-terrestre inférieur. L'antique auteur de la Ramaïde parle notre langage ; il envoie les âmes « AU CIEL. »

[19]) Un doux enfant, déjà riche en austérités.

Dives opum, a dit Virgile ; mais ici c'est bien différent. *Austeritatum-dives*, riche de pénitences ou d'austérités, telle est la traduction littérale de *tapôdanaḥ*.

De quel genre, demandera-t-on, étaient ces austérités ? — D'une foule de genres ; souvent semblables à celles qui devaient un jour être pratiquées et sanctifiées en Occident, d'abord par les Pères du Désert, puis par les divers anachorètes ou les plus fervents cénobites d'Europe. Il suffit de se rappeler, par exemple, celles que décrit un célèbre épisode du *Brahma Pourâṇa*, « l'Ermitage de Candou. » Là on voit le solitaire, dans son zèle de pénitence, ne pas se livrer uniquement au jeûne et à la prière, mais travailler à vaincre chez lui la nature par toutes sortes de macérations de la chair : en hiver, envelopper de vêtements humides ses membres déjà transis de froid ; et en été, recevoir sur sa tête les plus ardents rayons du soleil.

Supposé que l'on ne jugeât pas assez antique l'auteur du Pourana précité, peu importerait, puisqu'il n'a fait qu'imiter dans cette peinture les plus anciens poètes du Gange. Témoin le vieux tableau des mortifications des ascètes brahmanistes, tracé dans la *Sacontala* primitive, — dans celle non de Calidasa et du drame, mais de Vyasa et de l'épopée. — Témoins aussi les descriptions antérieures au *Maha-Bhârata* même, qui nous montrent pratiquées, plusieurs centaines d'années auparavant, des austérités terribles, analogues soit à l'isolement et à l'immobilité des Stylites, soit aux supplices variés que s'imposèrent les pieux habitants des laures de Nitrie. Par exemple, celles que l'on prête dans la Râmaïde à Viswâmitra, aux ermites de Bharadwadja, ou aux ascètes du « Désert de perfection. » Ou bien celles dont l'efficacité fait obtenir au bon roi Bhagiratha la descente du torrent béni que sollicitait sa prière, et au moyen duquel il soulage, il délivre de leurs peines purgatoires, les âmes de ses ancêtres (*).

Rarement ces pénitences sont présentées comme l'expiation nécessaire de crimes commis par ceux qui se soumettent à de telles peines. D'ordinaire elles sont dépeintes comme le résultat d'un sacrifice spontané (**).

Tel est le cas, par exemple, pour notre aimable et doux Yaznadate : jeune anachorète sans remords, qui réunit à l'exercice des mortifications les plus sévères la plus candide innocence.

[20]) Indra, pour un semblable crime,
Tomberait renversé de son trône sublime.

Cette pensée, quoique purement hypothétique et appartenant au domaine des images de la poésie ; quoique placée, d'ailleurs, dans la bouche d'un père au désespoir, dont les paroles ne sauraient se mesurer sur l'échelle de la froide raison, ni par conséquent être prises au pied de la lettre ; — cette pensée, disons-nous, étonnera encore bien des lecteurs.

C'est tout simple, puisque, sur la foi de certaines relations de voyages médiocrement exactes, ou de certains dictionnaires dont les indications ne sont que des à-peu-près, les gens se sont accoutumés à croire qu'Indra « est Jupiter. »

(*) *Ramaïd.* I, 32, 45, 58, et II, 54.

(**) Sacrifice dont on pouvait, en vertu du principe de la réversibilité des mérites, céder par charité et appliquer les fruits au prochain. (Voir, par exemple, *Ramaïd.* IV, 2 et 3.)

Et dans le fait, il ne s'agit que de s'entendre; car le nom du dieu capitolin a deux valeurs bien différentes.

Si l'on ne prend le Jupiter romain qu'au point de vue d'où le considérait le plus souvent la populace du Forum, c'est-à-dire comme un assembleur de nuages (νεφεληγερέτα Ζεὺς) et comme le maître du tonnerre (*tonans, altitonans*) : oui, en ce sens, à la bonne heure, Indra peut bien passer pour le Jupiter des Indous, puisqu'il est réputé l'arbitre du jour (*divas-patis* ou *divas-patir*) et le producteur des éclairs, le foudroyant (*vadjrina*), etc.

Mais en tant que Jupiter ou le Père suprême Jov (*) était censé « le Dieu très-bon et très-grand, » — *Deus optimus maximus*, comme disent les inscriptions; — en tant qu'il représentait, à un degré quelconque, l'Etre suprême, JEHOVA ou le Seigneur (que les poètes chrétiens d'Italie nomment encore souvent à la façon romaine *il sommo Giove*) : — toute ressemblance, même lointaine, avec Indra, disparaît, et ne saurait être alléguée sans absurdité.

Dernièrement, devant nous, un homme instruit, bien loin d'appeler Indra un Jupiter, le nommait « l'archange des météores. » *Archange* n'est pas non plus le terme propre; et d'ailleurs, de hautes convenances en déconseilleraient ici l'emploi; mais du moins, s'il arrivait qu'en langage poétique quelqu'un parlât ainsi, il n'y aurait pas erreur quant à la fonction. Indra, en effet, chez les Indous, n'a jamais été considéré comme l'Arbitre de l'univers : il est, pour eux, l'Esprit chargé du gouvernement du monde inférieur, — du monde sublunaire, comme disaient les Grecs, — c'est-à-dire de l'atmosphère. Il a sous sa direction les vents, les pluies, les tempêtes; voilà tout. Quoique dépositaire de la foudre, il n'est qu'un Eole agrandi.

Sans doute, à l'époque tout-à-fait primitive, immémoriale, à laquelle remontent les hymnes du Rig-Véda, Indra possédait plus d'importance qu'il n'en conserva plus tard ; encore ne voit-on pas que son rang, même alors, dépassât nettement celui d'Agni ou de

---

(*) *Jû-piter* (contracté de *Juv-piter* ou *Jou-piter*), *Jovis patris*, *Jovi patri*, etc. Seulement *pater* n'est resté indispensable qu'à l'énonciatif ou nominatif, qui est le cas pour ainsi dire officiel.

Varouna, car il n'avait jamais été tout au plus qu'une sorte de personnification du ciel matériel. Mais, à mesure que le naturalisme des temps védiques recula devant les influences spiritualistes d'un brahmanisme croissant, — c'est-à-dire d'une religion demeurée mythologique sans doute, mais où se dessinait de plus en plus nettement la grande idée d'une divinité trinitaire suréminente et rémunératrice, — Indra, perdant de son crédit chaque jour, comme tous les anciens dieux physiques de l'Arie, dut passer à l'état de déité secondaire ; en d'autres termes, à l'état de génie.

C'est ce qui eut lieu. On en arriva même à penser que de simples mortels pouvaient, sans trop de témérité, nourrir l'émulation de s'élever aussi haut que lui, et qu'il ne leur était pas impossible de conquérir, à force d'humilité, de vertus et de privations, un rang pareil au sien : opinion qui ne vint à l'esprit de personne, à coup sûr, au sujet de Brahma, le Dieu père, le Dieu souverain.

31) Mon pardon les atteint : sois content, fils de roi.

Devenu trop honteux, à la suite de sa faute, pour songer à se targuer d'une naissance royale, Dasarétas n'avait eu garde de se révéler comme prince. En répondant au brahmane qui le prenait d'abord pour son fils, il s'était borné à se déclarer xatria, ce qui ne précisait rien ; car la caste des xatrias (ou plus correctement, des *kchatriyas*) embrassait toutes les familles militaires, depuis celle du monarque jusqu'à celles des plus chétifs soldats. Par l'expression vague dont il s'était servi, le jeune chasseur avait simplement voulu faire acte de sincérité ; on pourrait ajouter d'humilité, puisque la caste xatrie était alors inférieure à la caste brahmanique, de toute la distance dont les ministères du corps sont inférieurs aux ministères de l'âme. Du reste, il avait laissé régner sur sa position particulière et personnelle une obscurité absolue.

Et cependant, le brahme de la forêt, en traitant son interlocuteur de seigneur (*bavan*) et de prince (*nripa*), et en ajoutant, lorsqu'il lui accorde la vie, de ne rien craindre « pour la dynastie des Raghavides, » laisse voir qu'il sait à merveille en face de quel homme il se trouve (*).

Or, à quoi l'a-t-il reconnu?

Ce n'est pas aux vêtements, puisque, riches ou non, ils sont comme non existants pour le vieillard, lequel n'a pas d'yeux pour les voir (**).

Ce ne saurait être à la simple manière de parler de l'individu. Supposons un langage élégant, distingué : il n'y a là qu'une marque trop vague, propre seulement à indiquer un homme bien élevé quelconque.

Est-ce par le nom de Dasarétas, sous lequel le meurtrier s'est désigné? — Peut-être bien. Néanmoins, la chose reste fort douteuse; car ce nom, quoique porté par des princes, devait, comme beaucoup d'autres pareils, ne pas être rare chez les Indous.

Ne serait-ce point plutôt d'une autre façon, — c'est à savoir, des yeux de l'âme, — que la vérité est censée avoir été saisie et discernée par le brahme, dès qu'il a eu dirigé son intuition sur le chasseur? — sur cet homme que d'abord, et avant d'user de la *seconde vue*, il avait pris pour son fils?

On n'en sait rien.

Si telle a été la pensée du poète; si Valmiki a voulu laisser entrevoir, chez l'austère personnage, certaines facultés transcendantes qui impliquassent le pouvoir de la divination : il s'est abstenu de le dire. Il a laissé ses lecteurs former librement là-dessus leurs conjectures.

Une telle réserve, de sa part, est une preuve de plus de la supériorité de son jugement et de la pureté de son goût (***).

(*) Le langage qu'il lui tient est pour le moins aussi clair, sous ce rapport, dans le texte, que dans nos deux versions. Notre expression la plus forte, FILS DE ROI, est renfermée dans un mot qui l'égale ou qui peut-être la dépasse : dans *nri-pa*, « pasteur des hommes, » titre tout à fait royal, dont plus loin (au çloka 105) on fait usage en parlant du prince devenu monarque et portant lui-même la couronne.

(**) Yaznadate, lui, paraît avoir été frappé d'un costume princier, puisque, s'il n'appelle son meurtrier ni *bvavan*, ni encore moins *nripa*, il le qualifie de *Raghava*, (descendant de Raghou).

(***) De son goût. Non pas qu'au point de vue européen, il soit absolument sans reproche sous ce dernier rapport.

Excepté pour certaines parties de la Ramaïde, — par exemple pour l'épisode

22) Hélas, le cœur brisé, moi, belle et noble reine.

Noble, aimable, belle, digne d'être heureuse, etc., toutes ces idées ont leur expression dans le texte, tantôt directement et tantôt par équivalents. La traduction, sous ce rapport, en conserve fidèlement la couleur (*).

Avec les idées, il est vrai, dans lesquelles nous avons été nourris sur le compte de l'Antiquité ; — n'ayant appris à la connaître que telle qu'elle était chez deux ou trois nations, et faisant abstraction des autres peuples comme s'ils n'eussent pas existé ; — nous avons une peine extrême à nous figurer que vers les temps

---

ici choisi, lequel ne laisse rien à désirer, — on ne peut pas dire qu'une si admirable épopée, toute voisine qu'elle est des idées classiques, remplisse en entier les conditions de NOTRE classicisme. A prendre celui-ci pour *criterium*, et à désigner pour juges Horace et Despréaux, elle renfermerait deux imperfections notables : 1° trop de latitude (trop de vagabondage si l'on veut), dans la manière d'user du merveilleux, lequel tient ici le milieu entre celui des poèmes épiques et celui des contes de fées; 2° la surabondance de pensée et de style.

Mais ces deux sujets de blâme ne sont nullement le défaut propre et personnel de Valmiki : auteur que ses qualités de maître éminent préserveraient plutôt d'y tomber, s'il ne jetait sa coulée poétique dans des moules antérieurs et consacrés. L'habitude surtout de dire trop de choses, ou de les dire avec trop de détail, — cette prolixité est le caractère, le cachet de la littérature sanscrite toute entière. En général, le côté faible qu'elle présente (chaque chose a le sien) n'est point, comme chez d'autres peuples de l'Asie, la confusion du laid et du beau, — l'amour du violent ou du quintessencié, — mais seulement l'exubérance des créations d'une jeunesse trop bien douée, à qui les pensées, les images et les expressions arrivent par centaines. Excès, sans doute, mais magnifique excès, qui correspond en quelque sorte à la prodigieuse richesse du paysage indou, et qui ressemble au luxe immense de feuillage et de floraison dont s'environne la nature dans cette contrée si étonnamment favorisée, où tout surabonde de vie.

(*) Et cela n'est point particulier au Râmâyana : le Maha-bhârata nous fournit mille preuves de la même noblesse et de la même délicatesse d'usages. Il fait employer, par exemple, aux interlocuteurs de la pudique Damayanti des termes tout aussi gracieux ; et ces termes, il les place dans les bouches les plus respectables, les plus austères même ; tant la courtoisie de langage envers les femmes faisait partie des mœurs générales de la nation.

homériques ou anté-homériques (*), un personnage grave, un vieillard, un monarque, ait pu faire usage de termes si galamment polis en s'adressant à une femme, et, qui plus est, à sa propre femme ; surtout à une épouse déjà quelque peu mûre, dont il était le mari depuis vingt cinq ou trente ans (**).

Mais les réalités sont là ; et quand l'Europe moderne les trouve singulières et presque incroyables, elle ne fait que montrer ainsi combien grande est son ignorance.

La chose dont il y aurait à s'émerveiller si elle avait lieu, ce serait précisément le contraire de ce dont on s'étonne : ce serait qu'autrefois, dans les murs d'Ayodie ou d'Hastinapour, une pareille courtoisie de langage ne se fût pas établie.

Son absence, en effet, y aurait été souverainement illogique.

Car les résultats suivent les causes. On ne tarde guère à honorer ce qui est honorable, à respecter ce qui est respectable ; et le degré des égards accordés à la femme, dans les différents siècles, chez les divers peuples du monde, s'est en général mesuré sur la

---

(*) « Homériques ou anté-homériques. » Ce n'est pas ici le lieu de discuter à fond la question si controversée de la date du *Râmâyana*, mais on ne peut se dispenser d'en dire deux mots.

A quelle époque un homme de génie, réunissant, coordonnant, améliorant les essais des rhapsodes indous, et les faisant servir de matériaux au bel édifice par lui conçu, érigea-t-il ce magnifique monument littéraire ? — William Jones, qui avait décidé un peu vite, faisait remonter la chose à 2029 ; Tod et Bentley, d'après des indices non moins superficiels, la feraient descendre l'un à 1100, l'autre même à 950 avant Jésus-Christ. — Evidemment d'abord, la vérité, quelle qu'elle soit, se place entre ces deux extrêmes ; mais de plus, il n'est pas si difficile qu'on le croirait d'en approcher beaucoup. En suivant les rapprochements et les judicieux calculs présentés par Gorrésio, il devient extrêmement probable, — il n'est presque plus possible de douter, — que la Ramaïde (à une quinzaine d'années près, de plus ou de moins), n'ait été composée vers l'an 1300 avant l'ère chrétienne, c'est-à-dire ne soit antérieure d'environ cent seize ans à la guerre de Troie (1184). Elle aurait ainsi précédé l'Iliade, soit de trois cents ans, soit de quatre cents, selon que l'on suppose celle-ci de l'an 1000 ou de l'an 900.

(**) Depuis une vingtaine d'années, nécessairement, d'abord, puisque la reine Cauzalie était mère du jeune héros du poème, prince qui avait déjà dix-huit ans. Mais, en outre, lors de la naissance de Râma, il y avait déjà longtemps que Dasarétas gémissait de n'avoir point d'enfants, et l'on voit, dans cette épopée même, les prières et les sacrifices qu'il offrait au Ciel pour obtenir un fils ; ce qui doit faire reporter son mariage à une époque plus ancienne, et ne permet guère d'attribuer à Cauzalie moins de quarante-cinq ans.

considération dont elle se rendait digne. Or, au milieu des populations de l'Inde antique, la femme s'était placée si haut, par sa façon de sentir et d'agir, que ses vertus avaient dû commander la déférence.

Mais la déférence, lorsqu'elle existe, se manifeste volontiers par des expressions flatteuses. Ceux qui sont pénétrés de bienveillance parlent au prochain en termes caressants ou laudatifs ; lui accordant surtout le genre d'éloge qui leur paraît aller le mieux à son rang, à sa profession, à son âge, à son caractère, etc. Un parfait savoir-vivre, même, imitant sous ce rapport les instincts du sentiment philanthropique, suffit pour inspirer aux gens certaines locutions obligeantes, toutes spécialisées, analogues à celles que dicterait la sympathie réelle (*).

Là donc où règne une haute et délicate sociabilité, les femmes, par cela seul qu'elles appartiennent à un sexe dont le partage naturel paraît être la beauté, sont bénévolement réputées ÊTRE DOUÉES TOUTES D'AGRÉMENTS CORPORELS ; et les habitudes de langage, soit avec elles, soit à leur sujet, s'établissent selon cette hypothèse.

« BELLE DAME » est une des expressions dont nous avons ouï nos grands pères faire le plus fréquemment usage. Elle appartenait au dictionnaire courant des salons. On s'en servait avec toute femme *comme il faut*, aussi longtemps que la chose pouvait passer et n'était pas encore en danger de ridicule ; après quoi on savait la remplacer par quelque autre formule aimable. — Eh bien, cette locution, l'une des coutumes de la haute politesse, de la noble galanterie française, ELLE AVAIT EU LIEU TROIS MILLE ANS AUPARAVANT,

---

(*) Ainsi, chez les Anglais, on dit habituellement *the noble peer*, *the honourable member*, *the gallant officer*, *the learned judge*, parce que l'on aime à supposer qu'un pair est toujours d'ancienne famille ; un député, toujours honorable ; un officier, toujours brave ; un magistrat, toujours instruit. Par suite de la même tendance, il a été généralement convenu, en Europe, d'admettre que la personne de tous les rois est empreinte de « *majesté*, » et celle de tous les papes de « *sainteté ;* » que tous les princes se font admirer par une grandeur « entièrement sereine (*sérénissime*), » etc., etc. — Quand de telles façons de parler s'introduisent, c'est sous le règne de civilisations élevées ; c'est chez des nations où vit au fond des mœurs non seulement le respect des convenances, mais le désir que les convenances elles-mêmes soient établies d'après une appréciation charitable.

dans des lieux et des circonstances où s'était développée une civilisation pleine de sentiments épurés, comparables sous bien des faces à ceux de notre meilleure époque chevaleresque.

Que Dasaréthas, aux bords du Gange, parlant à la reine Cauzalie, s'exprimât dans le style courtois, gracieux, presque respectueux, dont a pu se servir plus tard Louis XIV avec la mère du Grand Dauphin ou avec celle du jeune marquis de Sévigné : — au fond, qu'y avait-il d'étrange.., dans un temps et dans un pays où vivaient des femmes de la valeur, de la taille morale de Sita et de Damayanti ! — De Sita et de Damayanti, ces nobles et chastes créatures, à forme sociales si distinguées, si douces et si dignes ! — ces « duchesses de Montmorency » du monde antique (*) !

L'existence des deux princesses que nous citons n'est pas certaine, dira-t-on peut-être.

Il ne s'agit que de s'entendre. — Leur existence individuelle, à un moment donné, précisément selon la légende..? Eh mon Dieu, soit ! Chacun là dessus peut disputer à l'aise. — Mais leur existence générale..? la révoquer en doute est impossible. Or c'est là ce qu'il faut.

Non dessinés, — non rêvés même, — par les Grecs ou par les Romains, lesquels n'avaient jamais fait ascension jusqu'à des régions pareilles ; — non soupçonnés, disons-nous, par Homère et même par Virgile ; — des types féminins d'une telle élévation, d'une telle délicatesse, d'une telle pureté de sentiments, n'auraient pas pu davantage être conçus par les grands épiques sanscrits, si ces derniers n'eussent rencontré aux bords du Gange ce qui n'existait aux rives ni du Mélès ni du Tibre ; s'ils n'eussent trouvé dans la société indoue de leur époque les linéaments et les couleurs né-

(*) Parmi les exagérations gracieuses qui faisaient partie du savoir-vivre des cours d'alors, on aura sans doute observé que le roi va jusqu'à traiter sa femme de *dévi*. C'est ainsi que de nos jours même, — les Italiens appellent encore très-bien telle ou telle de leurs Corinnes (Madame Ristori, par exemple) *la diva*. — Ils le font, à la vérité, par enthousiasme artistique ; mais autant valait le faire par bienveillante politesse. Mieux peut-être ; car dans cette surabondance de courtoisie, les élans de l'égoïsme jouaient un moindre rôle.

cessaires pour composer et peindre de semblables figures. Croire le contraire c'est stupidement oublier que l'homme ne possède point les pouvoirs de l'Auteur suprême, et qu'il ne saurait, comme le Créateur, tirer quelque chose DE RIEN.

Ah! si pour nier que des Sita quelconques aient vécu, on veut faire pleinement honneur de leur conception au génie de Valmiki; — si, pour dépouiller les Damayanti de leur réalité morale, on veut prétendre qu'elles sont sorties complètes, un beau matin, du cerveau de Vyasa : — on attribue à ces anciens bardes une faculté de production dont aucun être humain n'a joui. En voulant se débarrasser des faits, on se jette dans les chimères. On se condamne à la nécessité d'imaginer des poètes-dieux, capables de faire jaillir de leur pensée tout un monde, — tout un monde tiré par eux du néant.

De tels inventeurs, pourrions-nous dire, seraient plus étonnants que leurs héroïnes.

25) Mugit en cris plaintifs où le délire éclate.

En sanscrit, rien non seulement de plus coloré, de plus animé, mais de plus noble, que cette métaphore : *gâur vivatsêva vatsala*.

Quoique les Romains n'attachassent point à l'idée de la femelle du taureau toutes les sympathies dont se plaisent à l'environner les Indous, — pour qui cet utile animal est un animal béni, et qui, loin d'en éviter la mention, citent avec complaisance la vache dans leurs poésies, pour le moins aussi aisément que nous nommons dans les nôtres le coursier, l'aigle ou le lion : — on ne serait pas embarrassé de traduire en latin l'expression du chantre des exploits de Râma. On dirait à merveille : *ut vitulo clamans orbata juvenca* (*).

Les Français, au contraire, sont ici presque réduits au silence, par suite de cette sévérité dédaigneuse, de cette pruderie de lan-

(*) Ou bien, si l'on n'avait point à observer de règles prosodiques : *ut mugiens juvenca orbata vitulo*, etc.

gage, qui leur interdit dans le style élevé, et surtout en vers, de prononcer le mot *vache*, réputé ignoble chez eux.

Voulant néanmoins, à toute force, laisser subsister trace d'une image si vive et si juste (car rien ne peint mieux le délire des afflictions maternelles que les beuglements longs et douloureux de la vache à qui l'on a ravi son veau), nous avons essayé de faire apercevoir la chose, en l'indiquant du moins jusqu'aux limites du possible. Pour cela, nous avons osé faire MUGIR la mère de Yaznadate, ce qui montre assez aux cris de quel animal ses cris de désolation sont ici comparés.

24) Dis-nous adieu, du moins, avant ton long voyage.

Et la mère qui tient un pareil langage, — l'épouse sur laquelle, en effet, un vieux brahme austère et vénéré s'exprime en termes qui indiquent égard et considération, — n'est autre qu'une simple Soudre, c'est-à-dire qu'une femme de la quatrième et dernière caste ! de la caste dont les Paréyas (Parias) sont une tribu !

Qui ne sent la portée d'une pareille conception !

Non pas que le poète dogmatise, ni qu'il paraisse critiquer ou philosopher. — Inoffensif, calme, patient, — ce qu'on voudra, — il accepte, nous l'avouons, les croyances de son temps ; il ne bat nullement en brèche les institutions de son pays.

Mais comme il saisit le moyen de suppléer à ce qui leur manque ! Mais comme il trouve l'art d'exploiter, d'élargir, la riche veine de bonté qu'elles renferment ! Comme il sait ajouter un précieux couronnement, la tendance *humanitaire*, à ces mœurs déjà si admirablement *humaines !*

Avoir osé faire, du plus intéressant et du plus pur des personnages de son poème, l'enfant d'une mésalliance, — d'une mésalliance énorme, — il y a certes, rien qu'en cela, bien de l'éloquence muette. Qu'est-ce donc d'être allé plus loin, et d'avoir représenté LA MÈRE ELLE-MÊME comme à la hauteur d'un tel fils ? — Franchement, n'était-ce pas tout dire ? Et Valmiki pouvait-il (à moins de se jeter hors des voies qui seules étaient réputées licites pour lui), prêcher plus clairement l'égalité ?

Non pas, il est vrai, cette pleine égalité de rang qui eût aboli tous les privilèges religieux de naissance; non pas l'entière égalité native des hommes devant Dieu : — l'heure n'était pas encore venue de cette immense réforme.., qui fut, au delà de l'Indus, la tâche du bouddhisme (dont elle fait encore la gloire aux yeux de deux cents millions d'Asiatiques) ; — mais l'égalité possible de valeur morale, et par conséquent de droit à l'estime.

Du reste, il n'y a point à s'étonner, de la part de Valmiki, de cet acte de généreuse hardiesse. Le génie est aisément bon, parce qu'il est grand. A lui aussi, avec justice, appartient souvent l'épithète hiératique « *optimus, maximus* (*). »

[25]) Hélas! qui donc, le soir, dans la Sainte Ecriture,
Avec sa douce voix me fera la lecture?

Littéral. *Et cujus, proximâ nocte, ego, piam-lectionem* (seu *piam-meditationem*) *facientis in sylvâ, audiam mellitam vocem, Sanctum Codicem legentis?*

Pour laisser la couleur du temps et du lieu, force était bien de

---

(*) Nous avons dit que si les mœurs brahmaniques d'il y a trois mille ans n'étaient pas encore *humanitaires* (conception postérieure), elles étaient déjà *humaines* en un admirable degré. Voir, par exemple, dans le Code de Manou, l'équité, la générosité, la douceur, qui présidaient aux lois de la guerre ; et comparer de telles règles avec celles qui se pratiquaient à la même époque sur le reste du globe.

Il y aurait ignorance, d'ailleurs, à croire que l'antique civilisation indoue, malgré l'extrême distance qu'elle mettait d'une classe à l'autre dans l'échelle des rangs sociaux, fût étrangère au sentiment de la justice POUR TOUS, au désir du bonheur DE TOUS. Dans le premier des trois préambules antiques ajoutés au Râmâyana par les glossateurs primitifs, et où se trouve recommandée la lecture de ce poëme, on engage les Soudras même à l'entendre, et qui plus est, à l'entendre « pour s'agrandir. » D'ailleurs, à la célébration de l'*açwamédha*, du rite national par excellence, tout le monde n'assistait-il pas? On voit Vasichtha lui-même, — lui, en qui la caste brahmanique possède sa plus complète expression, — on le voit, disons-nous (*Adikanda*, XII), faire convoquer à la cérémonie, « et par milliers, » les hommes pieux : brahmanes, kchatriyas, veisiyas « ET SOUDRAS. »

Aurait-il pu en être différemment, au milieu d'un peuple chez qui régnait une ineffable bonté ! une perpétuelle application de chacun au soulagement d'autrui ! une compassion universelle, dont l'exubérance avait besoin de se répandre jusque sur les animaux !

traduire mot à mot *Puṇyaṃ Çâstraṃ*, c'est-à-dire *Sanctum Codicem, Sanctam Scripturam.*

[26]) Quand le matin j'aurai brûlé l'encens.

Quoique la combustion des parfums, si fréquente dans la religion des Aryas de la Perse, ne fût pas inconnue chez les Aryas de l'Inde, tel n'était point chez eux l'acte habituel d'offrande liturgique. Ce qu'ils livraient le plus souvent au feu, dans les cérémonies quotidiennes, c'était plutôt des substances grasses : ordinairement du beurre clarifié. Aussi n'avons-nous pas mis dans notre version latine, ce qui nous eût été fort aisé :

Exactis precibus solitis, ac thure cremato,

mais bien *oleoque cremato* (*).

En français, nous avons pu, nous montrant plus faciles, employer le terme ENCENS, et néanmoins ne point tomber par là dans une violation de costume. Pourquoi ? Parce que le mot ENCENS ne signifie pas précisément, comme *thus*, une certaine résine. Terme beaucoup plus général que *thus*, il est la traduction d'*incensum* (chose qu'on allume, *quæ incenditur*). Aussi s'applique-t-il à tout ce qu'on peut brûler en offrande sur l'autel ou devant l'autel ; — voire même, par métaphore, à la louange.

Le beurre liquide des Brahmes n'était pas un *thus ;* pour nos trouvères il n'aurait pas été un OLIBAN ; mais, puisqu'il formait une libation allumée, il était un véritable *incensum*. Par conséquent, en français (au moins *lato sensu* et dans le style poétique), cela constitue un ENCENS.

(*) *Oleo*, avons-nous dit, et non pas *butyro*. C'est que du beurre fondu, employé dans les cérémonies du culte, n'aurait été, aux yeux des Latins, qu'une sorte d'*oleum*, et ne se serait pas appelé autrement dans le style virgilien. Quant au mot précis *butyrum*, il ne se rencontre que chez les poètes de la pleine décadence ; les grands classiques l'ont toujours écarté. Ce terme, trop paysanesque à leurs yeux, leur paraissait sentir « sa fromagerie. »

27) M'assouplira les pieds de ses doigts caressants.

Que l'on n'aille pas apercevoir en ceci les indices d'un sybaritisme dont nos personnages sont à mille lieues.

Pendant certaines parties de la prière du matin, le disciple agenouillé tenait les pieds de son gourou ; c'était une marque de respect pour le maître, et d'adhésion à ses actes liturgiques (*). Or on conçoit avec quel amour la piété filiale de Yaznadate accomplissait ce rite; et la nuance affectueuse que naturellement il y ajoutait, est ce que fait sentir le vieux père par l'emploi du verbe *hlâdayati,* réjouïr, caresser (**).

28) J'irai, disant les soins que tu nous as rendus,
Mendier pour mon fils le prix de ses vertus.

Depuis le moment où Dasarétas relève l'urne de Yaznadate et se dirige vers la cabane des deux anachorètes, on n'a plus vu figurer, dans ces notes, d'observations qui roulassent sur l'art et sur le *faire,* et qui eussent pour sujet la conception ou l'exécution du morceau. On a bien continué à rencontrer, de notre part, des annotations ou gloses diverses, renfermant soit des renseignements historiques et de costume, soit des remarques philologiques; mais, lorsque l'occasion s'est présentée de généraliser davantage, — de faire, comme on dit aujourd'hui, « de la haute critique littéraire, » — nous avons résisté à l'envie qui nous en prenait; gardant pour nous, sans les écrire, les phrases qui nous arrivaient en foule sous la plume.

Le commentaire, en effet, n'aurait pu que ressembler plus ou moins à celui que Voltaire se déclarait disposé à mettre au bas de

(*) Il existe de vieilles peintures indoues qui permettent de juger encore comment la chose se passait. Là se voit très bien l'acolyte, tenant ainsi des deux mains, *circumtangens* (sanscr. *parisanspriçan*), les pieds de l'officiant.

(**) C'est à la racine *hlad* qu'appartient l'adjectif anglais *glad*, joyeux, content, satisfait.

toutes les pages de Racine. Mieux valait donc laisser se dérouler sans interruption une suite d'admirables scènes, qui se recommandent assez d'elles-mêmes par leur mérite hors de ligne.

De deux choses l'une : ou le lecteur n'a que de l'esprit et point de cœur, — or, dans ce cas, nulle sorte de professorat ne parviendrait à lui en donner ; — ou bien, comme parle Horace, « quelque chose lui bat sous la mamelle gauche, » — et alors on peut, en silence, le laisser librement juger.

De lui-même, et sans qu'on le guide, il saura bien apprécier cette rare série de paroles ou de peintures éloquentes ; ce magnifique *crescendo* de beautés morales de tout genre : — à commencer par la méprise si dramatique des parents ; par le langage si attendrissant qu'elle leur dicte ; par leur délicieuse crainte de n'avoir pas été peut-être encore assez bons pour leur fils ; — et à finir par l'inspiration suprême du vieux père, désireux de pouvoir rendre à son enfant un dernier service, en essayant d'aller, quand il l'aura rejoint dans la mort, parler et plaider pour Yaznadate, au tribunal même de Dieu. — Dernier trait inqualifiable, qui, venant s'ajouter à tant d'autres, déjà pénétrants, ravissants, déjà beaux jusques à *faire mal*.., achève d'épuiser les forces de la sensibilité, — et par lequel Valmiki, aussi entraînant qu'entraîné, pousse tellement à leur comble les émotions admiratives, qu'il risque, pour ainsi dire, de briser les ressorts de l'âme.

Au résumé, ce long passage sanscrit, pris d'un bout à l'autre (*) est d'une perfection qui *rappelle* (nous ne voulons pas employer d'autre mot) celle des morceaux d'élite les plus justement célèbres. Une telle production, quelque rang précis qu'on lui veuille assigner, figure parmi les œuvres qui, de toute manière, font le plus d'honneur à la nature humaine ; et l'on ne sait pas s'il a été donné à l'art, quelque part ailleurs, de pousser plus loin le touchant, de porter plus haut le sublime.

[29]) Yagati, Nahoussa, vrais dévots et grands rois.

Nous ne pouvions nous dispenser d'altérer tant soit peu, pour les

(*) Clokas 44 à 80. — De *Tatô'ham* (page 44) à *sahitô gataḥ* (p. 59).

arranger jusqu'à un certain point à la mode européenne, les deux noms propres, *Yayâti* et *Nahoucha* (*), qu'autrement leur physionomie, trop indoue, aurait condamnés chez les Occidentaux à être passés sous silence. Quoique de cette façon (c'est-à-dire à travers la forme *Yagati, Nahoussa*, en français, et *Jagatis, Nahussas*, en latin) l'aspect n'en soit encore pas mal extraordinaire, — du moins il devient possible ainsi de faire mention des deux monarques-modéles, qui, célèbres autrefois pour leur piété brahmanique, sont donnés par Valmiki comme exemple des « saints rois » dont un bonheur éternel est devenu la récompense.

Le lecteur trouvera, dans notre version de ce passage, *dévots* au lieu de *saints*. C'est que nous n'aimions pas à répéter, en l'appliquant à d'autres qu'à des personnages chrétiens, ce mot, d'une signification si consacrée, si spéciale, si auguste en Europe, dont force nous avait été déjà, dans l'épisode, de faire usage hors de l'acception positive qu'il a reçue de l'Eglise. Toutefois, à la rigueur, relativement et philologiquement parlant, ç'aurait peut-être été sous la plume d'un traducteur, le mot propre. Moins cependant encore qu'au çloka 82, où l'expression semblerait presque impérieusement réclamée.

Quoi qu'il en soit, Yayâti et Nahoucha sont qualifiés, par le poëte, tout à la fois de *râdjas* et de *richis;* et l'on conçoit qu'il ait employé ce langage. L'Inde, en effet, dans sa manière d'apprécier de tels princes, les avait considérés du même œil dont l'Europe regarda plus tard les saint Casimir ou les saint Ferdinand (**).

(*) Prononcez ici tout à fait à la française la finale de *Nahoucha ;* absolument comme dans « il se *coucha*, on l'effar*oucha*, etc. »

(**) En se rendant compte, au point de vue grammatical, de la valeur du composé *râdjarchi* (*râdja-richi*), qui signifie ROI-SAINT, il faut se bien représenter que *saint* n'est pas là une épithète, mais un substantif. De même qu'en réunissant deux noms génériques, on dirait un roi-PONTIFE, un roi-MOINE, un roi-HÉROS, de même Valmiki dit ici, par voie d'apposition substantive, un roi-SAINT, c'est-à-dire un roi qui est *un* saint, c'est-à-dire un saint qui exerce la royauté. *Idem rex atque sacerdos*, lit-on quelque part dans Virgile ; *idem rex atque sanctus* serait la version littérale de *râdja-richi*.

[30]) Chastes jusqu'au milieu d'un bonheur légitime.

Comprendre de la simple fidélité conjugale les mérites transcendants indiqués ici, serait commettre un contre-sens. C'est à des vertus moins vulgaires, on ne saurait en douter, que fait allusion le poète chez ces pères de famille irréprochables qu'il signale comme ayant conquis par leur pureté la couronne du bonheur sans fin (*). D'après les termes du sanscrit (*sadara-brahmatcharinas*), il est évidemment question d'hommes qui ont fait plus que s'abstenir d'adultère; il s'agit d'hommes chastes et réservés,

qui se gessère pudico
More apud uxores, et digno brachmanisantûm.

Maintenant, par quel genre de preuves montraient-ils l'empire de leur âme sur leur corps, ces pudiques maris, qui, selon le grave auteur de la Ramaïde, se conduisaient, dans les rapports conjugaux, κατ' ἦθος βραχμανιζόντων (*juxta morem brachmanisantium*), c'est-à-dire en dignes brahmatcharis, en vrais disciples des brahmanes? — Peu importe. S'arrêter à étudier une telle expression, c'est déjà en méconnaître l'esprit; c'est ne point en respecter assez la parfaite et laconique décence.

Que s'il y a des gens qui insistent, — il faut, pour toute réponse, leur conseiller de lire, soit une lettre du P. Surin, de 1632, au sujet de Madame du Verger, de Marennes (**), soit, plus simplement encore, le chapitre VIII du livre de Tobie.

[31]) Monte au divin séjour de l'éternel bonheur.

Dans la période poétique que termine ce vers, nous avons été moins concis qu'à l'ordinaire. Il faut quelquefois se faire homme

---

(*) CONQUÉRIR, ainsi employé, n'a rien de moderne, comme on le croirait peut-être : il se trouve dans les épopées sanscrites. « Les pénitents, les ascètes, conquérants du ciel. »

(**) *Lettres spirituelles* du P. Surin, tome II, lettre 129.

de son temps et de son pays ; et même, plus on veut donner à comprendre les sentiments qui furent jadis exprimés dans d'autres langues, plus il est bon de se servir couramment de la sienne et de n'en pas trop déranger les allures. Aussi avons-nous cru devoir accorder ici quelque chose aux besoins d'oreille du public français, et à cette habitude européenne qui ne permet pour ainsi dire pas de concevoir l'existence d'une péroraison sans un peu d'ampleur, de rondeur, et de plénitude oratoire.

Mais, pour cela, nous n'avons aucunement fléchi sur les principes, en ce qui concerne la vérité de reproduction. Développer un peu, n'est point altérer. Rien ici n'a été faussé ; et dans les endroits même qui sont légèrement paraphrasés, on ne rencontrera pas les moindres idées ou étrangères à la nation indoue, ou même simplement postérieures chez celle-ci à l'époque du grand Valmiki. — C'est une vérification qu'il est aisé de faire.

Tantôt notre version est restée littérale, comme dans : « pars sans nous oublier ; » *yahi mad-anudyatô*. Alors les choses vont toutes seules.

Tantôt elle s'est un peu étendue, afin de s'éclaircir ; mais dans ce cas même, elle n'est pas restée moins fidèle au sens de l'original. Chacun, par exemple, peut reconnaître positivement, dans le sanscrit placé en regard, les « demeures éternelles » (*tân lokân çâçwatân*), séjour de ces âmes « vertueuses ou saintes (*çantânâm*) » qui, ayant accompli leurs migrations purgatoires, « n'ont plus à revenir ici-bas (*a-para-vartinâm*), » etc.

Personne de versé dans la lecture des épopées indiennes, ne prétendra que ce paragraphe renferme des additions qui, le moins du monde, en aient changé le caractère. Peut-être est-il un peu phrasé à la moderne, — sa position terminale l'exigeait, — mais l'esprit en est resté antique (*).

(*) Nous venons de parler surtout de la version française. Quant à la traduction latine, les mêmes réflexions s'y appliquent, et tout aussi justement pour le moins. Le dernier vers, par exemple, est traduit avec une fidélité prodigieuse :

Tân lokân, mad-anudhyatô, yahi, putraka, çâçwatân.
Hosce locos, fili, nostri memor, ito perennes.

C'est absolument littéral. Pas un seul mot d'*ajouté*, de *retranché* ni de *changé*.

[32]) Tout, par un ordre sage, était réglé d'avance.

Il y aurait grave méprise chez les lecteurs, s'ils allaient, l'esprit rempli d'idées préconçues, chercher ici un sens qui impliquât le fatalisme.

Que les peuples indous n'aient pas été, plus que tant d'autres, à l'abri des envahissements de cette funeste doctrine, — Valmiki du moins en est demeuré exempt ; elle n'a point infecté la Ramaïde.

Là, quand il arrive parfois que l'on mentionne la destinée, fût-ce comme irrésistible, ce n'est jamais comme entravant la spontanéité ni la responsabilité humaine. Là, celui même qui semble « aveuglé par le sort » (*deiva-mohitas*), ne l'est que par l'entraînement de ses passions, et ne peut accuser que lui s'il devient *ajitendriyas*, c'est-à-dire s'il arrive à manquer d'empire sur lui-même. Partout le libre-arbitre des individus demeure entier, avec les mérites ou démérites qui en résultent.

Une fois, l'un des personnages du poème, Trisancou, dominé par sa mauvaise humeur, semble dire que le monde est livré au destin, et que les efforts de la volonté et de la vertu n'y changent pas grand'chose ; mais cette bouffée de dépit ne saurait être prise au sérieux. C'est si bien la passion seule qui en est cause, que Trisancou lui-même ne tarde pas à s'en dédire. Presque à l'instant, il supplie Visvâmitra de daigner, par l'efficacité de ses prières et de ses mortifications, l'aider à surmonter la destinée, que tout-à-l'heure il dépeignait comme invincible (*).

Ailleurs, il est vrai, on rencontre un exposé plus formel et plus froid de la doctrine du fatalisme, — mais qui, loin de donner lieu à aucun reproche contre l'auteur de la Ramaïde, doit se tourner pour lui en sujet d'éloge éclatant. — Dans quelle bouche, en effet, se trouve-t-elle placée, cette savante négation de la liberté et de la responsabilité des actes humains ? Dans la bouche d'un faux sage,

---

(*) RAMAY. *Adikanda*, 60.

que le poète qualifie nettement d'athée, et dont le héros de son épopée, Râma, rejette avec horreur les conseils de morale commode (*). Rien, justement, ne confirme mieux qu'un tel passage (on pourrait dire qu'un tel *morceau*) les nobles et fermes convictions de Valmiki sur l'article du libre-arbitre.

Ceci n'empêche pas que dans le *Râmâyana*, tout comme chez nous, on ne montre derrière les événements le doigt de la Providence ; — d'une Providence souveraine, disposant d'avance toutes choses selon des lois mystérieuses qui font régner un ordre général au milieu de l'exercice des volontés particulières ; — le doigt, disons-nous, d'une Providence active et bonne, sachant à merveille (sans préjudice des punitions ou récompenses futures) tirer de ce monde le bien du mal, avec une adorable sagesse.

[33]) Le corps divinisé qui déjà plane en haut,
Image rayonnante, ainsi parle ; etc.

Par un fait philologique assez rare, mais qui n'est pourtant pas la seule exception de son genre, les termes de l'auteur ancien sont copiés plus exactement ici en français qu'en latin. Là, en effet, nous nous sommes bornés à dire :

Jam corporis umbrâ
Divinâ gaudens.

Or, c'était nous attacher à la pensée plutôt qu'à la parole ; car *divina corporis umbra* ne répond pas au mot-à-mot, tandis que cette locution rend tout à fait l'IDÉE qu'avait eue Valmiki. Au contraire, l'expression *divya-vapus*, que par un vrai luxe de fidélité poétique nous avons littéralement reproduite en français, — « corps divinisé, » — n'était, de la part du barde sanscrit, qu'une simple métaphore. En réalité, selon l'épopée valmicienne, il n'est pas censé y avoir transformation et glorification de la dépouille mortelle de Yaznadate ; car, pendant ce temps, elle

(*) RAMAY. *Ayodhyakanda*, 116.

continue de rester à terre, comme le prouve un hémistiche formel du texte (*).

Il ne s'agit probablement pas non plus de son âme, dont le sort paraît avoir été fixé dès l'instant de la mort; du moins si l'on adopte là-dessus l'opinion de Dasarétas, lequel, dans son discours au vieux brahme, la regarde comme déjà « montée au ciel : » *divaṃ gataḥ*.

Qu'est-ce donc, au fond, que ce qui est réputé avoir lieu ?

Un fait de nature intermédiaire, — moitié spirituel, moitié corporel, — adapté aux besoins des assistants. Un phénomène appartenant à l'ordre de ceux auxquels un livre récent, déjà célèbre, donne le nom de « manifestations fluidiques des Esprits. »

Ce qui se montre ici, selon Valmiki, ce n'est ni le corps de Yaznadate, ni précisément son âme; c'est son IMAGE. Ce qui s'opère, c'est une APPARITION : prodige que l'Homère indou nous présente comme ayant été permis d'en haut pour deux motifs : pour consoler les infortunés parents du jeune homme, et puis pour justifier, devant eux et devant le Prince, les voies secrètes de la Providence.

[34]) Le brahmane s'adresse en langage effrayant.

Quelques lecteurs seront peut-être étonnés de ceci, le regardant comme un retour de sévérité inattendu, difficile à concilier avec la largeur du pardon accordé. Rien de plus compatible cependant, et la moindre réflexion devra suffire pour bannir de chez eux la surprise.

Dasarétas, au fond, s'en retourne absous. Il vivra; il montera sur le trône; il jouira d'un règne long et heureux, qui ne laissera

(*) Hémistiche α du çloka 92.—La preuve est formelle, disons-nous, si ce passage mentionne vraiment le lavage du cadavre. L'argument est moins concluant s'il n'est question là que du rite de l'*eau funèbre*, car on pouvait la donner à l'intention des morts et en leur absence. A la rigueur donc, il n'est pas impossible de se représenter le corps comme disparu; mais d'autres raisons, trop longues à expliquer ici, doivent faire écarter cette hypothèse.

que de bons souvenirs. Ce n'est pas tout : il obtiendra plus tard, en qualité de roi juste, pieux et mortifié, la félicité céleste (*).

Seulement, sa mort, — laquelle ne sera ni funeste et sanglante, ni humiliante, ni même physiquement douloureuse, — sa mort sera couverte d'un sombre voile de tristesse, par les regrets de l'absence d'un fils chéri. Encore celui-ci n'aura pas été tué, comme le fut Yaznadate, mais simplement exilé de la maison paternelle.

Y a-t-il rien de plus juste? de moins rigoureux? Et le talion providentiel pouvait-il s'exercer sous des formes plus adoucies?

Après tout, nous sommes élevés, en Europe, dans des doctrines qui doivent rendre très-naturelles à nos yeux cette dramatique conception. Ne nous est-il pas enseigné que par la remise de la *coulpe* on n'est point totalement dispensé de payer la *peine?*

Mais Dasarétas, dira-t-on peut-être, est innocent, n'ayant pas su ce qu'il faisait.

Quelle erreur !

Innocent de crime réfléchi : oui, sans doute ; mais d'imprudence et de témérité, non pas. Il avait cédé avec précipitation, avec fougue, aux entraînements d'une PASSION : de la passion de la chasse. Quel si grand besoin avait-il de tuer un animal? de le tuer en hâte et dans les ténèbres ?

Lui-même, au reste, en convient dans son récit. Il avait, dit-il, lancé la flèche avec ardeur et déraison, en homme « non maître de ses sens (**). » Et dans le fait, pour peu qu'il eût essayé le moindre effort pour se modérer, à l'instant il aurait compris que l'on ne doit pas tirer sans savoir sur quoi l'on vise. Dasarétas donc, bien qu'ayant des droits à l'indulgence, n'est point exempt de reproches, beaucoup s'en faut.

Du reste, selon les règles d'Aristote, c'est là justement la meilleure combinaison pour l'art. Des antécédents mitoyens, où le bien se trouve mêlé d'un peu de mal, sont ceux qu'il nous est le plus avantageux de rencontrer chez un personnage de tragédie, quand nous

---

(*) Voir son apparition, au dénouement du poème, après la prise de Lanka.
(**) Voir le çloka 18.

avons à le représenter tombé dans l'infortune; car alors (ceci est une remarque esthétique des Grecs) les spectateurs peuvent tout à la fois et plaindre le héros malheureux, qui ne leur semble pas indigne d'intérêt, et ne se sentir néanmoins aucunement tentés de murmurer contre le Pouvoir céleste qui le frappe.

[55]) L'ambroisie, aliment de l'immortalité.

Epousant d'abord le terme du texte, nous avions, de premier instinct, formulé ainsi notre vers :

L'*amrita*, l'aliment de l'immortalité.

Mais tant d'exactitude était superflu. Au fond, puisque la langue française possède le mot *ambroisie*, quoiqu'elle le détourne un peu de sa valeur étymologique, — il y avait convenance de notre part à l'employer, en le ramenant à son acception primitive.

Amṛita (ou *amaṛta*, si l'on considère ici le *ṛ* ou *ṛi* comme un *aṛ*), c'est littéralement l'ambrosie ou ambroisie; en latin, *ambrosia*, copié du grec ἀμβροσία, lequel est une forme adoucie du primitif ἀμβροτία, ou plutôt ἀμροτία (ἀ-μροτία).

Seulement à cause du *b*, qui s'est introduit par euphonie dans le mot AMBROSIE, mais qui le défigure, — car il faudrait dire AMROSIE (ou mieux encore, AMROTIE), — son étymologie ne nous frappe plus; tandis qu'en sanscrit elle saute aux yeux (*).

Là on voit, à n'en pas douter, ce que signifie cet aliment légendaire et symbolique, puisque l'IM-MORTALITÉ se trouve écrite dans les lettres de son nom même.

(*) A proprement parler, le *b* n'est pas ici épenthétique, comme on le croirait. Il a été amené d'abord en remplacement de l'*m*; les Grecs n'ayant dit *brotos* (ou *vrotos*) que par la difficulté qu'ils éprouvaient à prononcer *mrotos* (comme nous lorsque nous avons substitué *marbre* à *marmre*). Mais, sitôt qu'une voyelle initiale, venant s'ajouter devant *brotos*, leur a fourni pour la voix un point d'appui, ils ont rappelé de l'exil l'*m* étymologique banni. Seulement, ils ont laissé subsister par surabondance le *b*, tandis que celui-ci, dès lors, aurait pu sans inconvénient disparaître. Voilà comment, au lieu d'ἀβροτὸς, on a refait ἀμβροτὸς, mot déjà préférable sans doute, mais qu'il aurait encore mieux valu écrire ἀμροτὸς sans β, c'est-à-dire ἀ-μροτὸς (*im-mortalis*).

Celui-ci se compose, en effet, 1° du verbe *mri, mar, mor*, etc., qui, dans une cinquantaine de langues, d'origine âryane, a signifié ou signifie encore MOURIR ; et 2°, de la négation essentielle ou absolue, laquelle, en sanscrit comme en grec, s'exprime par un *a* initial, bien connu sous le nom d'*a* privatif (*).

36) Son âme en gémissant s'exhala dans les airs.

Il va sans dire que Dasarétas n'exhale ici que ses *prânân*, ses esprits vitaux, son dernier souffle : en bon latin des temps classiques, *animam*, et non point *animum*. Quant à son AME dans le sens réel et spiritualiste (épictétique, chrétien, musulman, etc.), on doit comprendre par tout ce qui précède, — et d'ailleurs nous l'avons positivement dit (note 32), — que le poëte indou n'avait garde de vouloir la représenter comme se dissipant dans l'atmosphère. Entre Valmiki et les matérialistes, il y a des milliards de lieues.

Si donc notre vers est juste (et il l'est au point de vue de l'art), c'est uniquement en ce que, moulé sur les formes antiques et conçu dans le style quasi-virgilien, il présente sous l'aspect littéral, aux rhétoriciens, le *tatyâja pranân*, l'*animamque reliquit*, et laisse momentanément reparaître la vieille acception primitive d'*anima*, laquelle a laissé en français des traces, même à présent subsistantes (**).

(*) Il existait, chez les tribus conquérantes descendues de l'Arie vers le Gange, une légende immémoriale sur l'origine de l'ambroisie : substance réputée jadis produite comme une sorte de beurre, lors du barattement de la mer par les Génies souras et asouras. Tout poëme épique étant un faisceau des vieilles traditions nationales, rassemblées et embellies, Valmiki ne pouvait guère se dispenser d'enrégistrer sans contrôle celles de l'Inde, comme a fait Homère pour celles de la Grèce et Virgile pour celles de l'Italie; aussi la fable relative à l'origine de l'*amrita* se trouve-t-elle insérée dans la Ramaïde, ainsi que vingt autres légendes populaires également peu intéressantes. Or il y a des cas où, sans méconnaître ce qu'ont d'impérieux de tels usages,—vents irrésistibles qui règnent dans un certain état de l'atmosphère, — on déplore que des hommes de génie aient été contraints d'y céder. On s'afflige, par exemple, de voir un autèur sublime, tel que le grand Valmiki, accorder place dans son poëme à ce mythe insignifiant et bête, où ne perçait aucune allégorie qui valût la peine d'être conservée.

(**) On dit encore l'*âme* d'un soufflet, d'un orgue, etc.

Malgré cela, et quoique la plus haute des autorités religieuses ait consacré cette marche progressive des significations, devenues diverses, en élevant *anima* (souffle) jusqu'au sens d'*animus*, — de façon que le théologien n'ait plus été obligé de dire, comme Pline le jeune, *æternitas animorum*, mais ait pu, par la suite, sans commettre une faute, dire *æternitas animarum*, ce qui aurait signifié dans l'origine « l'éternité des souffles »; — malgré cela, il y a des lecteurs tellement inattentifs, que nous eussions peut-être bien fait, nous dit-on, de mettre (quoique ce fût employer une locution moins archaïque, moins poétique, moins épique) :

Son *souffle* en gémissant s'exhala dans les airs.

Alors, qui que ce soit, fût-ce un nigaud, n'aurait pu se méprendre sur la pensée de Valmiki.

A la bonne heure. Mais quels sont donc les lecteurs, — si étourdis qu'on veuille les supposer, — qui pourraient se tromper à tel point au sujet des doctrines de ce grand poète? Impossible de garder le moindre doute sur son spiritualisme net et carré, lorsque l'on vient de lire sa magnifique tirade sur la récompense des Bienheureux (*) et les consolantes paroles qu'il prête à l'âme glorifiée du jeune défunt (**).

Nous voici arrivé au terme de l'épisode, et l'on voit combien la clôture en est placide. Une fin si douce et si peu saillante ne serait pas dans notre goût, dans notre manière, à nous autres Modernes ; car nous aimons toujours à terminer par quelque trait de vigueur. Mais chez les Anciens, c'était l'inverse.

Qu'on lise les psaumes de David, les odes de Pindare, — celles même d'Horace, homme pourtant de mœurs et d'inspirations bien postérieures, mais qui, dans ses productions lyriques, avait voulu suivre les traces du chantre thébain ; — et l'on verra que

---

(*) Çlokas 81-85.
(**) Çlokas 89 et 90.

souvent, qu'habituellement, la fin de leurs morceaux en est la partie la moins forte.

Il semble que les poètes primitifs aimassent à imiter en cela la nature. Ne voyons-nous pas le soleil, lors de son coucher, ne répandre qu'une lumière douce et qu'une chaleur tempérée ? Tel est le spectacle qu'ils présentent aussi, ces astres littéraires des vieux âges ; et d'ordinaire, le cours de leurs plus belles œuvres va s'affaissant, — pour aller finir sans éclat, quoique non sans gloire, dans la pourpre d'un couchant tiède et doré (*).

(*) Quoique non pas sans gloire. Chose curieuse à ce sujet : les Grecs modernes disent que le soleil *règne* (βασιλεύει) pour signifier qu'il se couche, et ils appellent son coucher sa *royauté* (βασίλευμα).

CANDIGNA ET CAPILA

ET

MAXIMES TIRÉES DES COURALS.

Empruntés à la littérature du premier et du dernier anneau des classes de la société indoue, les deux morceaux qu'on va lire se complètent réciproquement ; l'un nous transportant au milieu des idées des moralistes brahmes, et l'autre nous donnant part à celle des moralistes parias.

Quoique déjà prononcées une fois en public, et même imprimées comme les autres morceaux de la séance dont elles firent partie, ces deux pièces de vers sont restées assez neuves. La nature de leur sujet, très-inaccoutumée, leur a laissé, pour la curiosité littéraire, une sorte d'importance, qui a fait juger à propos de les reproduire ici.

Frappé de leur manque de chaleur (et la chaleur, en effet, ne saurait y dominer, car leur origine, leur provenance la repousse, et leur thème ou matière l'interdit encore plus), — l'auteur d'un article de Revue a cru devoir en juger la traduction avec sévérité.

Qu'au point de vue absolu, le critique ait raison ou tort, et que les procédés de l'art romantique, dont il aimerait mieux qu'on usât, possèdent ou non les mérites qu'il leur attribue, — c'est affaire de libre opinion. — Mais, dans tous les cas, au point de vue relatif, son désir de voir déployer de la force était irréalisable ici, où la question de calme se trouvait décidée d'avance, et où il n'y avait pas deux manières d'aborder la tâche.

Le poète français, en effet, n'était laissé maître de choisir ni le dessin ni le coloris ; car, au lieu d'être en passe de créer des types arbitraires, il avait simplement à fournir aux gens l'image d'antiques œuvres littéraires, précieux vestiges de la vie d'une des nations d'autrefois. La modifier, cette image, ne pas chercher à la faire naître aussi fidèle que dans un miroir, c'eût été manquer l'unique but du travail qu'il entreprenait.

On peut, dans la traduction de versets hébreux ou de distiques arabes, mettre de l'énergie, du nerf, et employer des tons de couleur vifs et chauds; mais comment y songer dans des morceaux où règne l'admirable douceur, la suprême placidité du génie indou ! A vouloir jeter là des phrases empreintes de l'âpre vigueur sémitique, il y aurait *plus* que défaut de costume : il y aurait contre-sens.

Tout en laissant donc aux gens entière liberté de blâmer notre méthode, nous n'avons eu garde de nous en départir. Autant nous faisons large part aux droits de la critique, autant notre respect pour la vraie couleur nous interdisait de rien changer au style *pédestre* (*) de ces deux morceaux, dont il fallait, avant tout, conserver les allures et la physionomie.

Ils demeurent par conséquent ici tels qu'ils ont été traduits d'abord. Nous ne les dépouillons même pas de leur manteau primitif, c'est-à-dire des courtes pages en prose qui en précédèrent la lecture devant l'académie de Stanislas. Il y a peut-être convenance à ce que chaque fruit, surtout un peu étranger, soit servi dans sa propre écorce.

(*) *Musa pedestris*. (Horace.)

CANDIGNA ET CAPILA,

FRAGMENT DE L'HITOPADÉSA.

CANDIGNA ET CAPILA, [1]

FRAGMENT TIRÉ DE L'HITOPADÉSA

ET LU EN SÉANCE PUBLIQUE DE L'ACADÉMIE DE STANISLAS [2]).

Veteres accedere fontes
Nunc juvat.

MESSIEURS,

En reprenant la coutume de donner périodiquement au public une communication verbale de ses travaux, l'Académie de Stanislas a voulu, pour se conformer à l'ancien usage, faire entrer dans le programme de la première des séances de sa nouvelle série, un morceau de poésie quelconque; puisque d'ordinaire, — et surtout lorsque des femmes veulent bien orner de leur présence les réunions savantes ou littéraires, — on couronne par une lecture de ce genre celle de travaux plus importants.

Or le membre sur qui l'Académie en a rejeté la tâche, s'est d'abord demandé à quels jardins il devait, pour bien

---

[1]) Ne prononcez point à la façon latine, comme dans *dig-na*, mais tout simplement à la française, comme dans *il s'indigna*, le *gn* de *Candigna ;* car cette orthographe vulgaire représente très-exactement les deux dernières syllabes du nom indou *Kândinya* (où seulement nous abrégeons l'*â* long de la syllabe *Kâ*).

[2]) Le 26 mai 1853.

faire, essayer d'emprunter le bouquet poétique exigé de son obéissance.

Ses doutes n'ont pas été longs ; car le vrai chemin pour aller chercher les fleurs à vous offrir aujourd'hui, n'est-il pas indiqué, Messieurs, par le sujet même dont a fait choix l'un des récipiendaires que vous venez d'entendre ? A la suite des aperçus si bien présentés par M. Guillemin sur la nécessité d'élargir enfin le cadre de l'histoire ancienne, — ce qui doit surtout éveiller votre curiosité, ce nous semble, ce sont quelques échantillons des trésors d'un passé... dont on avait oublié l'étonnante richesse.

Combien, en effet, ne grandit-elle pas maintenant dans nos respects, cette majestueuse Antiquité, notre vénérable aïeule, sur laquelle, depuis tant de siécles, l'Europe prononçait à la légère, du haut d'une supériorité doctorale.. ! laissant de côté par ignorance (ou, qui pis est, par connaissance erronée) les magnifiques témoignages, — non détruits en entier, cependant, — de l'état de l'esprit humain sous les civilisations primitives !

Comme si l'on avait eu droit de juger du monde antique par deux insuffisantes séries d'échantillons ! à savoir, par la littérature de DEUX peuples seulement, et de deux peuples tardifs et corrompus : les Grecs et les Romains !

Des hommes plus instruits que moi, Messieurs, — ceux qui déchiffrent l'inconnu, — pourraient vous conduire sur le terrein des monuments et des costumes, et feraient passer devant vous en spectacle, par la puissance de leur docte baguette, les vieilles nations ressuscitées.

Ils vous feraient voir, par exemple, avant les âges où Rome sortit du berceau, l'Etrurie florissante et policée, avec ses grandes institutions, avec sa marine et ses beaux-arts; avec ses villes de cinq cent mille âmes, unies par le lien fédéral.

Ils vous montreraient en Orient, non point peut-être Babylone, — à cause de la décomposition putride qui s'empara d'elle de bonne heure, et qui ne l'a rendue que trop fameuse : — capitale hors de ligne cependant, plus encore à raison de ses longues observations astronomiques, ou de la belle et savante agriculture de ses campagnes (*), que par ses prodigieux remparts, ses édifices à huit étages, ses jardins suspendus, ses immenses rues alignées, et ses quais à trottoirs d'asphalte, que parcouraient des foules de promeneurs appuyés sur des cannes à pommes d'or ; — mais plutôt (comme chose moins connue) Ninive, avec ses palais à grandes cariàtides symboliques, et avec ses équipages de luxe, dont les chevaux, aux riches harnais, étaient conduits à longues guides, élégamment ornées de houppes des couleurs les plus vives, — tandis que montaient là, debout derrière leurs maîtres, des laquais tenant en main des parasols.

Ces savants pourraient mettre sous vos regards ou la vieille Arménie, avec ses inscriptions plus que royales, qui couvrent des pans entiers de montagne; ou la Lydie

---

(*) Au cas où viendrait à être imprimé, par exemple, un ouvrage dont le fond remonte certainement jusqu'à l'époque babylonique (nous voulons dire l'*Agriculture des Nabathéens,* livre dont chacun espère que M. Quatremère voudra bien entreprendre la publication), — on resterait stupéfait de voir jusqu'où s'étendaient, sous la monarchie des Nabou-Kodorrotzor, les connaissances rurales.

d'avant Crésus, avec ses triples splendeurs architecturales, agricoles et industrielles; ou bien Tyr, non moins opulente pour ses manufactures et par son commerce : Tyr, la fille de l'Arabie heureuse, et la principale héritière de ces fameux peuples de Saba, laboureurs, navigateurs et facteurs, qui, parcourant les mers de l'Inde aux époques les plus oubliées, en rapportaient les marchandises, soit à nos contrées d'Occident, par la Mer Rouge et les caravanes de l'Idumée, soit à la plage abyssinienne et aux régions du Haut-Nil égyptien, portion du domaine des Pharaons.

Enfin, on pourrait offrir à vos yeux l'Egypte primitive elle-même, avec ses temples, ses palais, ses hypogées; avec ses puits artésiens (*); avec son gigantesque lac Mœris, le roi des bassins creusés de main d'homme; avec les magnificences de tout genre qui déjà la distinguaient à des âges à peine réputés historiques; avec ses colossales Pyramides, merveilles prétendues frivoles, dans la construction desquelles beaucoup d'investigateurs commencent à soupçonner d'autres desseins qu'un but de puérile vanité ; d'autant mieux que la volonté qui poursuivit l'exécution de cette idée, a duré bien longtemps , ce semble, pour avoir pu n'être « qu'une fantaisie. »

Et la région qui s'étendait depuis les fertiles contrées où fut le royaume de Porus jusques à la Taprobane, combien de choses les indianistes n'auraient-ils pas à vous en dire?

Pour nous, Messieurs, qui, dans le vaste champ de l'orientalisme, ne prétendons à l'honneur de rien décou-

---

(*) La chose ne fait plus aucun doute. Voir là dessus les détails positifs fournis par l'*Athenœum français*, tome II, page 199.

vrir, — nous pourrons bien, en votre compagnie, faire un petit voyage intellectuel vers l'Inde brahmanique d'autrefois; mais dans ce cas, — modestement comme il nous sied, — nous n'appellerons votre attention que sur des points déjà constatés et connus : chapitres, à la vérité, non vulgarisés jusqu'ici, mais très-susceptibles de l'être.

Du reste, si nous vous transportons un moment sur le théâtre de la civilisation indoue, ce ne sera point pour vous en expliquer les œuvres matérielles. Au lieu de vous placer en esprit devant les énormes travaux de Salsette et de Gharipour, — ou devant ces prodigieux temples d'Ellora dont le principal sanctuaire a exigé, rien qu'à lui seul, du ciseau qui en creusa la nef et en sculpta les piliers, l'enlèvement de trois millions cinq cent mille pieds cubes de rocher, — nous irons tout droit aux écrits, étonnamment peu cités encore, que chacun pourtant est maître de feuilleter de sa main; et nous nous bornerons à vous laisser voir, dans son antique manifestation LITTÉRAIRE, quelque chose de la pensée qui mit en mouvement tant de bras.

Tout bonnement donc, nous allons aujourd'hui, Messieurs, vous donner en vers français deux ou trois pages de l'*Hitopadésa :* ouvrage qui n'a plus rien d'étranger pour l'Occident, ayant été plusieurs fois imprimé par des Européens, et même traduit dans nos langues.

Afin d'adapter le morceau aux exigences d'une lecture académique, il nous a bien fallu, sans doute, modifier la forme du début; force nous a été de placer en façon de récit direct, dans la bouche du poète indou lui-même, les choses qu'il amenait de plus loin; qu'il faisait raconter, au milieu d'un apologue, par un être allégorique. L'entrée en matière est donc un peu francisée. — Mais, une fois cette différence bien convenue, et les premières phrases arrangées en conséquence, la reproduction du sens devient fidèle, — à peu près aussi fidèle que l'était déjà la couleur.

Dès le moment où vous verrez Capila, par des arguments et des comparaisons, exhorter son ami à la résignation, — s'il se rencontre encore quelques additions, suppressions ou inversions (réclamées par le besoin de suivre les allures du style français), elles n'entraînent plus de *changements* proprement dits, et la chose ne dépasse guère ce qu'on a coutume d'accorder de latitude aux traductions faites en vers. A partir de là, disons-nous, toutes les pensées un peu saillantes, — même celles qui ont l'air le plus européen, le plus moderne, — sont bien et duement indoues et antiques. Ainsi, Messieurs, toute surprenante que pourra vous paraître telle ou telle ressemblance avec nos mœurs, qui semblera faire disparaître la distance des lieux et des temps, — c'est bien, en somme, un vieil auteur sanscrit, que vous allez entendre parler en français.

CANDIGNA ET CAPILA.

I.

Pauvres humains, combien est peu durable
Votre bonheur ! — Souvent en un seul jour,
D'heureux et fier on devient misérable.

Pour Candigna [1]) les murs de Brahmapour
Etaient jadis un fortuné séjour :
Il y vivait en docteur vénérable ;
Et dans un fils, qu'il n'avait qu'à bénir,
Il caressait l'espoir de l'avenir.
Un court moment changea sa destinée.
Le doux jeune homme, hélas, sans rien prévoir,
Cueillait des fleurs : soudain, d'un serpent noir
La dent l'atteint, — morsure empoisonnée ; —
Et cet enfant, uniquement chéri,
Meurt, desséché comme un lotus flétri.

Oh ! qui peindra le trop malheureux père !
Il se désole, et tout le désespère ;
Ses pleurs brûlants s'échappent à longs flots.
Dans ses transports, mêlés d'âpres sanglots,
L'infortuné se roule contre terre.
— Parents, amis, sont en foule accourus
Pour le calmer par leur intérêt tendre ;
Mais non : ses maux en paraissent accrus ;
Rien ne le touche, il ne veut rien entendre.

A l'apaiser nul n'avait réussi ;
Sur la poussière il gisait ; — quand voici
Que, survenant et se frayant passage,
Sans hésiter, Capila, le vieux sage,
Lui parle en maître... et le gourmande ainsi :

---

[1]) Voir, pour la prononciation toute française de ce mot, la note de la page 139.

II.

« Lève-toi, Candigna. Plus de lâche faiblesse !
Quoi ! des coups du malheur un brahme est abattu !
Sois honteux, et du trouble et des cris où se laisse
Entraîner ta haute vertu.

» Quand le fer, le poison, ne viendrait pas dissoudre
Les fragiles objets de nos embrassements,
Tout ne doit-il donc pas, tombant un jour en poudre,
Retourner à ses éléments [1]) ?

» Qu'est-il, ce corps.., à qui l'âme semble attachée ?
Sur le tour du potier c'est le frêle vaisseau,
Belle et trompeuse argile, au feu non desséchée ,
Que pénètre et fond le ruisseau [2]).

» Où sont allés, dis-moi, tant de superbes princes,
Rois aux chars si puissants, aux guerriers si nombreux?
Tout montre, jusqu'au sein de leurs vastes provinces,
Que la mort a passé sur eux [3]).

» Sagara, ce héros qui mérita sa gloire,
Fut admiré, fut grand : il avait tout vaincu.
Son pouvoir a pris fin, pourtant; et la mémoire
N'en a pas même survécu [4]).

---

[1]) *Hitopadésa*, chap. IV, çloka 74. — [2]) *Id.*, *ibid.*, çlok. 69. — [3]) *Id.*, *ibid.*, çlok. 68. — [4]) *Id.*, *ibid.*, çlok. 82.

» Des torrents vers la mer le flot se précipite ;
Il glisse, et rien ne peut en arrêter le cours.
Non moins rapidement hélas, — sinon plus vite, —
S'écoulent nos nuits et nos jours [1]).

» Beauté, jeunesse, éclat, or, ou plaisirs du monde,
Sont là ; mais le temps marche, et les mine en secret.
Le sage en avait vu la vanité profonde :
Il ne leur doit pas un regret [2]).

» Lui, dont l'œil est ouvert, dont la raison est droite,
A ce qui vole et fuit il ne s'attache pas.
Eh ! quel bien peut valoir qu'on le cherche et convoite,
D'entre les néants d'ici-bas?

» Un seul peut-être : un homme en qui l'âme s'épanche;
Un ami vertueux, — doux et fidèle appui. —
Bonheur fragile encor.., qu'un matin la mort tranche,
Laissant deuil et pleurs après lui [3]).

» Tels que deux mâts flottants, débris d'un même en-
[semble,
Sur la plaine des mers dès longtemps égarés,
S'accostent un moment,—voudraient s'unir, ce semble,—
Puis sont à jamais séparés :

» Tels, ballottés, perdus, sur l'océan des âges,
Parfois, durant le cours des siècles infinis,
Se sont heurtés et joints, se sont aimés deux sages..,
Pour être bientôt désunis [4]).

---

[1]) *Hitopadésa*, chap. IV, çlok. 79. — [2]) *Id.*, *ibid.*, çloka 71. — [3]) *Id.*, *ibid.*, çlok. 76, 78. — [4]) *Id.*, *ibid.*, çlok. 72.

» Ah ! loin de se complaire en des nœuds qu'un jour [brise,
Puisque chaque naissance est un arrêt de mort [1]),
Mieux vaut s'envelopper.., pour offrir moins de prise
Aux coups effroyables du Sort.

» Car, en disparaissant, chacun des biens nous creuse
Un gouffre de tristesse, un vide affreux et noir.
L'amitié qui s'en va, c'est la nuit ténébreuse
Après un beau soleil du soir ;

» La tendresse — nous vaut plus de douleurs encore,
Quand nous restons privés de nos enfants si chers.
Elle ajoute sa pointe au malheur qu'on déplore,
Comme un dard planté dans nos chairs [2]).

» Autant d'objets, ainsi, dont notre cœur avare
S'éprend, par un amour tôt ou tard délaissé..,
Autant il en doit perdre ; autant il se prépare
D'aiguillons pour être percé [3]). »

III.

« Tu parles vrai : tout bonheur est mensonge,
» Tout feu s'éteint, toute chaîne se rompt, »
Dit Candigna, qui, relevant son front,
Ouvre les yeux comme au sortir d'un songe.
« Oui, de mes cris c'est trop remplir les airs.
» Eh bien, je pars. La douleur qui me ronge
» Se contient mal : il lui faut les déserts.

---

[1]) *Hitopadésa*, chap. IV, çloka 77. — [2]) *Id., ibid.*, çlok. 75. — [3]) *Id., ibid., id.*

» Fuyant des murs où s'offre à ma pensée
» Un temps meilleur, félicité passée,
» Je cours me perdre au fond des bois épais.
» Là, je pourrai, sévère anachoréte,
» Trouver au moins, pour ma fureur secréte,
» L'ombre et l'oubli.., si je n'obtiens la paix. »

IV.

« — Cède, infortuné père, à l'ardeur qui t'entraîne,
J'y consens ; suis tes vœux, » lui répond Capila.
» Oui, cherchant comme toi du remède à sa peine,
Plus d'un affligé s'exila.

» Pars, et prends, si tu veux, le bâton de l'ermite ;
Suis des brâmatcharis la pieuse rigueur [1]. —
Mais du pouvoir des lieux connais bien la limite :
Partout on emporte son cœur.

» Ce n'est point la forêt qui fait le solitaire [2].
Mortifiant ses goûts sous la loi de raison,
Parfois l'homme de bien fait pénitence austère
Sans avoir quitté sa maison [3].

» Tout séjour peut suffire — à qui, fermant son âme
Au cours des passions, aux attraits du péché,
S'arme de force, — et veut, tant le devoir l'enflamme,
Vivre obscur, vivre détaché [4].

---

[1] *Brahmatcharis;* mais en vers français, ces deux *h*, dans le même mot, présenteraient un aspect quelque peu sauvage. Nous remplaçons donc ici *brah* par *brâ*.

[2] *Hitopadésa*, chap. IV, çloka 87. — [3] *Id.*, *ibid.*, *id.* — [4] *Id.*, *ibid.*, *id.*

» Le devoir..! Va, crois-moi : dans un sein ferme et
[digne
Si les traits du malheur sont venus pénétrer,
Il remplit SON DEVOIR, celui qui se résigne,
Qui les porte sans murmurer.

» Travailler à souffrir dans une paix profonde,
Et des décrets d'en haut se maintenir content ;
Quelque part que l'on soit, se déprendre du monde :
C'est le secret, c'est l'important [1]. »

---

[1]) *Hitopadésa*, chap. IV, çloka 88.

MAXIMES

TRADUITES DES

COURALS DE TIROU-VALLOUVAR.

MAXIMES

TRADUITES DES

COURALS DE TIROU-VALLOUVAR,

D'APRÈS DES EXTRAITS

DE POÉSIES TAMOULES,

ET LUES EN SÉANCE PUBLIQUE DE L'ACADÉMIE DE STANISLAS [1]).

Le vrai peut quelquefois n'être pas vraisemblable.

MESSIEURS,

Des considérations sur l'histoire ancienne, présentées ici même par un récipiendaire, donnèrent lieu, l'année dernière, à la lecture d'un échantillon de poésie indoue, qui faisait entrevoir, en façon d'exemple, la vérité des choses nouvelles indiquées par M. Guillemin.

Prescrire à celui des membres de l'Académie qui lut alors *Candigna et Capila,* de payer encore aujourd'hui quelque tribut semblable [2]), c'est lui conseiller de venir continuer devant vous la tâche de citateur; c'est l'engager à vous rendre de plus en plus sensible l'abondance et l'éclat des trésors intellectuels que possède l'Orient.

---

[1]) Le 1er juin 1854.
[2]) On avait demandé de nouveau un morceau en vers.

Rien de si naturel, dès lors, que de mettre sous vos yeux, en 1854, un pendant du petit tableau de 1853. Or qui dit «*pendant*», Messieurs, dit objet symétrique à un autre, c'est-à-dire, offrant, avec le premier, ressemblance et différence à la fois. Eh bien, le vœu ne serait-il pas rempli, si l'on essayait de vous montrer, prise par les deux bouts opposés, l'une des richesses littéraires de l'Inde? — si, par exemple, après vous avoir fait connaître naguère un peu de la poésie des moralistes brahmes, on vous appelait maintenant à entendre de la poésie des moralistes paréyas, — ou *parias*, comme nous les appelons en France [1]).

Quand Bernardin de Saint-Pierre écrivit sa charmante nouvelle, — quand, plus tard, Casimir de Lavigne composa sa belle et classique tragédie, — ils produisaient deux œuvres, éloquentes mais hasardées, dont on ne savait pas alors si la donnée offrait quelque justesse. Ce séduisant Paria qu'ils faisaient parler, l'un en prose digne de Jean-Jacques, l'autre en vers dignes de Racine, était

---

[1]) Toujours imitateur des autres peuples, même quand il n'y a pas de quoi, — le Français a souvent le travers de s'attacher mal à propos à leur orthographe. S'il le faisait pour des mots de leur langue, et afin d'en conserver l'étymologie, il aurait raison; — mais non: c'est pour des mots que les étrangers eux-mêmes empruntent et copient, tout comme il serait maître de le faire. Ainsi, l'on a vu longtemps un mot persan qui se prêtait parfaitement à la forme française (le mot *châle*), n'obtenir passeport chez nous que sous déguisement, soit germanique (*schall*), soit anglais (*shawl*).

Ah, l'on conçoit bien qu'en Angleterre, où l'*i* est un *aï*, où *Maria* fait *Maraya*, le nom des hilotes indous se soit orthographié *parias;* mais en France, pourquoi ne s'être pas mis, dès l'origine, à l'écrire tout simplement *paraya* ou *paréya?*

Il est trop tard à présent; la faute est consacrée.

un personnage bien hypothétique. Le public restait maître de croire que leur imagination, qui avait fait à elle seule les frais d'une esquisse touchante, pouvait les avoir guidés à faux ; et rien ne garantissait que leur peinture n'était pas allée au-delà non-seulement du vrai, mais du vraisemblable.

Aujourd'hui, en pareil cas, l'invention trouverait des bases ; car on n'en est plus réduit, sur le compte des Paréyas, à des conjectures arbitraires : lumière s'est faite au sujet de leurs antécédents, et nous possédons, à présent, imprimées, des pages écrites par leurs aïeux. Ces infortunés, on le sait maintenant, ne sont autre chose qu'un reste, misérablement avili, des premiers habitants d'entre Indus et Gange : peuples écrasés, dont l'abaissement, dont l'esclavage, ne devint pas d'abord, à ce qu'il paraît, aussi complet partout qu'aujourd'hui; — puisque tel individu chez eux (témoin Tirou-Vallouvar) put encore parvenir à une éminente culture d'esprit ; — mais peuples qui, depuis une époque antérieure aux âges réputés historiques, furent dépouillés au moins de l'indépendance nationale, par la race pastorale et guerrière dont les mœurs se reflètent, comme sur un miroir, dans les hymnes du Rig-Véda ; — par cette glorieuse race conquérante, qu'on appellera si l'on veut âryane ou sanscrite, déjà grosse alors des germes d'où devait sortir plus tard le brahmanisme.

Au fait, pour que l'on pût en venir à se former une idée sérieuse du mérite des Parias d'autrefois, il ne suffisait pas que l'Europe, établie dans l'Inde comme dans un chez-soi, s'y fût mise à étudier la belle langue de leurs anciens vainqueurs : il fallait que l'heure arrivât où l'on aborderait aussi les idiômes antérieurs, ceux des indigènes de la Péninsule d'en deçа du Gange : le tamil ou tamoul, par exemple.

Eh bien, c'est en tamoul, Messieurs, que se trouvait conservé le chef-d'œuvre de la littérature autochtone : les *courals* (ou distiques) du « divin paréya, » comme ils disent [1]; du célèbre Tirou, surnommé par excellence le vallouvar, c'est-à-dire, le barde ou le *vates :* personnage devenu légendaire, qui passe pour avoir été l'un des poètes civilisateurs, l'un des Linus ou des Orphées, de la primitive population des Gattes, ou, en d'autres termes, de la race indoue originelle, non sanscrite.

A quels siécles, en réalité, faut-il attribuer ce bel ouvrage, évidemment moins vieux qu'il ne passe pour être? Personne, jusqu'à présent, ne peut au juste le dire.

Seulement, sa composition ne saurait, dans aucun cas, remonter aux âges antiques de l'indépendance des Paréyas. En toute hypothèse, elle date de plus tard : elle n'a eu lieu qu'en présence d'institutions étrangères; qu'en présence, au moins, du culte brahmanique, — aux pratiques duquel divers traits, lancés par l'auteur, font des allusions fort claires.

Vous allez entendre, Messieurs, un choix de passages, fidèlement reproduits, de ces poésies morales.

Qu'il puisse y avoir là des choses bien surprenantes pour un auditoire européen (choses dont l'existence positive n'est pas douteuse, mais dont l'origine offre

---

[1]) « Divin » dans l'acception poétique où divers peuples ont employé si souvent ce mot par hyperbole. « Le divin Homère, » disaient les Grecs et les Romains. Et il n'y a guère plus de cent ans que le célèbre médailliste lorrain Ferdinand de Saint-Urbain était couramment appelé en Italie *il divino Sant-Urbano.*

matière aux discussions des savants), nous prenons en ce moment-ci le fait *comme il est*, nous bornant à éviter soigneusement de prêter à l'auteur tamoul un langage qui ne soit pas le sien. Il n'y aurait plus, en effet, d'intérêt de curiosité attaché à de pareils morceaux, dès qu'on se permettrait d'en élargir la portée ou d'en aviver les couleurs [1]).

Comme il fallait bien, toutefois, vous présenter lisibles à la française, par conséquent tant soit peu enchaînées, les nombreuses maximes extraites du livre, — on n'a pu ni dû se dispenser d'ajouter, par-ci par-là, quelques phrases ou demi-phrases. Mais, hormis ces liaisons, à la fois nécessaires et peu significatives, — simples *raccords*, dont même souvent la substance nous était virtuellement fournie par des passages plus ou moins similaires (placés avant ou après); — à part cela, disons-nous, TOUT existait chez Tirou-Vallouvar. Rien ici de caractéristique, Messieurs, que ses admirateurs ne soient en droit de revendiquer pour lui. Rien ni de tendre et de délicat, ni de mâle et de vigoureux, ni d'élevé, d'idéal, d'immense, — sans en excepter les élans

---

[1]) Aussitôt que l'usage des caractères typographiques tamouls s'est répandu parmi les naturels de la côte de Coromandel, ils ont fait imprimer les *Courals*, comme leur plus beau titre de gloire; et l'on possède déjà plusieurs éditions du monument littéraire national auquel ils attachent avec raison tant d'importance. Du reste, autre chose est l'*authenticité* de l'ouvrage, — qui n'est aucunement discutable, — autre chose son *antiquité*, chapitre à l'égard duquel libre carrière est ouverte aux controverses. M. Digot, par exemple, pense que les *Courals* pourraient bien ne pas remonter plus haut que le VIIIe siècle, époque où les doctrines occidentales, au moyen surtout de la propagande nestorienne, avaient déjà pénétré dans l'Inde.

de la générosité la plus sublime; — rien qui n'appartienne au texte même des *Courals,* et qui, dès lors, ne fasse partie du trésor de sentiments et de pensées dont se porte héritière cette fameuse caste des Parias.., de qui le nom, rangé au-dessous même de celui des Hilotes, est devenu l'expression du dernier degré d'abaissement auquel une classe d'hommes puisse être réduite sur la terre.

MAXIMES

TRADUITES DES *COURALS* OU DISTIQUES

DE TIROU-VALLOUVAR.

I.

Qu'apprendra jamais l'homme en sa vaste démence,
Si, trop sûr de lui-même, il n'adore et ne craint [a])
Le Maître aux pieds bénis [1]), l'Esprit pur et serein [2])?
Ainsi que tout savoir par la lettre A commence,
Le monde a commencé par ce Dieu souverain [3]).

---

[1]) *Courals*, livre I, § 1. — [2]) *Id., ibid., ibid.*

[3]) *Id., ibid.* « Le commencement ou point de départ des lettres est A ; — le principe ou point de départ du monde, c'est le Dieu suprême. »

II.

Guérir les maux de l'âme est chose difficile,
Hormis pour ses vrais serviteurs [1]).
En écoutant sa voix d'une oreille docile,
On n'aura pas suivi des préceptes menteurs [2]).
Rien à ce Dieu ne s'égale ou compare [3]).
Si nous avons à fuir maints périls séducteurs,
Il brise des cinq sens l'attrait qui nous égare [4]).
Si l'océan du mal des vrais biens nous sépare [5]),
Cet abîme, franchi, grâce au secours divin,
Nous laisse parvenir jusqu'au bonheur sans fin [6]).

III.

Honte au pervers! Sa faute, en vain cachée,
Le suit comme son ombre, à ses pas attachée [7]);
Il ne peut à lui-même en refuser l'aveu [8]).
Voulez-vous vraiment vivre [9]) et vivre sans reproche?
Abstenez-vous du mal, redoutez-en l'approche [b]),
Plus que les approches du feu [10]).

---

[1]) *Id., ibid.*

[2]) « Heureux sont ceux qui demeurent dans le chemin de la loi qui ne déçoit point, etc. » (*Idem, ibid.*)

[3]) *Courals*, livre I, § 1. — [4]) *Id., ibid., ibid.* — [5]) *Id., ibid., ibid.* — [6]) *Id., id., id.* — [7]) *Id., ibid.*, § 21. — [8]) *Id., ibid.*, § 28.

[9]) « Ceux qui vivent sans aucun sujet de honte, ce sont ceux-là qui *vivent.* » (*Idem, ibid.*, § 24.)

[10]) *Id., ibid.*, § 21.

Oh oui; sitôt qu'en vous germe la moindre faute,
Pareille au brin du riz dans son âge premier,
Arrachez-la..! Votre œil se la doit peindre haute
Comme la tige du palmier [1]).

IV.

Avant tout, soyez franc [2]). Le poids seul du mensonge
En secret nous inflige un tourment mérité [3]).
Le corps, pour être pur, dans l'eau vive se plonge :
A l'âme il faut le bain de la sincérité [4]).

Puis soyez fort. Que votre âme aguerrie,
Des vents d'orage affrontant la furie,
S'offre aux périls, bravés aussitôt qu'aperçus.
Quand le malheur se montre, il faut qu'elle en sourie [5]);
Le mieux, pour elle, est de marcher dessus [6]).

V.

Ferme et fier dans la résistance,
A la vigueur morale unissez la prudence;
Le plan par vous choisi, suivez-le sans gauchir,
Mais lorsque le bon droit, le bon sens l'autorise.
— Ce n'est point après l'entreprise
Qu'il convient de placer le temps de réfléchir [7]).

---

[1]) *Courals,* livre II, § 6. — [2]) *Id.*, livre I, § 30. — [3]) *Id.*, *ibid.*, *id.* — [4]) *Id.*, *ibid.*, *id.* — [5]) *Id.*, livre II, § 25. — [6]) *Id.*, *ibid.*, *ibid.* — [7]) *Id.*, *ibid.*, § 9.

Méditez donc. — Longtemps roulé dans la pensée,
Parfois un grand dessein naît, s'élance et prend cours;
Car il advient qu'une tête sensée
Rend son projet possible en y pensant toujours [1]).

VI.

Enivrements que le pouvoir excite,
Désirs qui trop souvent se tournent en fureurs,
Quelle ample source et de torts et d'erreurs [2])!
Puissions-nous, quand leur fougue, hélas, nous sollicite,
Leur préférer toujours et justice et raison!
Les pleurs de l'opprimé sont un âcre poison
Qui des méchants ronge la réussite [3]).

Mais, sage ou non, ne vous vantez de rien;
Montrez-vous humble et doux [4]); choisissez pour parure
Un front aimable, un modeste maintien [5]).
Sied-il à la vertu d'être hautaine et dure?
Non; sa place est chez l'homme exempt de bouffissure,
Qui parle sans rudesse et qui cherche le bien [6]).

---

[1]) *Courals*, livre II, § 16. — C'est là, comme on sait, une réponse de Newton. L'Inde l'avait formulée à l'avance.

[2]) *Id.*, *ibid.* 18. — [3]) *Id.*, *ibid.*, *ibid.* — [4]) *Id.*, livre I, § 10, et livre II, 61.

[5]) Littéral. — « La parure de l'homme, c'est d'être humble, et de parler avec douceur. (*Ibid.* I, § 10.)

[6]) *Courals*, *id.*, *ibid.*

VII.

Demeurez calme aussi. Votre propre colère
Est votre ennemi le plus grand [1]).
La haine assombrit l'homme, et bannit, en entrant,
Tous les instincts joyeux qui riaient pour lui plaire [2]).
Reste-t-il impuissant dans son courroux brutal :
Il souffre de sentir sa haine inassouvie [3]).
La peut-il satisfaire : avantage fatal!
Triste félicité, moins digne encor d'envie [4])!

Loin donc de vous ces fureurs sans retour
Dont s'emplit quelquefois notre cœur misérable!
Si la vengeance est le plaisir d'un jour,
S'être fait patient laisse un bonheur durable [5]).

VIII.

Surtout, brisez vos dards trempés d'un fiel amer.
Retenez, quel que soit le feu qui vous possède,
Ce dard empoisonné qui part comme l'éclair,
La parole. — On guérit les blessures du fer [6]) :
Celle que fait la langue est souvent sans remède [7]).

IX.

Bienveillance [8])! Il la faut pour être intelligent.
Voit-il clair, le penseur toujours prompt à la guerre,
Docte, mais non pas indulgent [9])?
Certes, sous lui, dans les rangs du vulgaire,

---

[1]) *Courals*, livre I, 31. — [2]) *Id.*, *ibid.*, *ibid.* — [3]) *Id.*, *ibid.*, *ibid.* — [4]) *Id.*, *ibid.*, *ibid.* — [5]) *Id.*, *ibid.*, 16. — [6]) *Id.*, *ibid.*, 13. — [7]) *Id.*, *ibid.*, *ibid.* — [8]) *Id.*, *ibid.*, 25. — [9]) *Id.*, *ibid.*, *ibid.*, et livre II, 20.

Mieux partagé, moins pauvre, est le cœur obligeant [1]).
Ce monde existe peu pour qui vit sans argent :
Pour qui vit sans bonté l'autre n'existe guère [2]).

X.

Quoi de nuire aux mortels nous nous croyons permis,
Nous qui ne voulons pas qu'un seul d'entre eux nous nuise [3]) !
Oh! respectez leurs droits. Que rien ne vous conduise
A faire ou peine ou tort, même à vos ennemis [4]).

Vos ennemis..! Qui sait? Quelque jour, l'infortune,
Par une affliction... grande s'il en est une,
Peut les traîner honteux jusque sur votre seuil.
Ah ! renvoyez-les vîte avec l'âme contente!
Qu'ils retournent confus de votre doux accueil [5])!
Amis, un tel moyen de tromper leur attente,
Qu'il soit votre revanche et votre doux orgueil [6]).

---

[1]) « Etre riche en bienveillance, c'est posséder la vraie richesse. Quant à l'abondance d'argent, elle peut se trouver chez des gens qui ne sont que de véritables pauvres. » — *Id., ibid., id.*

[2]) « Pour qui manque de bienveillance, l'autre monde (en quelque façon) n'existe pas ; tout comme il en est de ce monde-ci pour qui manque d'argent. » — *Id., ibid., id.*

[3]) *Id., ibid.*, 21. — [4]) *Id., ibid., ibid.*, et livre II, 48, 62. — [5]) *Courals,* livre I, 52.

[6]) « Renvoyer confus de votre bon accueil ceux qui vous firent du mal, voilà comme il sied de s'en venger. » (*Id., ibid., id.*)

Par parenthèse, le *doux orgueil* n'est ici qu'une expression courante, appartenant au répertoire habituel du style français ; car littéralement cela ne répond point aux termes du texte, puisque l'auteur tamoul ne suggère en aucune façon (comme faisaient les Stoïciens) le sentiment de la gloriole.

XI.

Mais ils n'en sont pas là, direz-vous; mais leur rage
Persévère. — Eh ! qu'importe..? En dépit de l'outrage,
Tout veut qu'en vos pardons vous les enveloppiez.
L'insulte.., souffrez-la [1]. Si la règle est austère,
Faut-il qu'en faibles cœurs vous vous y dérobiez?
Fût-ce à titre de jeûne, apprenez à vous taire [2];
Endurez. — Voulez-vous un exemple..? La terre
Supporte et nourrit ceux qui la foulent aux pieds [3].

Voilà comme aux affronts répond une âme pure.
Mais quand vous secourrez jusqu'à votre rival
Et rendrez le bien pour le mal [4],
Gardez de laisser voir votre antique blessure
A tels qu'un mot clément pourrait humilier.
Il est beau, j'en conviens, de pardonner l'injure :
Il est plus beau de l'oublier [5].

XII.

Ce qu'il ne faut jamais, jamais perdre de vue,
C'est notre dette, à nous ; c'est l'aumône reçue,

---

[1]) *Courals*, livre I, § 16.

[2]) « Grands sont ceux qui se mortifient par le jeûne; plus grands ceux qui se mortifient par (le silence devant) les paroles méchantes (sorties contre eux) de la bouche d'autrui. » — (*Id.*, *ibid.*, *id.*)

[3]) Ou même « qui la creusent et la blessent. ». (*Id.*, *ibid.*, *id.*)

[4]) *Id.*, *ibid.*, 21 et 32; livre II, 61. — [5]) *Id.*, *ibid.* 16.

C'est la marque d'amour, d'égard ou de pitié [1]).
Que ces faveurs, plus tard, on nous les ait ravies..,
Gardons du souvenir la première moitié.
Comment mettre en oubli, durant sept fois sept vies [2]),
Un chagrin qu'effaça la main de l'amitié [3])!

XIII.

Bons cœurs, allez : fuyez tout ce qui brille;
Contentez-vous, sans bruit, des nœuds d'une famille;
Mettez votre bonheur à procurer le sien.
Qui sait si du joghi les ferveurs extatiques [4])
L'auront placé plus haut, sur l'échelle du bien,
Que l'humble travailleur qui, ne négligeant rien,
A dignement rempli ses devoirs domestiques [5]) !

XIV.

Ces devoirs, après tout, ont leur charme émouvant.
Quel est le plus doux son ? demande-t-on souvent.
La flûte ; répond l'un. Non, dit l'autre ; la lyre [6]).
— Ah ! pour jeter chez l'homme un ravissant délire,
Moi, je connais un son plus doux et moins savant.
Mais, qu'ils parlent ainsi, chacun le peut comprendre,
S'il ne leur a jamais été donné d'entendre
La vagissante voix de leur premier enfant [7]).

---

[1]) *Courals*, livre I, § 11.
[2]) Proprement, « durant sept fois sept transmigrations ou métempsycoses. » (*Id.*, *ibid.*, *id.*)
[3]) *Id.*, *ibid.*, *id.* — [4]) *Id.*, *ibid.* 5. — [5]) *Id.*, *ibid.*, *id.* — [6]) *Id.*, *ibid.*, 7. — [7]) *Id.*, *ibid.*, *ibid.*

XV.

Ainsi, parfois la vie a des fleurs pour le sage.

Mais, n'en vît-il pas une à cueillir au passage,
Sa route veut qu'il marche, et sans avoir faibli.
Quoi que pour nous séduire on puisse ou dire ou faire,
Il n'est ni plus grand bien que la vertu sévère [1],
Ni plus grand mal que son oubli [2].

XVI.

On y forfait par la simple pensée [3].
N'enviez point ce que possède autrui [4] :
Ni les moissons qu'on récolte pour lui,
Ni sa compagne au fond du gynécée.
Ah ! du foyer la paix est renversée
Quand une épouse, infidèle à l'honneur [5],
Trompe avec nous, sans que rien la retienne,
La vigilance, inutile gardienne [6].
Mais les remords suivent le suborneur [7] ;
Mais de l'époux qu'il priva du bonheur
La peine encore est moindre que la sienne [8].

---

[1]) *Courals*, livre I, § 4. — [2]) *Id., ibid., id.* — [3]) *Id , ibid.* 29. — [4]) *Id., ibid., ibid.* — [5]) *Id., ibid.* 6.

[6]) *Id., ibid., id.* — Ici la phrase de l'auteur est peut-être plus formelle encore que la nôtre, car il signale nettement l'adultère du cœur. « Qu'importe la vigilance, si, gardienne du gynécée, elle ne l'est pas de la fidélité (morale) de la femme ! »

[7]) *Id., ibid.* 15. — [8]) *Id., ibid., ibid.*

XVII.

Et puis la loi suprême, en son cours imposant,
A l'équité ne reste point bornée.
Etre juste, c'est peu : montrez-vous bienfaisant.
Pour vous seul, de vos biens vous a-t-on fait présent[1])?
C'est pour les malheureux qu'avant tout destinée [2]),
Avec ordre aux mortels de l'aller divisant,
Digne fruit du travail, la richesse est donnée [3]).

Chez les vrais amis des humains,
A quoi ressemble l'opulence ?
A l'arbre qui, sur les chemins,
Laisse aux plus indigentes mains,
Cueillir les fruits d'or qu'il balance [4]).
A la source aux flots renaissants,
Qui, jusque dans nos murs puissants,
Vient, par des routes souterraines,
Remplir les publiques fontaines
Et livrer son onde aux passants [5]).

O, la consolante pensée !
Quand, chez de nobles cœurs placée [6]),

---

[1]) *Courals*, livre I, § 22, et livre II, 65. — [2]) *Id.*, livre I, § 22.

[3]) Littéral. — « Créée par le travail, la fortune d'un homme digne d'être riche, lui est donnée pour opérer la charité. » (*Id.*, *ibid.*, *ibid.*)

[4]) Proprement, « à l'arbre qui présente ses fruits au beau milieu d'une ville. » (*Id.*, *ibid.*, *ibid.*)

[5]) *Id.*, *ibid.*, *ibid.* — [6]) *Id.*, *ibid.*, *id.*

La richesse, amplement versée,
Du bien ne se détourne pas,
L'or devient une panacée
Qui guérit les maux d'ici-bas [1]).

XVIII.

A tout être souffrant porter son assistance,
Religieux devoir ! — qui vaut la pénitence [2]). —
Oui, s'imposer la faim tant que le jour a lui,
C'est un pieux mérite, il le faut reconnaître [3]) ;
Mais c'en est un, plus grand peut-être,
De soulager la faim d'autrui [4]).
— Seulement, abjurons la paresseuse attente
Qui contraint les besoins à venir supplier.
Ne jouir que pour soi d'une table abondante,
Est plus triste que mendier [5]).

XIX.

Oh ! sentez bien à quoi vous sert l'aisance !
Certes, parmi les bons s'il est un malheureux,
C'est l'homme ardent et pauvre, et qui, né généreux,
Ne saurait contenter ses goûts de bienfaisance [6]).
Vous, riches, donnez donc. — Faux sage, tu souris :

---

[1]) « Quand l'opulence se trouve placée chez de nobles cœurs, elle ressemble à l'arbre (allégorique) de l'infaillible panacée (qui guérit tous les maux). — *Courals*, I, 22.

[2]) *Id.*, *ibid.* 23. — [3]) *Id.*, *ibid.*, *ibid.* — [4]) *Id.*, *ibid.*, *ibid.* — [5]) Littéral. — *Id.*, *ibid.*, *ibid.* — [6]) *Id.*, *ibid.*, 22.

« On peut, à trop donner, se dépouiller »[1]. — Qu'importe?
La passion du bien, quand elle est la plus forte,
Se complaît à goûter ses plaisirs favoris [2].
Car répandre l'aumône est un bonheur suprême ;
C'est un trésor qui vaut qu'on l'achéte à tout prix,
Fallût-il SE VENDRE SOI-MÊME [3].

XX.

Courage donc ! Qu'on raille un si doux sentiment,
Sa sublime imprudence est chère au cœur aimant.
Celui QUI N'AIME PAS peut compter ce qu'il donne [4] ;
L'autre n'a rien à lui, pas même sa personne [5].
Oh ! chez l'être sensible, en qui trouve aliment.
D'un pur amour la vertueuse flamme,
La matière est le trône où vraiment siége une âme [6].
Hors de là, qu'est-ce au fond que le corps le plus beau?
Un squelette, couvert de muscles et de peau [7].

XXI.

Aussi bien, tout s'envole : et grandeurs et richesses [8].
Les avons-nous ? sachons, par nos largesses,
En acheter un plus durable sort [9].
Passagers si peu sûrs du temps qu'on nous accorde,

---

1) *Courals*, livre I, § 22. — 2) *Id.*, *ibid.*, *ibid.*

3) Littéral. — « Dût-on, par ses aumônes, s'être réduit au dénuement, la bienfaisance VAUT qu'on l'achète EN SE VENDANT SOI-MÊME. (*Id.*, *ibid.*, *id.*)

4) *Id.*, *ibid.* 8. — 5) *Id.*, *ibid.*, *ibid.* — 6) *Id.*, *ibid.*, *id.* — 7) *Id.*, *ibid.*, *id.* 8. — 8) *Id.*, *ibid.* 34. — 9) *Id.*, *ibid.*, *id.*

Hâtons-nous d'accomplir, avant le jour de mort,
Les œuvres de justice et de miséricorde [1]).

On n'entend que ces mots : « Hélas, c'est fait de lui.
» Debout hier encore, il n'est plus aujourd'hui [2]) ; »
Et pourtant, incertain d'avoir un jour à vivre,
Aux plus vastes projets sans mesure on se livre [3]).
— Oh ! des rêves humains folle et triste largeur !
Nous oublions ce qu'en vain tout nous crie :
Que notre corps n'est que l'hôtellerie
Où notre âme ici-bas réside en voyageur [4]).
L'oiseau qui dans son œuf sommeille encore en germe,
Sous sa dure enveloppe, attend jusques au terme ;
Puis, quand vient le moment, il la brise, il en sort.
Eh bien, dès qu'une fois il a vu la lumière,
Dites-moi, rentre-t-il dans sa coque première [5]) ?
Il la fuit pour jamais, dès qu'il prend son essor.

XXII.

Plus de retards, puisque le temps nous presse [6]).
Que de nos vœux souveraine maîtresse,
L'énergique VERTU vienne avant notre fin
Ranger notre vouloir sous le vouloir divin.

---

[1]) « Les bonnes œuvres doivent se faire en hâte, avant que n'arrive le hoquet de la mort. » (*Courals*, livre I, § 8.)

[2]) *Id., ibid., ibid.* — [3]) *Id., ibid., ibid.* — [4]) *Id., ibid., ibid.*

[5]) « A peine est-il délivré de son œuf, l'oiseau s'envole (et n'y revient plus). Tel est le (faible) nœud d'alliance qu'avait formé l'âme avec le corps. » — *Id., ibid.*, 34.

[6]) *Id., ibid., id.*

Cheveux longs ou rasés, là n'est point l'importance [1];
Mais il faut, aux penchants opposant résistance,
Loin du monde et du vice avoir tourné les yeux [2].
Celui seul qui, s'armant d'un effort méritoire,
A sur l'instinct mauvais remporté la victoire,
Est un grain destiné pour la moisson des cieux [3].

---

[1]) *Courals*, livre I, § 28. — [2]) *Id.*, *ibid.* 14.

[3]) « Qui s'est rendu maître de ses cinq sens, au moyen du crochet (du croc, du grapin, etc.) de l'énergie, celui-là est une graine pour le champ du ciel. » — *Id.*, *ibid.* § 5.

NOTES.

a) Par respect pour les règles de la versification, trop ignorées ou trop négligées de nos jours, rappelons, de peur d'avoir semblé donner le moindre mauvais exemple à la jeunesse, que si nous faisons rimer ensemble ici deux mots (*craint*, *souverain*) dont l'un prend le *t* final et l'autre non, c'est qu'il existe à cet égard permission normale lorsque l'un des deux mots est monosyllabique, ou lorsqu'ils le sont l'un et l'autre.

Le même cas se présente au paragraphe XIX, pour *essor* et *sort*.

b) On est assez tenté de croire qu'*approche* et *reproche* ne sauraient former rime légitime, car ils ont l'air de n'être que les composés d'un seul et même radical. Mais les dictionnaires étymologiques leur assignent deux origines différentes. Tandis qu'*approche* dérive sans aucun doute de l'adverbe latin *propè*, il ne paraît point que *reproche* découle de la même source. Selon Ménage, *reproche* vient de *reciprocare;* et suivant Le Duchat (dont les preuves semblent meilleures), de *reprobare*. Dans l'une ou l'autre hypothèse, il n'y a là aucune connexion avec *propè;* et dès lors le soupçon de parenté s'efface entre *approche* et *reproche*, ce qui rend leur mariage licite.

POÉSIES ARABES.

Passer des poésies qu'on a lues à celles que l'on va lire, c'est franchir un mur de division absolu; c'est, pour ainsi dire, se transporter d'un monde à un autre.

Le brusque changement qu'on va trouver dans le style et dans la pensée, n'est pas du nombre de ces contrastes que l'art cherche quelquefois à produire : il tient aux différences capitales qui séparent le génie âryan d'avec le génie sémitique. On voit ici se révéler au vif les instincts des Syro-Arabes, leurs opinions, leurs goûts, leurs habitudes, et cette morale *sui generis* qui ne se fait pas l'ombre d'un scrupule de fouler aux pieds les devoirs naturels les plus vrais et les plus sacrés, — la sincérité, la justice, la pitié, — pour peu qu'ainsi le veuille une passion dominante, érigée par eux en principe : l'amitié, par exemple, ou la vengeance.

En un certain sens, de telles poésies, malgré leur couleur presque sauvage, n'offrent pas moins d'intérêt que les premières, car elles ne sont pas moins caractérisées. Pour juger sainement de l'espèce humaine, il faut n'excepter des éléments du problème l'étude d'aucune des races d'hommes. Or quiconque ne connaît pas la littérature de tels ou tels peuples, ne comprend que peu de chose à leur véritable histoire.

Quoique les compositions arabes soient toutes de très-courte haleine, il peut arriver, d'après leur extrême décousu et le perpétuel sautillement d'idées qui y règne, que ces morceaux paraissent encore trop longs pour notre façon de sentir occidentale, quand il s'agit d'en faire des traductions ou des imitations littéraires à l'usage d'un public européen. Rarement, en effet, on y rencontre plus de trois distiques de suite (et presque jamais plus de quatre) qui aient entre eux quelque liaison, et dans lesquels la pensée se déroule avec enchaînement et conséquence. Jamais de transitions; toujours des jets et des saillies. Elans vigoureux pour l'ordinaire, quelquefois gracieux, très-fréquemment beaux, souvent sublimes, — mais placés en général au hasard, dans un ordre qu'il serait indifférent d'intervertir; et d'ailleurs, séparés par des remplissages d'une valeur beaucoup moindre. — Aussi, nulle *cacîda,* fût-ce la *mo'allaka* la plus célèbre, ne serait-elle traduisible d'un bout à l'autre en vers français; et même, une pareille version intégrale serait impossible pour les *câla* de la Hamâsa, malgré leur extrême brièveté.

C'est à cette collection, néanmoins, que nous emprunterons deux morceaux. Résultat du choix fait au troisième siècle de l'Hégire, par un homme de goût, dans des bibliothèques où l'on conservait les *divans* primitifs ou recueils de poèmes nationaux antiques, la Hamâsa d'Abou Temmâm est l'Anthologie des

Arabes. Nous y prenons pour échantillons deux sujets, de genres bien différents : l'éloge funèbre d'un Bédouin d'avant Mahomet, et le chant de triomphe d'un talioniste qui vient d'accomplir sa *vendetta*.

Dans le premier, on voit tracée l'image d'un héros parfait, tel que le concevaient les Arabes, et auquel ne manque aucune qualité louable (pas même celle d'aller sans motifs attaquer et tuer les innocents, aussitôt qu'il en est prié par un camarade). C'est l'épicède de Sa'id par 'Abdou'l-Mélik el Hhârithî qui nous fournit le fond de la figure du personnage ; mais, pour compléter cette peinture, surtout en n'y laissant que des choses significatives, il nous a fallu emprunter plusieurs traits à trois autres esquisses ; à l'épicède de Ma'n par Hhosaïn el Asadi, à celui d'Arîb ben 'As'as par El-Kolahh, et à l'éloge funéraire qu'a laissé 'Odjaïr Es-séloulî d'un héros anonyme [1]).

Quand au second exemple, il nous a été possible (chose étonnante) de le tirer d'un seul et même *câla :* de celui de Kays ben El-Khatîm, ben El-'Adî. La corde de la vengeance est tellement la principale corde vibrante du cœur des Arabes, qu'ici la glorification du talion a produit un fait exceptionnel et presque unique : elle a donné quelque liaison et quelque ensemble à neuf distiques consécutifs. —

---

[1]) On s'aperçoit qu'ici l'*esprit rude* des Grecs représente la gutturale sémitique '*aïn*. Mais une fois que nous traduirons en vers, nous supprimerons cette indication orthographique, trop peu conforme aux habitudes coulantes de la poésie française.

En ce cas donc, et par l'absence des divagations ordinaires, nous aurions pu, on le dirait, nous montrer absolument fidèles. Si nous ne l'avons pas été tout-à-fait; si nous avons ajouté aux conceptions de l'auteur une nuance qui les modifie : c'est qu'il y avait, en quelque sorte, impossibilité à ne pas s'écarter du mot-à-mot, jusqu'au degré indispensable pour l'ennoblir un peu ; car il fallait le rendre supportable à des lecteurs nés de race âryane. Bien qu'en effet l'on puisse arriver à formuler dans notre langue des choses terribles, violentes, cruelles, barbares même, — encore semble-t-il que le vers français ne soit fait au moins que pour exprimer des instincts d'homme, et non de tigre.

ÉLOGE FUNÈBRE

DE SAHID.

Au vallon de Merva [1]), qu'emplit son souvenir,
Sahid gît dans la fosse étroite et ténébreuse.
Elle enferme, elle étreint, sa vertu généreuse
Que l'univers entier ne pouvait contenir [2]).
Mes amis, visitons sa demeure dernière,
Et disons tous ensemble, en pleurant son destin :
« Oh ! versez-lui souvent, nuages du matin,
Versez-lui de vos eaux la fraîcheur printanière [3]). »

Sahid est mort ! et moi, je porte envie aux morts ;
Et moi, dans les tombeaux, j'aurais voulu le suivre [4]).
Sur la terre, aussi bien, que me sert-il de vivre ?
Mes ennemis nombreux redoublent leurs efforts,

---

[1]) Nous avons déposé à Merva Sahid l'hospitalier.
('Odjaïr Es-sélouli.)

[2]) O toi, fosse de Sahid, comment as-tu pu renfermer sa générosité, qui remplissait la terre et la mer ? Ah ! si tu la contiens, cette générosité, c'est qu'elle est morte. Vivante, elle t'aurait crevée et fendue, comme un séjour trop étroit pour elle.
(Hhoçaïn el Asadî.)

[3]) Approchez-vous de Sahid, et dites à son tombeau : « Puissent les nuages du matin te verser ondée sur ondée ! » *(Idem.)*

Que la pluie, épanchée comme d'une source abondante, arrose le monument qui couvre Sahid ! *(El-Kolahh.)*

[4]) Certes, je porte envie aux habitants du sépulcre, depuis que Sahid est descendu parmi la gent qui peuple les tombeaux.
('Abdou'l Mélik el-Hârithî.)

Et je n'avais que lui pour secours, pour défense [1]),
Je suis ce malheureux dont le bras désarmé
Demande en vain son dard, quand, de rage animé,
Fond sur lui le guerrier qu'embrase la vengeance [2]).

Quel soutien j'ai perdu ? Favorable en tout temps,
Il ne refusait rien ; rien n'était difficile [3]).
Comme la meule énorme écrase un grain débile,
Terrible il écrasait l'orgueil des combattants [4]).
Jamais on ne dira qu'à l'amitié parjure,
Refusant de servir ses droits ou ses fureurs,
Il n'ait pas, sans égard d'opprimés, d'oppresseurs,
Ou commis avec elle ou repoussé l'injure [5]).

Compagnon des guerriers, plus svelte et non moins fort,
Il joignait la vigueur à la souplesse agile.
Dans la main du courage, ainsi l'acier fragile,
Glaive alongé, rayonne, et porte au loin la mort [6])

---

[1]) Car je suis privé de lui au moment où mes adversaires se multiplient, et je n'ai personne à invoquer pour protecteur à sa place. *('Abdou'l Mélik el-Hârithî.)*

[2]) Et je suis pareil à l'homme dépourvu d'une épée tranchante, quand le poursuit et va l'atteindre le fer d'un ennemi qui a soif d'exercer sur lui les fureurs du talion. *(Idem.)*

[3]) Quelque tâche qu'on lui imposât, il s'en chargeait volontiers. *('Odj. Es-sélouli.)*

[4]) Sahid, véritable meule, capable d'écraser tous ses adversaires. *(Idem.)*

[5]) Aviez-vous souffert une offense ? Il vous rendait courage par son secours. Etait-ce vous, au contraire, qui vous proposiez d'aller molester quelqu'un ? Il vous prêtait aussitôt son aide avec la même complaisance. *(Idem.)*

[6]) Mince et flexible qu'était Sahid, sans en avoir la poitrine et les jarrets plus faibles, il était taillé en vraie lame d'épée. *(Idem.)*

Mais, d'un corps si parfait surpassant l'avantage,
Son âme avait reçu des dons plus précieux.
Grave, il faisait aimer ses discours sérieux ;
Plaisant, on admirait son léger badinage [1]).

Quand des vents de la nuit l'orage impétueux
Surprenait au désert les chameaux et leur guide,
Lui, d'un feu pétillant et d'un repas splendide
Gardait au voyageur l'accueil affectueux [2]).
Peuplait-il d'étrangers sa table hospitalière :
Si ses prodigues vœux semblaient mal secondés,
Les esclaves tremblants, par sa voix gourmandés,
Ne reconnaissaient plus sa bonté familière [3]).

Devant lui s'enfuyait la Misère et la Faim [4]) ;
Il n'est plus, et pourtant il les poursuit encore.
Le pauvre, par ses dons soulagé dès l'aurore,
Sait qu'à tant de bienfaits la mort n'a pas mis fin [5]).
Ainsi, dans les vallons où promenait son onde
Un torrent large et fier, désormais écoulé,

---

[1]) Lorsque, dans les choses graves, il se montrait sérieux, son sérieux avait de l'agrément ; et si vous vouliez badiner, eh bien, il vous plaisait par son badinage. *('Odj. Es-sél.)*

[2]) Sahid l'hospitalier, le père des voyageurs, etc. *(Idem.)*

[3]) Quand des étrangers s'arrêtaient chez lui, il devenait insupportable à toute sa maison jusqu'à ce que les marmites (du souper) fussent mises sur le feu. *(Idem.)*

[4]) Homme qui, dans les temps de misère, attaquait la Famine et la tuait. *(Idem.)*

[5]) Après la mort de Sahid, on vit encore de ses bienfaits. *(Hhoç. el-Asadî.)*

Le limon, si longtemps dans sa course roulé,
Nourrit encore des prés la verdure féconde [1]).

Nous venions visiter ses dernières douleurs :
Oh ! comme il nous fit boire à la coupe des larmes [2]) !
Le cœur gros de soupirs, — renfermant nos alarmes, —
Loin de ses yeux enfin nous fondîmes en pleurs [3]).
Hélas, il nous fallut partager les richesses
Où bientôt son trépas vint appeler nos droits...
Et qu'avait-il laissé ? — Le bruit de ses exploits
Et le grand souvenir de ses vastes largesses [4]).

Tu savais, que soumis à l'empire du sort,
Tout mortel, ô Sahid, en naquit tributaire :
On te vit, illustrant ton séjour sur la terre,
Et vivre sans reproche et mourir sans effort [5]).
Ah ! dans l'ombre du soir, je t'écoute en silence.
Qu'ai-je besoin d'amis pour éclairer mon choix ?
Ton exemple me parle, — et je sens que leur voix
N'en saurait égaler la muette éloquence [6]).

---

[1]) De même qu'il reste une herbe verdoyante aux lieux où un torrent a passé. *(Idem.)*

[2]) Nous étions venus le visiter : il nous rassasia du mets de la douleur. *('Abdou'l Mél. el-Har.)*

[3]) Et nous sortîmes emportant la semence du regret, qui se gonflait en nous, arrosée qu'elle était par nos larmes. *(Idem.)*

[4]) Et quand nous en fûmes à recueillir son héritage, nous ne trouvâmes, au lieu de patrimoine à partager, que la gloire qu'il s'était acquise et les immenses largesses qu'il avait faites. *(Idem.)*

[5]) Homme qui sut véritablement vivre, parce qu'il n'oublia jamais qu'il mourrait un jour. *(El-Kolahh.)*

[6]) Dans le silence il nous fait entendre ses réponses. Et le puissant orateur que celui-là, qui pourtant ne dit rien ! *('Abdou'l Mél. el Harithi.)*

LAI DE VENGEANCE

DE KAYS BEN EL-KHATIM BEN EL-'ADI.

Je l'ai percé, l'assassin de mon père !
De part en part mon fer l'a traversé [1]).
Fils d'Abdou'l-Kis [2]) ! le beau jour qui m'éclaire
T'a vu payer à ma juste colère
Le prix du sang, le prix du sang versé.

. Oh ! qu'à mon aise et qu'avec complaisance
J'ai dans tes flancs plongé l'acier vengeur..,
Et, redoublant ma joie et ta souffrance,

---

[1]) « J'ai percé le fils d'Abdou'l-Kays du coup d'un vengeur (proprement, du coup d'un talioniste, d'un chercheur de *vendetta*). »

» (Je l'ai frappé) d'une perforation qui (attendu sa violence) eût rayonné (c'est-à-dire donné place aux rayons du jour) sans le rayonnement du sang (jaillissant, lequel a fermé passage à la lumière). »

[2]) Ou plutôt *Abdou'l-Kays* ou *Abdou'l-Kaïs*. Mais nous sommes obligés de substituer un *i* à la diphtongue *ay* ou *aï*, de peur que les lecteurs ne changent mal à propos en un quadrisyllabe ce nom propre trisyllabique, et n'estropient la mesure de notre vers. A la différence, en effet, de tous les peuples du monde, lesquels savent très-bien fondre le son d'un *a* et celui d'un *yod* ou *yé* (témoins les Italiens dans *mai*, les Espagnols dans *ayre*, les Allemands dans *Kayser*, les Anglais dans *wise* ou dans *Clyde*); les Français seuls coupent lourdement ce groupe vocal en deux parties, aussi distinctes que si elles étaient séparées par un *h* (comme dans *tra-hi*). S'il leur arrive de marier ces deux éléments vocaux, c'est par exception et dans des cas très-rares.: dans « le chevalier *Bay-ard* » ou « l'eau de vie d'*Andaye*, » par exemple ; ou bien dans l'interjection de douleur *aïe, aye*.

De la blessure où vivra mon offense
Ouvert à l'œil la vaste profondeur [1]) !

Mais à moi seul n'en reste pas la gloire :
Le fils d'Amrou l'a voulu partager [2]).
Brave Kidas [3]) ! ma fidèle mémoire
Dira celui qui prit dans ma victoire
Sa part d'honneur et sa part de danger [4]).

---

[1]) « Dans cette blessure, j'ai retourné ma main (*malaktou*, mot à mot, je l'y ai possédée, maniée, pétrie, etc.); et j'ai élargi l'ouverture, (de façon) qu'un témoin, — proprement qu'un homme debout (*adstans*) —, aurait pu voir à travers.

[2]) « En cela j'ai eu pour aide le fils d'Amrou, Khidâch. »

[3]) *Kidas*, sommes-nous obligés de dire, au lieu de *Khidâche* (*Kheedawsh* en anglais, חָדָשׁ en hébreu). Ce nom propre, qui commence par l'articulation de la *jota* espagnole (*ch* rude des Allemands), et dont la dernière syllabe rime avec *lâche*, a quelque chose de tellement sauvage, que des oreilles civilisées ne sauraient en supporter la barbarie toute sémitique.

[4]) « Khidâch, en me rendant ce service, s'est procuré avantage à lui-même, » ou peut-être bien « s'est acquis droit à ma reconnaissance. » Car *ni'mat*, qui est répété dans les deux membres de la phrase, possède (à la façon du latin *gratia*) le double sens ou de faveur (comme dans *gratiam contulit*) ou de gratitude (comme dans *gratias ago*).

Du reste, c'est ici que l'exactitude de reproduction fait défaut. « *Sa part d'honneur et sa part de danger* » est trop noble et trop européen. « *Sa part d'action et sa part de bénéfice*, » voilà tout au plus ce qu'on aurait pu dire. Le poète arabe était loin de parler de *danger*, puisque l'assassinat s'était opéré tranquillement, par pleine trahison, et avec les circonstances d'une scélératesse raffinée. (*Voir, ci-après, la note A*).

Mais nous étions encore jeune quand nous traduisîmes ce morceau, et, malgré l'amour qu'en général nous professions déjà pour la fidélité de couleur, nous ne pûmes nous empêcher d'atténuer un peu ce qu'ont de pervers les sentiments de Kays. Il semble que, pour des lecteurs français, la peinture de l'atrocité doive toujours avoir des limites.

Aux larges coups dirigés par la rage,
Vierges, portez vos baumes impuissants !
Leur aspect seul glace votre courage
Le fort les voit, sourit à son ouvrage,
Et du triomphe entonne les accents [1]).

Que chez les siens nul mortel ne raconte
M'avoir flétri du plus léger affront...
Sans que mon bras n'en ait demandé compte,
Et n'ait chassé le nuage de honte
Dont son injure avait voilé mon front [2]).

Quand tout s'ébranle au signal de la guerre,
Quand vient l'instant de prodiguer ses jours,
Qu'un autre éprouve une terreur vulgaire [3]) !
Moi je brandis mon puissant cimeterre ;
Où rit la Mort je me plais et j'y cours [4]).

---

[1]) « Très-peu m'importe qu'une pareille blessure repousse les yeux des guérisseuses (ou des consolatrices). Je vante et célèbre, au contraire, de tels coups, pour la manière (vigoureuse et sans pitié) dont ils ont été portés. » (*Voir la note B ci-après.*)

[2]) « Je suis un homme qui ne m'entends jamais faire un reproche outrageant sans en écarter à l'instant le voile (injurieux). »

[3]) « Dans l'acharnement du combat (mot à mot, dans le combat mordant), je me donne pour règle (proprement, pour consigne) de jeter en avant ma vie, bien loin de vouloir la conserver. »

[4]) Le *rire de la Mort* ne se trouvait pas dans le lai de vengeance d'Ibn el Khatim, mais dans un autre morceau de la Hamâsa. Ce n'est point à Kays, c'est à un autre poète plus célèbre, à Taabbata Scherran, qu'appartient cette image. En dépeignant l'horrible effet d'une épée qu'on *secoue* pour la retirer des os dans lesquels elle a pénétré, Taabbata Scherran représente comme toutes brillantes les dents de la Mort, qui rit enchantée d'un pareil spectacle.

Et dans la paix, si ma coupe écumante,
Dès le matin, du vin accoutumé
S'emplit trois fois : ma gaîté s'en augmente ;
Mes dons aussi. Rien n'est plus sous ma tente
Qui n'appartienne à mon hôte charmé [1]).

Mais le temps vole, et la vie est rayée
Du livre antique où gît l'arrêt du sort.
L'âme du lâche en peut être effrayée :
Mes jours sont pleins et ma dette est payée ;
Je suis content. Vienne à présent la mort [2]) !

Oui, j'ai vengé mon aïeul et mon père ;
J'ai de ma main immolé leurs bourreaux.

---

[1]) « Lorsque je bois à quatre reprises dès le matin, et que ma ceinture (qui s'est lâchée) s'en va balayant la terre, alors, dans ma libéralité (devenue sans limites), je laisse aller le seau après la corde (c'est-à-dire j'abandonne tout). » — C'est une métaphore singulière ; mais, en français, « ne plus garder de mesure » s'exprime par une locution proverbiale pour le moins aussi étrange : « *Jeter son bonnet par dessus les moulins* (*). »

[2]) « Quand viendra la mort, — proprement, *cette mort* (sous-» entendu, que l'on craint tant), — elle ne trouvera point de » devoir qui m'incombe, point de dette que je n'aie payée. »

On voit qu'ici notre version française renferme un peu de paraphrase. Aussi y a-t-il longtemps, nous le répétons, qu'elle est composée. Quoique déjà plus sévère que personne d'alors sur la justesse du *costume*, l'auteur ne l'était pas autant qu'il l'est devenu ; car l'amour « du vrai en toutes choses » va croissant avec l'âge. — Si nous ne nous sommes pas crus obligés de refaire les premiers vers, c'est qu'au fond, quoiqu'ils aillent au-delà du texte, ils ne représentent pas à faux l'état d'esprit du personnage ; ils ne font que développer sa pensée. (*Voir la note C.*)

(*) Le jeter à une hauteur indéfinie ; car dans cette métaphore, il s'agit des moulins à vent (plus connus autrefois que les moulins à eau).

Avec honneur j'ai passé sur la terre,
Et n'ai pas craint le poids héréditaire
D'un grand devoir et du nom des héros [1]).

---

[1]) « J'ai vengé mon aïeul et mon père, et je n'ai point trahi mes obligations de parenté avec des hommes illustres (mot à mot, avec des scheikhs), obligations que je porte comme un (noble) fardeau. »

NOTES.

Note A.

Puisque l'assassinat s'était accompli tranquillement et par pleine trahison.

Non seulement il y avait eu surprise, attaque sans possibilité de défense, mais deux infamies s'y étaient jointes : pour le premier crime, on l'avait opéré en abusant de la confiance naturelle d'un oncle dans son neveu, et pour l'autre, en exploitant la générosité même de la victime et son courageux amour de la justice.

Au reste, voici l'histoire même, telle que nous la révèle le commentateur Téwrizî. Elle est éminemment instructive.

« El-Khatîm, le père de Kays, avait été tué par un homme des Bénou Amir, et son aïeul par un Abdou'l Kaïsite, habitant de Hadjar dans le Bahrein. Or Kays, au moment de la mort de ses parents, était encore tout petit. Sa mère, craignant que si l'enfant en acquérait connaissance, il ne s'en allât chercher *vendetta*, dressa deux buttes de terre et y plaça une pierre sépulcrale, de manière à figurer un double monument : « Voilà, lui dit-elle, les tombeaux de ton père et de ton grand-père. » Mais il advint qu'une querelle ayant surgi entre Kays et un jeune garçon des Bénou Dhafar, celui-ci lui dit : « Il vaudrait certes mieux déployer ta force contre les assassins de ton père et de ton aïeul. » Devenu tout bouillant de courroux, Kays dit à sa mère : « Si vous m'avez appris (au vrai) leur histoire (c'est bien) ; mais s'il n'en est pas ainsi, ou je vous tuerai ou je me tuerai moi-même. » Alors elle lui raconta les deux meurtres et lui indiqua les deux meurtriers. Sur le champ il partit, et s'en alla chez Mar Ed-dhahrân, afin de s'informer auprès de lui de Khidâch ben Zohaïr, à qui El-Khatîm avait autrefois rendu service. La femme de Khidâche ayant apporté à manger au jeune homme, il n'y toucha que fort peu; aussi ne lui cacha-t-elle pas le soupçon qu'il allait probablement en quête de talion. Et Khidâche, de son côté, ayant observé la trace des pas de son jeune hôte, avait dit : « C'est la marche d'El-Khatîm. » — Alors Kays exposa sa descendance et le but pour lequel il venait.

« Le meurtrier de ton père, » lui dit Khidâche, « est mon oncle paternel. Si je voulais te le livrer, on m'en empêcherait; mais j'irai, vers l'entrée de la nuit, m'asseoir à côté de lui; et quand tu me verras frapper de la main sur sa cuisse, alors tombe sur lui et tue-le. » Ainsi fut fait; et lorsque la famille voulut s'élancer pour mettre Kays à mort, Khidâche s'interposa, en disant : « Il n'a fait que tuer le meurtrier de son père. »

« Ensuite ils se mirent tous deux en route pour le canton de Bahrein; et lorsqu'ils furent arrivés devant la ville de l'homme qui avait tué le grand-père de Kays, Khidâche se cacha dans un creux au milieu des sables, tandis que l'autre alla trouver le meurtrier de son aïeul, et lui dit : « En voulant visiter ton pays, j'ai rencontré parmi les sables un homme de ta tribu, un voleur, lequel m'a dépouillé. Je viens à toi pour que tu m'accompagnes et me fasses rendre ce qu'on m'a pris. » Le personnage ordonna à quelques-uns de ses gens d'aller avec Kays; mais celui-ci se mit à rire. Pourquoi donc ris-tu? dit le scheikh. — « Ah! c'est que... si c'était un de nos chefs (que l'on invoquât), il n'agirait pas à ta manière; il se mettrait en route tout seul, dès qu'on lui demanderait assistance. » Là dessus, l'homme défendit fièrement à ses compagnons de le suivre, et s'en alla seul jusqu'à l'enceinte creuse. Or Khidâche se dressa là devant lui et vint (l'attaquer) en face, tandis que Kays lui plongea son épée dans les reins et le tua. — Ensuite ils restèrent cachés dans les dunes jusqu'à ce que la perquisition se fût ralentie, puis ils repartirent pour leur pays. »

Quelles scènes! Un pareil récit ne demande pas le moindre commentaire. Tout y est significatif; chaque mot y porte sa valeur ; et dans le naïf tableau de ces étranges mœurs, la barbarie sémitique, à la fois perfide et féroce, se peint tranquillement elle-même, en touches inimitables.

Note B.

Vierges, portez vos baumes impuissants !

Les *awâsiy* (du verbe *asa*, soigner, panser, consoler) étaient les guérisseuses ou les consolatrices. C'est Tewrizi qui nous révèle le sexe des personnes qui se chargeaient d'un tel soin. Il n'y a donc pas eu de race si cruelle chez qui les femmes n'aient plus ou moins rempli, au lit des malades et des blessés, la mission de bienfaisance, la mission d'humanité.

Note C.

Ils ne présentent pas à faux l'esprit du personnage ; ils ne font que développer sa pensée.

L'idée, en effet, d'un arrangement supérieur dans lequel s'emboîte la vie humaine, — l'idée populairement exprimée par le dicton oriental « C'ÉTAIT ÉCRIT, » — n'avait pas attendu l'apostolat de Mahomet pour naître chez les populations du Hedjaz.

De même que l'Italie du moyen-âge, l'Arabie anté-islamique offrait le spectacle de deux choses dont la simultanéité étonne toujours : d'une part, des persuasions religieuses très-profondes, avec leurs effets dans un certain genre ; et de l'autre, des passions d'orgueil et de haine poussées jusqu'à un degré gigantesque, avec leurs conséquences sanguinaires les plus odieuses et les plus froidement calculées. Tout comme les perpétuelles atrocités des Guelfes et des Gibelins n'empêchaient ni l'érection des cathédrales italiennes ni l'affluence du peuple à leurs processions : ainsi les féroces inimitiés des tribus maaddiques n'empêchaient pas que de toutes parts on n'accourût aux solennités du culte d'Ilâhat, et qu'au milieu de tant de meurtres et de trahisons, on n'observât avec un scrupuleux respect les mois sacrés et pacifiques, — *trèves de Dieu* de cet âge lointain (*). — A plus forte raison ne niait-on point une direction céleste quelconque des événements de la vie ; direction comprise de diverses façons, mais toujours appelée *kadhâ :* sort, providence, destin, décret d'en haut, etc.

(*) *Trèves de la Déesse,* devrait-on dire ; car chez les Arabes d'avant Mahomet, la Divinité suprême, au lieu de se présenter à l'esprit comme un Père suréminent, était conçue comme une Mère universelle, à la fois souveraine et bienfaisante.

Ici finissent les traductions positives, seuls préliminaires obligés d'une nouvelle édition de l'*Orientalisme rendu classique.*

Et néanmoins, avant d'imprimer pour la troisième fois cette brochure, nous allons placer ici encore un morceau. Malgré la forme simplement analytique sous laquelle nous le présentons, peut-être ne sera-t-il pas inutile ; attendu que, rédigé d'après des documents orientaux réels, il donne, à l'égard des peuples de l'Asie, quelques idées moins erronées que celles dont se nourrit l'opinion routinière de notre Occident.

LE DERVICHE, LE MILAN ET LE PETIT CORBEAU.

LE DERVICHE ET LE PETIT CORBEAU,

OU

CE QUI EN EST DU FATALISME CHEZ LES TURCS.

Au nombre des notions fausses dont chaque peuple est imbu sur le compte des autres, il faut ranger l'idée que nous avons coutume de nous former en Occident sur le fatalisme des Turcs : idée tout-à-fait exagérée, par laquelle, à l'occasion d'un certain principe, — admis effectivement chez eux, mais non pas entendu à la manière que nous imaginons, — on leur prête, sous prétexte d'exigence logique, des persuasions d'une rigueur absurde.., qu'ils n'ont point, et qu'ils s'indigneraient de passer pour avoir.

Théoriquement, spéculativement soit : ils sont fatalistes ou à peu près. Quoique fort éloignés, en un sens, de mériter ce nom, puisqu'ils sont à mille lieues d'admettre comme les athées le règne aveugle d'une Nécessité primordiale et universelle des choses, — ils ont, à l'égard de la conduite providentielle de Dieu, un système de respect si profond et de résignation si parfaite, qu'en effet, dans un autre sens, on peut appeler cela fatalisme si l'on veut; puisque notre langue ne possède pas le terme de *providentialisme*, — celui peut-être, de tous, qui répondrait le moins mal au mot *ISLAM* [1]).

---

[1]) En général et d'abord, *Islâm* signifie, à proprement parler, « pleine confiance, paisible et parfait abandon. » Dans l'acception particulière qu'il a prise, il s'entend de la pleine confiance *en Dieu*, et du parfait abandon *à la volonté divine*.

Admettant non seulement la prescience, mais la prédestination et la prémotion divines, — les Osmanlis professent, comme tous les musulmans, que rien n'arrive sans la prévoyance, la permission de Dieu, et même, en quelque façon, sans sa *volonté*, bien que beaucoup de choses soient contraires à son APPROBATION [1]. « Dieu n'*agrée* point le mal, » dit la catéchèse de Ben Pir Ali ; « mais il le *veut* néanmoins.., par des desseins cachés de sagesse, dont l'homme est incapable de mesurer la profondeur [2]. »

Or, quelques vastes et fâcheuses conséquences qu'aperçoivent là les non-musulmans, le disciple sorti des écoles turques ne reconnaît point du tout pour légitimement renfermées dans ce principe coranesque les déductions choquantes que l'esprit philosophique et français regarde comme devant en être les conséquences inévitables. — A l'aide du nuage mystérieux qui environne le dogme, et qui fournit moyen aux croyants d'écarter les conclusions qui nous effarouchent, elles sont repoussées par les docteurs osmanlis. Concevable ou non pour nous, ceci est sûr ; on ne saurait le révoquer en doute [3].

---

[1]) Ben Pir Ali el Birguéli, *Exposition de la foi musulmane*, chap. VII.

[2]) *Idem, ibidem.* — Une telle acception donnée au verbe *vouloir* étonne fort les Européens, lesquels oublient que ce mot a été employé chez eux dans des cas semblables, et par les auteurs les plus respectés. Témoin, par exemple, ce passage du P. Gonnelieu : « Comme Dieu VEUT TOUT CE QUI NOUS ARRIVE, et comme il le VEUT pour notre bien, ainsi nous devons nous résigner EN TOUT à sa sainte volonté. » (*Imitation de J.-C.*, livre III ; *pratique* imprimée à la suite du chap. 15.)

[3]) Voir la note A, à la fin du morceau.

Après avoir carrément posé (ce en quoi ils ne sont pas les seuls) la terrible règle de la prédestination ; après avoir même employé, en l'énonçant, cette rigueur de termes à laquelle les oblige le texte formel du Coran, — « *parole de Dieu,* » comme ils l'appellent ; loi réputée révélée, dont ils ne sont pas maîtres de s'écarter : — vont-ils en conclure que l'on n'est point tenu à s'évertuer dans la tâche du bien, et que la conscience peut s'endormir passive et irresponsable ? — Pas le moins du monde, et tous leurs théologiens moralistes enseignent directement l'opposé. Bien plus : on peut lire en toutes lettres chez les Turcs, — non pas même dans le livre de quelque docteur particulier, mais dans un de leurs catéchismes les mieux autorisés et les plus en usage : « Dieu n'impose point à ses serviteurs ce qu'ils ne peuvent pas accomplir [1]. » Maxime, du reste, tout à fait conforme à ce passage célèbre du Coran : « Dieu ne commande à une âme que des choses dont elle est capable [2]. »

Que dans les moyens, plus ou moins ingénieux, auxquels ont recours les disciples de Mahomet pour concilier ces sortes d'antinomies, ces assertions contradictoires.., il y ait recherche, raffinement, tour de force, sophisme si l'on veut : peu importe. En fait, une louable tendance au libre arbitre, ou à ses équivalents, caractérise les commentaires religieux qui sont usuels et pédagogiques en Turquie. En fait, l'enseignement y est donné aux populations dans le sens moral, et non dans le sens

---

[1]) Ben Pir Ali, chapitre VIII.

[2]) *Lâ youkallifou 'Llahou nafsan illâ wos'ahâ.* (Cor. *sur* II, v. 286.)

fataliste. — Eh bien, c'est des faits (des faits plutôt que des systèmes) que l'ethnographe doit tenir compte.

Si les musulmans regardaient tout de bon les choses comme tellement déterminées et fixées d'avance, que l'action humaine ne pût jamais faire fléchir le décret divin : assurément la PRIÈRE, adressée soit aux hommes soit à Dieu, aurait perdu à leurs yeux le côté sérieux de sa valeur; et supposé qu'ils la conservassent dans leur culte à titre d'hommage pieux, au moins leur semblerait-elle inutile à titre de DEMANDE. — Or, bien s'en faut qu'il en soit ainsi : non seulement ils la prescrivent, mais ils en admettent l'efficacité, pour ce monde et pour l'autre. Une tradition, très-répandue parmi eux, attribue au Prophète cette parole : « la prière est l'arme du croyant [1]. » Que l'apophtegme vienne ou non de Mahomet, il s'est pour ainsi dire monétisé en Orient; or, dès qu'il y a pris cours, c'est que telle y était la pensée universelle; comme d'ailleurs le prouveraient au besoin mille exemples, dont nous ne citerons que deux ou trois :

Compromis et malheureusement englobés dans la révolte de leur compatriote Mahmoud Tarabi [2], les citoyens de Bokhara demeuraient exposés, après la défaite de ce factieux, à toute la vengeance du sultan resté vainqueur. On arrivait pour mettre la ville à feu et à sang, lorsque des gens sages sortirent au devant des Mongols, et les

---

[1]) *Ed-do'â, sèlahh el-moumen.*

[2]) Vers l'an 636 de l'heg. sous le règne de Djagataï-Khan, fils de Djinguiz-Khan.

supplièrent d'attendre que l'on eût pu s'aller expliquer avec l'émir Caratchar, premier ministre de Djagataï-Khan. Les généraux ayant permis à l'ambassade de pénétrer jusqu'auprès du grand-visir, celui-ci arrêta la marche des troupes et s'opposa à toute vexation ; en sorte, dit Khond-Emir [1], que, grâce au rôle pris par cet homme équitable, les Bokhariens furent délivrés du péril qui les menaçait.

Une autre fois, pareil danger pour eux, pareille cause de salut, et, de la part des historiens, pareille réflexion. On avait formellement ordonné de mettre à mort la population de Bokhara, et cette grande ville allait périr, lorsque l'arrêt fatal fut écarté par l'intervention du vizir Mahmoud Yelvadje, « aussi efficace, aussi puissante, dit « Djouveïni, que *la prière du juste* [2]. »

Les habitants de Nischabour, tyrannisés par un gouverneur stupide et cruel, lui écrivirent, dans une requête dont le souvenir s'est conservé [3] : « Renonce à tes ac-» tes d'injustice ; car, si tu en poursuis le cours, nous » travaillerons à les faire cesser, et cela sans recou-» rir à la révolte. Nous nous adresserons au Tout-» Puissant. Et, songes-y, ce seront de puissantes flèches, » décochées contre toi, que nos prières du matin [4]. » — Impossible, à coup sûr, de montrer plus de ferme persuasion qu'il n'y en a là, de l'influence de l'homme sur les événements.

Avançons ; et frappés, à chaque pas, de faits directe-

---

[1]) Khond-Emir, *Habib Essiyer*.
[2]) ʿAladdin Djouveïni, *Tarikh-i djihan cuschaï*.
[3]) C'était sous le règne de Toghril-beg, vers l'an 430 de l'hégire.
[4]) Hamd-Allah Mustaufi, *Tharikh-i Guzideh*.

ment contraires à tous nos préjugés, nous allons marcher de surprise en surprise.

Parmi les petits morceaux arabes qu'a recueillis et publiés M. Grangeret de la Grange [1]), il en est un dont les deux premiers distiques parlent clairement contre le laisser-aller, et montrent combien, par exemple, on croyait réel l'effet de soins médicaux judicieux : O toi, dit le poète,

« O toi qui t'exposes au péril et négliges les règles » dont l'observance maintient la santé, ton jour fatal » viendra (toujours assez tôt); ne va pas toi-même au » devant, et ne te laisse point dominer par l'indiffé- » rence et l'inertie [2]). »

Dans un vieux traité persan sur les échecs, on fait valoir, au nombre des « dix perfections » qu'est supposé renfermer ce jeu célèbre, celle de représenter par des exemples la doctrine musulmane (*sic*). — Or, quelle est la raison qu'en donne l'écrivain? — Assurément elle étonnera bien du monde.

« C'est, dit-il, qu'astreint à l'observance de règles qui » se combinent avec sa propre fantaisie, un joueur d'é- » checs fait mouvoir A VOLONTÉ ses pièces, et néanmoins » se trouve dominé par certaines lois. De même sur la » terre, » ajoute le livre, « les hommes AGISSENT LIBRE- » MENT, et restent néanmoins sous l'empire de la prédes- » tination divine [3]). »

Ainsi, l'accord mystérieux de la libre volonté de

---

[1]) Anthologie arabe, p. 67.

[2]) Proprement : « et ne reste pas assis sur ton derrière. »

[3]) C'est le mot célèbre de Fénélon : « L'homme s'agite, mais Dieu le mène. »

l'homme et des décrets de la providence de Dieu, telle serait, selon l'auteur persan, l'essence de la doctrine musulmane. Voilà, du moins, comment il la comprend, lui; — lui laïc, à la vérité, mais qui, du moins, ne se figure en cela rien dire d'hétérodoxe, ni même d'extraordinaire, et dont le langage est l'expression toute simple des idées au milieu desquelles il a vécu [1].

— C'est fort singulier, dira-t-on; mais après tout, vous citez un Arabe et un Persan, non pas un Turc.

— Eh bien, parlons des Turcs uniquement. Voyons si le terrein changera.

En premier lieu, on ne songe guère, à ces proverbes osmanlis, si connus, et certes si caractéristiques :

« Celui qui maîtrise sa langue, met ses jours en sûreté. »

« Sacrifions la barbe pour sauver la tête. »

« Attache d'abord bien ton âne, et puis tu le recommanderas à Dieu [2]. »

---

[1]) Le nom de cet auteur, on ne peut pas le donner, parce que l'unique exemplaire que jusqu'à présent on possède de son livre, est un manuscrit fort délabré, où manque le feuillet du titre. Mais ce précieux ouvrage, accompagné de vieilles figures très-curieuses, n'en est pas moins le principal et le plus ancien des traités orientaux existants sur le jeu d'échecs, — traités qui ont été réunis par M. Bland (Londres, 1850), — et son authenticité ne saurait former l'objet du plus léger doute. A l'époque où le major David Price rapporta de Perse cet antique et rare codex, — plein de traditions si intéressantes sur les règles primitives du *schatrandge* et sur les personnages historiques qui ont jadis aimé ce jeu, — personne ne songeait à y remarquer la phrase que nous citons, laquelle n'a certes pas été introduite pour le besoin de la thèse qu'on établit ici.

[2]) C'est l'équivalent de notre adage : *Aide-toi et le Ciel t'aidera.*

On perd de vue aussi, — et cependant ils sont assez remarquables pour ne pas être oubliés, — d'autres maximes turques, où éclate non moins clairement la croyance à la réalité de la détermination propre. Quoique ces magnifiques apophtegmes, conçus dans des termes plus nobles que les proverbes précédents, n'aient point passé à l'état de dictons vulgaires, on ne saurait les regarder comme étrangers à la foule, — répétés qu'ils lui sont par les docteurs, les imans, les khatibs, et insérés qu'ils se trouvent dans des recueils ottomans.

« Le désintéressement nous garantit de bien des chutes; »

« Qui a recours à Dieu n'est pas dépourvu d'assistance ; »

« Quand c'est par sa faute qu'on est tombé, on a perdu le droit de se plaindre ;

» Fais du bien à tes ennemis, et tu auras Dieu pour ami [1]. »

De pareils adages, sans doute, restent compatibles avec le pieux effroi qu'éprouve le musulman pour toute ombre de pélagianisme, voire de sémi-pélagianisme; mais compatibles avec le fatalisme, non. Evidemment ils impliquent la doctrine d'un certain degré de concours libre; et dans l'hypothèse fataliste, ils n'offriraient aucun sens quelconque, ils seraient l'absurdité même. Ainsi, le peuple turc, par cela seul qu'il les a formulés dans sa langue, montre bien qu'au fond, et tout en regardant les choses avec d'autres lunettes que les nôtres, il discerne

---

[1]) Les gens qui en Europe voudront lire le texte de ces apophtegmes, le trouveront dans la *Grammaire turque* de Jaubert, ainsi que celui des trois proverbes précédents.

aussi nettement que nous, soit d'avec *le hasard,* soit d'avec *la force supérieure invincible*, les effets propres de l'action humaine, ceux de la prudence ou de la vertu.

Eh ! ne les voit-on pas préconisés, mis en lumière, ces avantageux effets, d'un bout à l'autre de l'histoire des Ottomans écrite par l'annaliste Saad-Uddin Effendi ! Ne fait-il pas ressortir, par exemple, les bons résultats qu'amène la judicieuse conduite du sultan Mourad? A la vérité, il ajoute que le succès des mesures du vieux prince se trouvait concourir avec la prédestination divine; mais un tel accord fait partie aussi des religions d'Europe, et Bossuet lui-même ne s'exprimerait pas autrement.

Ainsi, au résumé, chez les Turcs, la négation du libre-arbitre est de pur *decorum ;* elle se réduit à un énoncé abstrait, circonscrit dans les limites de la sphère scientifique et spéculative [1]).

Ce n'est donc point de là, comme nous nous l'imaginons à Paris, que provient la faiblesse présente des Osmanlis. Elle tient A D'AUTRES CAUSES, lesquelles ne remontent guère qu'à deux cents ou deux cent cinquante ans ; et la décadence qu'ils subissent depuis lors, on y a vu parfois tomber d'autres peuples, nourris sous l'empire de codes religieux très-différents [2]).

---

[1]) Voir la note finale B.

[2]) Témoins les Espagnols, par exemple, qui avaient vu décliner, d'une effrayante manière, sur leur sol, l'agriculture, l'industrie, le commerce, la population enfin, — et qui, réduits, en moins de quatre cents ans, au quart de leur nombre, se trouvaient être descendus, de trente-six ou trente-huit millions d'hommes (chiffre des habitants de la Péninsule en 1492), à celui de neuf millions (leur chiffre en 1806). — Par parenthèse, ils ont toujours remonté depuis lors ; et cela au milieu de crises politiques perpétuelles, qu'on avait supposées devoir leur être mortelles.

Attribuer uniquement à l'acceptation dogmatique du fatalisme l'état actuel de débilité de l'Orient, — c'est une explication commode, dont nous avons pris l'habitude, et qui fournit, pour nos rhéteurs, le sujet de vingt ou trente belles phrases toutes faites. Mais à ces lieux-communs, creux et sonores, qui nous sont débités sans cesse, il manque une petite chose : LA VÉRITÉ [1].

Car les mêmes doctrines, dont on s'exagère jusqu'à l'absurde l'effet politique, elles étaient professées à Bagdad sous les grands califes abbassides, dont elles n'empêchaient point le rôle civilisateur.

Car elles l'étaient à Cordoue, sous les califes d'Occident, lorsque l'Andalousie, devenue un foyer de savoir, de littérature et de politesse, jouissait en même temps d'une opulence agricole et manufacturière qu'elle n'a pas encore retrouvée depuis.

Car elles dominaient en Egypte, à l'époque si brillante des Fatimites, ou de leur illustre successeur Saladin, quand le Caire avait douze cent mille âmes et que le Nil était sillonné par trente-deux mille bateaux.

Car elles régnaient à Ispahan sous Schah Abbas, quand la Perse, si florissante, portait les arts et les métiers à un degré de perfection dont Lyon serait presque jaloux aujourd'hui même.

Car enfin, — et pour nous renfermer dans le cercle des peuples turcs — l'enseignement dont il s'agit était en pleine vigueur, soit dans l'Anatolie et le Diarbékir sous les célèbres sultans seldjoucides, la fleur des princes de leur époque; soit plus tard sur les deux rives du

---

[1]) Voir, à la fin, la note C.

Bosphore, centre du vaste empire de ces heureux monarques ottomans qui, maîtres de la Mer noire et de la Crimée, aussi bien que de la Grèce, de l'Asie mineure, de la Syrie, de l'Irac, de l'Egypte, de l'Algérie et de l'Arabie, envoyaient de puissantes flottes faire respecter leur nom jusque sur la côte du Malabar.

Certes, telle ou telle abstraction théologique, — souveraine peut-être sur les bancs des écoles, mais insignifiante dans ses résultats hors de là, — n'ôtait rien à la splendeur de Stamboul, par exemple, sous Soliman-le-Magnifique ; prince opulent, généreux, admiré, dont les formidables armées observaient une telle discipline (n'oublions pas ceci) que lors de ses expéditions vers le Danube hongrois, les populations locales jouïssaient, à côté de ses troupes, JUSQU'AU MILIEU DU CAMP MUSULMAN, de plus de liberté individuelle, et même, pour leur petit commerce, de plus de sécurité, que les Européens n'en trouvaient alors dans leurs propres villes, — fût-ce en Italie, pays pourtant du progrès et des arts ; — en sorte qu'il semblait, selon l'expression restée fameuse des ambassadeurs vénitiens, tout abasourdis d'un pareil spectacle, « que les chrétiens fussent les Turcs et que les Turcs fussent les chrétiens [1]. »

Au reste, une remarque dernière, — et qui certes est péremptoire, — terminera toute discussion possible, sur la nature, sur la véritable portée, du fatalisme oriental.

S'il y a au monde, tant pour la pensée que pour le

---

[1]) *Che li christiani* (dialecte vénitien) *fossero li Turchi, e li Turchi li christiani.*

style, quelque chose d'essentiellement turc, — de *turquissime* pour ainsi dire, — c'est à coup sûr le livre de Wasi Ali Tchélébi, docteur et magistrat considéré, qui, après avoir professé au collège d'Andrinople le droit et la théologie, mourut cadhi de l'importante ville de Brousse sous le règne de Soliman ; c'est le fameux *Humayoun Nameh*, ouvrage classique, dont les Ottomans, depuis trois siècles, proclament la double orthodoxie, religieuse et littéraire. — Eh bien, consultons-en les pages; qu'il décide lui-même du point contesté.

Après avoir d'abord, très-convenablement, d'une manière touchante et grave, prêché la résignation aux lois d'en haut, et montré la nécessité de ne point trop s'inquiéter de l'avenir, mais de compter beaucoup sur la Providence, dont il fait sentir l'intervention par des exemples consolants ; — après avoir (en des termes qui rappellent vivement à notre mémoire, à nous Occidentaux, d'admirables recommandations évangéliques bien connues) exhorté les gens à un doux et sage abandon, fondé sur la bonté céleste ; — le *Humayoun Nameh* en vient à expliquer COMMENT et DANS QUELLE MESURE, néanmoins, doit être entendu ce principe, — dont ce serait folie, impiété même, que d'abuser, puisque Dieu n'approuve ni la déraison ni la paresse. — Or, rien de plus frappant que l'apologue dont se sert le pieux cadhi pour inculquer cette vérité.

Certain derviche, dit-il, vit un jour un pauvre petit corbeau, non encore couvert de plumes, qui, privé de ses père et mère, allait périr d'inanition.., lorsqu'un faucon, du haut des airs, s'en vint lui donner la becquée. Témoin de ce merveilleux exemple de la paternelle vigilance d'Allah, le fakir résolut soudain, pour honorer Dieu par une confiance illimitée, de ne plus rien faire du tout, — de rester immobile et en prières, — et de s'en remettre au Ciel du soin de sa subsistance.

Mais, n'étant point orphelin ni sans ressources, comme l'était le jeune oiseau, le derviche avait-il quelque juste raison d'espérer des exceptions et des prodiges ?— Non. Sa foi téméraire ne lui fut d'aucun avantage. Comme il avait *tenté* la Providence, la Providence le délaissa ; et réduit, faute d'aliments, à une telle faiblesse qu'il ne pouvait plus s'acquitter même de ses pratiques religieuses obligatoires, il était sur le point de mourir absolument de faim.., lorsque Dieu, prenant pitié de lui, en faveur d'intentions pures quoique aveugles, — lui accorda, pour unique miracle, l'envoi d'un prophète, chargé de l'éclairer et de le réprimander à la fois. « O » mon serviteur, » lui fit dire Allah, « j'ai donné pour » base à l'édifice de l'univers les causes secondes, — et » par conséquent le travail, qui doit en tirer parti. — Il » est bien vrai que je pourrais, sans concours de ta » part, t'accorder ce dont tu as besoin : ma TOUTE-PUISSANCE en serait maîtresse ; mais ma RAISON, qui règle » le cours des choses, ne les a point ainsi ordonnées. » Voudrais-tu donc, par un excès d'appui pris en ma » bonté, rendre stérile ma sagesse ? »

Et là-dessus, voici ce qu'ajoute, pour être plus formel, le théologien musulman :

« On voit, par cette fable, que chacun ici-bas est tenu » d'agir, personne n'étant sûr d'avoir levé le voile des » causes secondes. — Supposé, d'ailleurs, que Dieu, dai- » gnant correspondre à notre sécurité sans bornes, nous

» octroyât miraculeusement l'objet de nos désirs : eh » bien, cet avantage encore ne nous vaudrait pas ce que » nous eût valu la rétribution d'un loyal et solide labeur. » En effet, les profits de la confiance ne sont que pour » celui qui se confie, — tandis que les fruits du travail » se communiquent au prochain ; or, c'est une œuvre ex» cellente que de procurer du bien à autrui, car LE » MEILLEUR DES HOMMES EST CELUI QUI SE REND UTILE AUX » HOMMES. En se laissant aller à l'inaction, on est conduit » à DEMANDER AUX AUTRES les mêmes services qu'on aurait » pu LEUR RENDRE ; et cependant, la main qui donne est » bien au-dessus de celle qui reçoit. »

Ainsi s'exprime, nous le répétons, un docteur éminent et autorisé, dont le livre, célèbre en Turquie, y fait partie des bibliothèques de toutes les mosquées.

Si donc, nous autres Occidentaux, toujours infatués de nos mérites, nous nous figurons posséder seuls la notion des responsabilités de conscience, ou du moins rendre seuls hommage à cette *activité morale* que l'homme a pour devoir de déployer, et dont le principe de résignation ne le dispense pas ; — si l'Europe vit à cet égard dans des persuasions grossièrement erronées sur le compte d'autrui : — à qui la faute ?

Les Ottomans, sur ces matières-là, se sont expliqués assez haut, comme on voit, pour que nous ne puissions en aucune façon les accuser d'avoir donné lieu à méprise.

Hélas, il faut bien l'avouer, quoique l'aveu soit peu flatteur : — elle ne vient... QUE DE NOTRE IGNORANCE.

NOTES.

Note A.

« Concevable ou non, ceci est sûr ; on ne saurait le révoquer en doute. »

Avant même sa démonstration par toutes sortes de témoignages, ce fait, nonobstant son apparence un peu étrange, n'aurait jamais dû être regardé comme impossible *a priori*. Est-ce donc que l'on n'avait pas sous les yeux, dans nos propres contrées, certaines réalités historiques singulières, nous ne dirons pas du même ordre, mais enfin d'un ordre analogue ou correspondant? — Sans vouloir établir ici une parité qui ne sied point, au moins faut-il convenir que la voie des inductions était ouverte, et que les phénomènes moraux d'un pays pouvaient faire comprendre l'existence des phénomènes d'un autre. L'Occident, ce semble, jetait sur l'Orient une lumière capable d'éclairer bien des choses.

Chacun sait, en effet, que, malgré le dissentiment de l'Eglise et des Sectes sur le difficile chapitre qu'a eu jadis à élucider la congrégation romaine *de Auxiliis*, il y a là des points de surnaturalisme à l'égard desquels toutes les communions chrétiennes sont d'accord, et qui néanmoins semblent amener aussi un embarras logique ou naturel, précisément du genre en question.

Soit qu'elles fassent ou non une part à l'exercice de la faculté connue sous le nom de libre-arbitre, toutes ces communions déclarent que sans la GRACE, — sans la première grâce surtout, qui n'est due à personne et qui tient au bon plaisir de Dieu, —

l'homme ne peut opérer, pour la vie éternelle, rien, absolument rien, d'efficace ; « pas même FORMER UNE BONNE PENSÉE. » Orthodoxes ou hétérodoxes, tous les docteurs chrétiens (*) enseignent, d'après saint Paul, que le salut d'une âme n'est au pouvoir ni de sa plus ferme volonté (*neque volentis*), ni de ses plus énergiques efforts dans la route (*neque currentis*), mais de la miséricorde de Dieu (*sed miserentis Dei*) (**), lequel a pitié de qui il veut (*miserebor cui voluero*) et se montre clément envers qui il lui plaît (*clemens ero in quem mihi placuerit*) (***). — Or cependant, à la suite d'enseignements si formels, nos prédicateurs n'en exhortent pas moins chaque Fidèle à travailler de toutes ses forces pour gagner le ciel ; et en lui tenant ce langage, ILS NE PENSENT NULLEMENT SE CONTREDIRE.

Eh bien, quelque chose de plus ou moins similaire (si le mot de *comparable* est impropre) se passe chez les musulmans : leurs déductions théologiques diffèrent beaucoup aussi de ce qui aurait semblé, selon la simple raison, devoir sortir des flancs de leur théorie.

Il ne faut jamais nier LES FAITS, soit qu'on puisse ou ne puisse pas les expliquer.

Note B.

« Elle se réduit, chez les Turcs, à un énoncé abstrait, circonscrit dans les limites de la sphère spéculative, et dégagé des corollaires que nous lui prêtons. »

Dans l'habitude où l'on est de n'avoir jamais la même balance pour les autres que pour soi, nous voyons matière à blâme, (peut-être même à invectives) là où souvent n'existe que l'équivalent de nos idées, mais sous un costume étranger, qui nous empêche de

---

(*) Sauf, bien entendu, les pélagiens et les sémi-pélagiens.
(**) S. Paul. *Ad. Rom.* IX, 16.
(***) *Exod.* XXXIII, 19; *Ad Rom.* IX, 15.

les reconnaitre. A quelles déclamations, par exemple, ne se livrerait-on pas, si c'était en langue turque que l'on rencontrât les vers suivants, où Dieu est si bien dépeint non seulement comme prévoyant, mais comme prédestinant, la carrière de chaque individu :

Il me souvient des œuvres de Fortune ;
De sa façon, à plusieurs importune ;
Mais je ne suis
Homme à vider l'eau d'un si parfond puits (*).
Elle a bon maître, elle a un ferme appuids :
C'est DIEU, en somme.
Dieu, dès tout temps, sçait la voye de l'homme,
Soit bien, soit mal, — que fortune l'on nomme. —
Sa prescience à tous DESTINE comme
Leur en doit prendre (**).

Or ces vieux vers, quoiqu'ils soient d'un contemporain de Mahomet II (***), ne sont nullement d'un de ses soldats. Ils furent écrits au milieu de la France très-chrétienne, par un ancien serviteur du roi Charles VII, et jamais personne ne s'est avisé de les trouver hétérodoxes.

Note C.

« Mais à ces lieux-communs, creux et sonores, il manque une petite chose : LA VÉRITÉ. »

Non pas que tout, dans la fausse opinion qui a prévalu à ce sujet; non pas que tout, disons-nous, soit absolument dépourvu de fondement; car souvent, aux plus grossières erreurs, se mêle quelque chose de vrai.

Il va sans dire que nul homme à qui l'on fait des reproches,

(*) L'eau d'un puits si profond. On connait la *Val parfonde* des romans carlovingiens : *vallis profunda.*

(**) Leur en doit arriver. On dit encore aujourd'hui « *Bien m'en a pris* de faire telle chose, » pour « bien m'en est advenu. »

(***) H. Baude, en 1462 (*Regrets et complainte*).

ne reste sans essayer une apologie quelconque. Depuis donc qu'arrivée à son âge de décadence, la Turquie était tombée dans le découragement, ceux d'entre ses citoyens qui prenaient le plus complétement le parti d'abandonner la lutte et de se laisser aller à la langueur, alléguaient naturellement pour excuse « qu'il est bon de se résigner aux décrets de la Providence. »

Mais il ne faut pas s'y tromper : c'était là le prétexte, et non la cause. En Espagne, au siécle dernier, les voyageurs auraient pu être témoins d'un ensemble de faits tout pareil. Là de même, la paresse, une fois établie, avait cherché à se justifier de mille manières; or, là aussi, elle avait notamment fait valoir des motifs de pieuse indifférence. Ne voulant pas sortir d'une langueur commode, — qui pourtant menaçait chez eux de paralysie le corps social, — les Espagnols fermaient l'oreille aux conseils de l'activité, en la repoussant sous le nom de mondanité. Ce n'était là qu'une autre forme du phénomène observé en Turquie.

D'ailleurs, croit-on qu'en Orient même, la torpeur n'existe jamais que chez les disciples du Coran?

Il n'y a qu'à voir, par exemple, dans le *Moniteur universel* du 29 janvier 1855, les détails d'un incendie arrivé le 18 à Patras, ville grecque et non point turque, où le feu n'aurait assurément pas été éteint sans la présence des matelots français. A lire les détails de la chose, on ne sait que dire du rôle de la population locale. Jamais des Turcs, dont on a tant l'habitude de citer l'excès de sang-froid, n'auraient été ni plus passifs ni plus sots.

Certes, s'il y avait eu là le moindre groupe de musulmans, on n'aurait pas manqué d'attribuer à l'action de l'islamisme tant d'aveuglement et d'inertie. Par malheur pour la théorie, et au grand mécompte du lieu-commun, il ne se trouvait pas sur le port de Patras un seul individu qui sût le *bismi'llah*; en sorte que force est aux phrasiers de découvrir d'autres explications.

L'ORIENTALISME

RENDU CLASSIQUE.

TROISIÈME ÉDITION.

L'ORIENTALISME

RENDU CLASSIQUE

DANS LA MESURE DE L'UTILE ET DU POSSIBLE.

Lillah el-maschreq wa'l-maghreb.
A Dieu appartiennent l'Orient et l'Occident.
(*Cor. sur. II, 109.*)

Sordent hausta nimis; puros accedere fontes
Nunc juvat. Emergunt non cognita scripta Latinis:
Tùm quæ sævus Arabs cecinit modulamine prompto;
Tùm quibus incumbunt, Zoroastris pauper et exul
Plebs, Ormazicolæ; tùm sinica carmina, vel quas
Grandes Iliadas nobis vetus India promit.

***

Avis. — Ce travail, qui, dans l'origine, n'avait point ses appendices, mais qui présentait, en revanche, des aperçus administratifs supprimés depuis, — consistait primitivement en un Mémoire à consulter, écrit pour le Ministère de l'Instruction publique. Certaines indications fort claires, transmises à l'auteur, lui firent comprendre qu'il y avait lieu d'appeler aussi, sur la question, l'étude des hommes lettrés; et le mémoire devint brochure (1853). C'est alors qu'il changea de titre (*).

Réimprimé l'année d'ensuite, il le fut avec un Sup-

(*) Il s'était tout bonnement appelé d'abord : *Un moyen d'augmenter le mouvement vital des Facultés des Lettres.*

plément, qui faisait surtout connaître les progrès de l'idée orientaliste.

Le cours du temps semble à présent exiger encore une manifestation nouvelle; mais les raisons fournies en 1854 étant très-suffisantes, et tout ce qu'on y pourrait ajouter n'ayant plus rien d'essentiel.., essayer de DIRE LES CHOSES AUTREMENT serait un soin superflu : le seul point important est de les faire de mieux en mieux connaître. Ce dont peut avoir besoin le plaidoyer d'une cause excellente, victorieuse par elle-même, ce n'est pas d'être fortifié : c'est d'être répandu.

Nous reproduisons donc simplement, à peu près sans y rien changer, l'*Orientalisme rendu classique,* dont la troisième édition sera ainsi moulée sur la seconde. Quarante mois écoulés, loin d'avoir vieilli l'opuscule, n'ont fait qu'ajouter à sa force.

AVERTISSEMENT

DE LA PREMIÈRE ÉDITION.

(1853.)

Comme des personnes graves ont jugé que les considérations présentées ci-après, sur un des principaux moyens possibles de ranimer les Facultés des Lettres, ne devaient pas uniquement arriver sous les yeux de l'Autorité, mais être soumises aussi à l'examen du monde savant, — nous nous faisons une loi de déférer à leur avis.

Toutefois, il serait superflu, ce nous semble, de livrer pour cela à l'impression le Mémoire entier, dont certaines parties n'avaient qu'une utilité relative. — Nous aurons fait assez pour répondre à l'espèce de nécessité qu'on nous signale, si nous publions les portions essentielles de notre labeur ; si nous réimprimons, par exemple, le long fragment qu'a jugé à propos d'en extraire, et d'insérer avec bienveillance dans ses colonnes, une feuille consacrée aux sciences, l'*Athenæum français*. En effet, la partie choisie là, était bien, au point de vue du public lettré, la partie importante, puisque l'autre moitié du morceau touchait à des côtés de la question moins scientifiques et plus administratifs.

On se bornera donc à reproduire ici, comme très-suffisant, — comme avantageux d'ailleurs à la cause, — l'article même de l'*Athenæum*. Car, d'une part, cet article renferme, comme citation prise de notre texte, une série de passages étendus et suivis, lesquels coïncident à peu près avec la totalité des arguments dont là dedans il peut être bon que le public ait connaissance ; et de l'autre, c'est quelque chose, pour attirer l'attention de maints lecteurs, — hommes instruits et sensés, mais à esprit timide ou paresseux, — que l'assentiment déjà donné aux raisons et aux conclusions du Mémoire, par un journal qui est l'œuvre d'*académiciens*, notamment d'orientalistes connus.

EXTRAIT DE L'*ATHENÆUM FRANÇAIS.*

UN MOYEN

D'AUGMENTER LE MOUVEMENT VITAL

DES FACULTÉS DES LETTRES

ET D'ACCROITRE LEUR UTILITÉ.

« Un mémoire adressé au Ministre de l'Instruction publique, et dont nous avons obtenu communication (*), nous a semblé toucher à des points si importants, et renfermer des choses si vraies, si conformes aux intérêts de la science, que nous croyons devoir, par extraits, le faire connaître aux lecteurs de l'*Athenæum*.

» Après avoir, dans un premier chapitre, posé des généralités, et avoir indiqué, dans un second, que les Facultés des Lettres, précieuses institutions dont l'influence peut devenir de plus en plus utile (**), gagneraient à élargir et à renouveler un peu le thème de leurs leçons, — l'auteur en vient à montrer combien elles prendraient

---

(*) C'est ici la Rédaction de l'*Athenæum* qui parle.

(**) Non pas que ces chapitres (comme ceci le donnerait peut-être à penser) aient aucunement débattu la question théorique des divers systèmes d'enseignement, libres, obligatoires ou mixtes. Prenant pour point de départ l'état présent des choses, le Mémoire n'examine que le meilleur parti à tirer des institutions françaises existantes.

un rôle avantageux, par exemple, en s'emparant d'une tâche attrayante à la fois et profitable : l'enseignement des littératures *primitives*, qui jette de tels flots de lumière sur les littératures *dérivées*.

» Ici, nous le laissons parler : »

A l'époque, déjà éloignée, qu'on a nommée la Renaissance, un grand mouvement s'opéra ; un vigoureux élan fut donné aux études, par la connaissance désormais approfondie du grec et du latin. Deux langues si remarquables, dont la possession venait d'être reconquise, ouvrirent largement au monde lettré les trésors de l'Antiquité classique ; et c'est sur ce fonds, depuis lors, qu'a vécu en grande partie la haute civilisation européenne.

Mais, quelque riche qu'il fût, il avait des limites ; et si jamais ses metteurs en œuvre l'ont regardé comme inépuisable, ils se sont fait une grande illusion. Quand l'or qu'on avait découvert là n'eût pas été mêlé de bien des scories, pouvait-il subvenir sans fin à l'ardeur des recherches incessantes ? Non. Et quiconque ne se laisse point duper par le spectacle d'évolutions répétées mais stériles.., doit aisément voir, qu'en fait de philologie, nous en sommes réduits à ressasser perpétuellement d'anciens sables aurifères, déjà dépouillés de leur métal.

Eh bien ! quand la Colchide a eu donné toutes ses richesses, on en a demandé au Tage et au Pactole ; quand le Tage et le Pactole n'ont plus rien fourni, on a exploité le Pérou ; à présent que le Pérou vieillit, on se jette sur le Sacramento. Telle est la marche naturelle des choses; et les Facultés des Lettres, qui se consument en efforts exclusifs sur le terrein du grec et du latin, dont il n'y a plus que si peu de choses neuves à faire sortir, ont besoin d'une Californie.

Cette Californie, heureusement elle existe. C'est l'ORIENT.

Mais par où aborder une telle mine? — Par des côtés, quoi qu'on en dise, très-accessibles. — Mais quel parti en tirer? — Un très-bon, si l'on sait choisir.

Si l'on sait choisir, disons-nous. Car il est bien sûr que l'Orient, à vouloir le prendre dans son ensemble, nous déroulerait un programme beaucoup trop étendu, dans lequel une foule de points n'offriront jamais d'intérêt qu'aux savants tout à fait spéciaux, — et même où d'autres articles, quoique dignes de plus d'attention, ne sauraient pourtant descendre chez nous jusqu'à la sphère d'un enseignement tant soit peu répandu.

Ainsi, d'une part, on ne songera jamais en Europe à ériger des chaires de tchouvache, de tagal ou de lesghi; et de l'autre, quelle que soit l'importance ou de l'hindoustani, par exemple, — qui, tous les jours plus adopté autour du Bengale, servira bientôt de lien commun à cinquante millions d'hommes, — ou du chinois, qui, dominant sur un territoire plus vaste encore, nous offre non-seulement des annales deux ou trois fois millénaires, mais des romans et des drames précieux pour la connaissance des mœurs, — de tels idiômes ne sont pas arrivés, pour nous, au degré d'intérêt qui demande qu'on les répande beaucoup; et la chaire qui existe à Paris pour chacun d'eux, paraît satisfaire à peu près, quant à présent du moins, à la somme de besoin qu'on éprouve en France de les connaître (*).

Il n'en est pas de même de certaines autres langues, qui, ayant des rapports plus directs avec nous et avec les objets habituels de notre activité, — nous ouvrent un champ, soit plus facile à cultiver par nos travaux, soit au moins plus fertile en produits visiblement propres à notre usage.

Déjà l'on peut en nommer deux, pour lesquelles l'heure est parfaitement venue, et qu'il convient de faire entrer dès à présent dans la sphère, non pas sans doute des études courantes, mais de cet enseignement qui, intermédiaire entre celui des lycées et celui du Collège de France, est le patrimoine des Facultés universitaires, et doit imposer ses leçons au Doctorat, sinon à la Licence ès-Lettres.

De ces deux langues, la première, tout le monde l'a nommée d'avance. Évidemment, c'est LE SANSCRIT.

Le sanscrit, inestimable diamant, dont l'Inde peut s'enorgueillir à meilleur droit que du *Koh-i-nour*. Le sanscrit, qui, rien que par sa régularité savante et les vastes richesses de sa grammaire, mériterait d'être placé sur un trône au milieu des langues de l'Antiquité, quand même il n'aurait pas produit cette littérature éloquente et pure, si supérieure en moralité à celle des Grecs et des Romains (*a*); cette littérature immense, dont, par bonheur, tant de monuments se sont conservés, — depuis les ma-

---

(*) Non pas qu'il n'y ait, au fond, comme nous le dirons plus loin, des inconvénients à l'existence, toujours insuffisante, d'une chaire UNIQUE, en quelque genre que ce soit.

gnifiques épopées dont elle s'honore, antérieures aux âges homériques, jusques aux beaux et nobles drames écrits sous les inspirations d'un ordre de choses plus récent, vers l'époque du siècle d'Auguste. Le sanscrit, d'ailleurs, qui a formulé pour la première fois, sur la terre, des conceptions métaphysiques un peu suivies, et sans le secours duquel, assurément, la docte rêverie gangétique aurait eu peine à produire ces ouvrages abstraits, où règne une incroyable puissance d'analyse. — Ce fut, en effet, pour les Brahmes, une précieuse bonne fortune, que de pouvoir faire emploi d'un si merveilleux instrument; car, dans les travaux ontologiques, il y a, comme on sait, un degré de dissection qui, exigeant des scalpels raffinés, ne saurait être assez délicatement opéré que par trois idiômes au monde; par le sanscrit d'abord, et ensuite par les deux fils privilégiés qui, entre ses enfants, ont gardé le plus de traits de la physionomie paternelle : le grec et l'allemand.

Puis, outre sa valeur intrinsèque ou absolue, la belle langue dont il s'agit, a pour nous, Occidentaux, une valeur relative non moins grande. Comme c'est le plus ancien type conservé du groupe lingual connu sous le nom de famille indo-germanique, indo-perse, ou, mieux encore, indo-européenne; et comme TOUS NOS LANGAGES, EXCEPTÉ TROIS, appartiennent à ce groupe (*) : — l'étude du sanscrit se trouve intéresser A TITRE DE PARENTÉ presque tous les peuples de l'Europe (*b*).

Pour les Français en particulier, c'est un devoir for-

(*) Les deux premières exceptions sont pour le magyar et le finnois, appartenant à la famille hunnique; la troisième concerne l'euscarien ou basque, de la famille ibérienne.

mel, assurément, que d'entourer d'honneurs la langue sanscrite, qui, par tous les côtés, est aïeule de la leur.

Nous disons « *par tous les côtés;* » car, des quatre rameaux de la tige, — à savoir, la branche gréco-latine, la branche germanique, la branche celte et la branche slave, — il n'y a que le dernier rameau (le slave, resté pour nous à l'état de cousinage éloigné), qui paraisse nous concerner peu, et à l'égard duquel nous n'ayons aucun rapport de descendance. Quant aux trois premières branches, non-seulement elles nous sont parentes, mais tout ce que nous possédons, ce sont elles qui nous l'ont donné. Il n'existe rien, dans la langue de Corneille et de Voltaire, qui ne provienne ou de l'élément *gréco-latin*, — ou de l'élément *franc*, c'est-à-dire germain, — ou de l'élément *gaulois;* — or, cette triple origine fait triplement remonter notre idiôme national à la noble souche sanscrite.

Dût-on, au reste, soit en France, soit ailleurs, ne considérer que l'intérêt des études classiques ordinaires, en laissant à part la haute *littérature comparée* et la linguistique générale, — sciences dont il est difficile de traiter complétement l'une, et impossible d'aborder sérieusement l'autre, sans posséder quelques notions sur la langue de Valmiki et de Calidasa : — eh bien, à un point de vue tout vulgaire, il y aurait à désirer encore de voir s'établir parmi nous, dans une certaine mesure, la connaissance du sanscrit; sinon précisément chez *tous* les professeurs de nos lycées (quoiqu'elle ne dût être inutile à aucun), au moins chez ceux qui commentent et modifient des grammaires. Comment, en effet, dans un rudiment, réussir à rédiger, sur les particularités du grec et du latin, des remarques intelligentes et pleinement justes, — à moins d'avoir pu, en se plaçant soi-même au point de jonction des deux idiômes, observer, dans le tronc commun, l'origine des fibres qui, primitivement parallèles, divergent ensuite, mais gardent toujours entre elles une similitude reconnaissable?

En voilà assez sur le chapitre de la première des deux langues à introduire dans l'enseignement des Facultés.

La seconde, quelle est-elle? — L'ARABE.

Celle-ci ne semble pas, il est vrai, se présenter avec des droits aussi marqués. Étrangère à notre cercle lingual, puisqu'elle appartient au groupe sémitique, — elle ne fait vibrer dans notre âme aucun souvenir doux et cher; aucune de ces sympathies profondes, instinctives, que ne tarde pas à éveiller en nous le sanscrit, vieux portrait de famille où nous retrouvons à chaque instant notre image. — Ici, nulle chance de rencontrer du *classique*, dans l'acception (rétrécie peut-être, mais non à mépriser pourtant) où nos académies et nos écoles entendent le mot; rien, chez les auteurs arabes, ne témoignant de l'existence de ce goût pur, homérique, virgilien, racinien, qui, dans les antiques chefs-d'œuvre littéraires des bords du Gange, nous frappe d'une admiration mêlée de surprise (*). Ici, le tour de la pensée n'est plus le même; on est moins sévère sur le choix du beau; et la direction des idées, changée pour ainsi dire *de droite à gauche*, diffère presque autant de la nôtre que diffèrent entre eux les deux sens dans lesquels marchent les deux

---

(*) Sous réserve des observations faites ci-avant, au bas des pages 111 et 112.

écritures. — L'arabe, cependant, n'en est pas moins digne, bien qu'à d'autres titres, d'obtenir étude chez nous. Il mérite de s'y implanter, pour y donner certains fruits qui lui sont propres.

Et d'abord, en fait d'art poétique, c'est-à-dire de peinture exécutée par le langage versifié, ce ne sont pas du tout des œuvres nulles que celles des Arabes. Si nous voulions, pour rendre notre pensée, avoir recours à une alliance de mots plus claire et plus commode qu'elle n'est légitime, nous dirions que la *muse ismaëlique* (*) a des inspirations heureuses, et qu'inférieure, pour le tact et pour l'élégance, à la muse indoue ou à la muse gréco-latine, elle rachète souvent ce désavantage par son incomparable vigueur. Les affectations, les jeux de mots, les tours de force qui la déparent, sont rares chez les poètes de son âge d'or, c'est-à-dire chez les *scho'arâ* de la Péninsule, prédécesseurs ou contemporains de Mahomet; et on la voit encore, depuis, échapper plus d'une fois à cet esprit quintessencié. Du reste, il faut en convenir, elle a toujours gardé le caractère d'une sorte d'improvisatrice; aussi ses adeptes ne se sont-ils jamais élevés à des morceaux de longue haleine. Contents d'exprimer leurs sentiments et leurs pensées, ils n'ont pas su, les plaçant dans la bouche d'autrui, en construire des épopées ou des drames, et c'est en vain qu'on demanderait à la collection de leurs œuvres un grand poème quelconque. Mais il n'en est que plus curieux, peut-être,

(*) Qui dit ismaëlique dit sémitique. *Muse ismaëlique* est donc une métaphore peu naturelle, puisque l'idée de *muse*, allégorie créée par le génie tout âryan des Hellênes, est constamment demeurée étrangère aux Sémites.

d'étudier leurs impressions, si profondément personnelles, et de voir comment, pour les rendre, ils sont parvenus à se mouvoir avec aisance dans le cercle d'une versification dont le mécanisme réunit au mètre prosodique des Anciens la rime des nations modernes.

D'ailleurs, malgré le prix extrême qu'attachent les Arabes à cette savante facture, — ainsi qu'à celle de leur prose, souvent si minutieusement cadencée, — rien n'oblige l'Europe à les suivre sur le terrein de la rhétorique. Ils ont de quoi nous intéresser par des côtés plus importants.

Pendant plusieurs siècles, comme on sait, et notamment sous les grands califes abbassides, le peuple arabe, devenu le gardien des sciences, — qui ne se cultivaient plus guère que chez lui, — en conserva le dépôt; et quand il le transmit à d'autres, il ne le rendit pas sans l'avoir accru. Aussi, non-seulement nous découvrons, parmi les traductions qu'il avait faites, certains fragments d'antiquités perdues ailleurs (*c*), mais il nous a été aisé de constater de combien de progrès on lui est redevable. Si l'Asie et l'Afrique musulmanes s'en tinrent, pour la philosophie proprement dite, aux doctrines d'Aristote, plus ou moins bien commentées, — leurs habitants ne restèrent point stationnaires pour d'autres genres de connaissances : entre autres, pour la philosophie de l'histoire et du droit, dans laquelle Ibn Khaldoun est un prédécesseur si remarquable de Vico et de Montesquieu; ou bien pour la géographie et les voyages, où nous profitons encore à présent des relations rédigées par Ibn Haucal et par Ibn Batouta, et surtout du vaste savoir de l'Edrisi. Il en fut de même pour l'art de guérir, qui, perfectionné par les doctes médecins chargés de la clinique à Bagdad (ville où fut organisé le premier service d'hôpitaux réguliers), en vint jusqu'à pressentir mille choses mal à propos réputées modernes, et, par exemple, à pratiquer de premiers essais de lithotritie. On a cru qu'en mathématiques, et spécialement en astronomie, les Arabes n'avaient été que des copistes et de serviles imitateurs des Grecs : une telle opinion, qui cadrait mal avec la possession où nous sommes d'un globe céleste exécuté par eux dès le XIIIe siècle, ne peut plus se soutenir, depuis que, mieux renseignés, nous voyons Abou'l Wéfa signaler et décrire, dès l'an 975, le troisième mouvement irrégulier de la lune, cette *variation* dont la découverte passait pour un des titres de gloire de Tycho-Brahé ; depuis que se montrent à nous, soit Abou Hassan, substituant à l'emploi des *cordes* en trigonométrie, celui des sinus et des tangentes, soit Ben Haithem exposant clairement, huit cents ans avant Carnot, les éléments de la géométrie dite *de position*. Au reste, de pareils faits ne doivent pas étonner, de la part du peuple à qui appartient, sinon précisément la généralisation des calculs, — puisque les Indous, et même le Grec Diophante, lui en disputent l'invention, — au moins l'honneur d'avoir donné aux Italiens le signal de développer l'algèbre, et cela jusqu'au point d'y avoir fait entrer les équations du troisième degré (*).

Un idiôme dans lequel ont été tracés de tels bulletins de la marche de l'esprit humain, est un idiôme, à coup sûr, digne de faire partie du domaine de la civilisation ;

(*) Depuis la première édition de ceci, les travaux d'Al-Karkhi, découverts et publiés par M. Wœpcke, ont confirmé la chose.

on en jugerait ainsi partout. Mais nous sommes doublement tenus, nous autres Français, d'assurer ce résultat par un enseignement permanent, — nous qui, embrassant aujourd'hui l'Algérie dans notre territoire, avons acquis des milliers d'Arabes pour sujets et presque pour concitoyens. N'hésitons donc pas à regarder cette seconde exception orientaliste comme aussi motivée que la première. Ce que nous proposons de faire pour la plus riche des langues indo-européennes, faisons-le aussi pour la plus riche des langues sémitiques; et, par une mesure analogue à celle qui devra répandre parmi nos professeurs la connaissance du sanscrit, érigeons en France des chaires d'arabe littéraire (*).

Si nous ne parlons que de l'arabe régulier, ce n'est pas que nous méconnaissions la grande utilité de l'arabe vulgaire, lequel, au cas où il deviendrait chez nous plus répandu, faciliterait nos opérations administratives en Afrique, en formant des sujets pour ce pays, et peut-être même donnerait à plusieurs des élèves le goût de s'élever jusqu'à la littérature musulmane. Mais en définitive, — placé, comme on l'est dans ce mémoire, au point de vue universitaire et classique, — on ne saurait se dissimuler que l'arabe vulgaire (dont la division en plusieurs dialectes vient des degrés d'altération plus ou moins forts qu'il a subis) n'est pas tant un véritable idiôme à part, que le simple résultat de l'inobservance ou de l'ou-

---

(*) Il est de mode, chacun le sait, de dire « d'arabe *littéral;* » mais nous ne voyons guère de raisons pour conserver cet usage bizarre, — tradition tant soit peu pédantesque, qui n'est destinée à marquer aucune nuance utile, et qui même n'est pas sans inconvénients, à cause de l'amphibologie, puisque l'adjectif *littéral* a d'ordinaire en français un tout autre sens (*d*).

bli d'une partie des règles. Acquérir donc la connaissance de ce langage usuel, est surtout une affaire de pratique et de localité, dont n'a guère à se mêler la SCIENCE proprement dite. Ce qui, dans la question de l'arabisme, mérite avant tout d'intéresser un gouvernement éclairé, c'est la langue consacrée par les auteurs; celle dans laquelle écrivirent Averrhoès, Avicenne, Maçoudi, Hariri, Meydani, Cazwini, Abou'l Féda, Ben Khallican, Ben Khaldoun, Abdallatif, ou Makrizi (*). C'est la belle langue dans laquelle avaient chanté Lébid et les *scho'arâ* du désert, et qui, fixée par Mahomet, est demeurée comprise universellement, de Maroc à Chiraz, (si ce n'est de Maroc à Delhy), à cause du Coran; le Coran, adopté partout comme manuel scolaire, l'ayant mise jusqu'à présent à l'abri des ravages du temps (*e*).

Ici l'on pourrait s'arrêter; car, en un sens, le mémoire est complet, — puisqu'indiquant aux Facultés des Lettres l'une des voies à suivre pour redevenir vigoureuses, il a montré ce qu'elles peuvent gagner à l'emploi de ce puissant moyen, pour peu qu'elles mettent de bonne

---

(*) Ici nous venons d'écrire les noms à la juive, c'est-à-dire en y mettant *ben* pour *ibn*. Au moins, ainsi, nous avons évité de répéter des mots d'une horrible dureté, tels qu'*Ibn Khaldoun*, par exemple. N'était-ce pas assez que de s'être vu forcé à les écrire une fois? Nous nous adressons (qu'on ne l'oublie pas) à un simple public français, pour lequel il est à peu près impossible d'expectorer de pareils groupes de consonnes : *bnkh*.

Ces affreuses cacophonies n'avaient pas lieu autrefois, quand les voyelles finales de l'arabe n'étaient pas tombées en désuétude; quand on les prononçait en prose (comme il faut bien encore, pour la mesure, les faire sentir en vers), et quand par conséquent on avait la liberté de dire, sans être forcé de se disloquer les mâchoires, *Ibnou* Khaldoun, *Ibni* Khaldoun, *Ibna* Khaldoun.

volonté à entreprendre ainsi une chose nouvelle, utile, désirable, éminemment opportune.

Mais à un autre point de vue, bien s'en faut que tout soit dit. Des raisons subsidiaires, non développées encore, doivent doubler, aux yeux du Gouvernement, l'importance du rôle dont il est maître de se charger. Ce dont, en effet, il s'agirait pour lui, dans l'adoption de la mesure qu'on lui propose, c'est non-seulement de se faire le propagateur de la linguistique orientale, mais d'en devenir peut-être le sauveur.

Ceci exige quelques réflexions générales, et même un peu rétrospectives. Toute souhaitable qu'est la brièveté, encore faut-il cependant se rendre compte de l'état des choses; car ce sont les antécédents du projet, surtout, qui peuvent le bien expliquer, et donner à comprendre jusqu'à quel point seraient sérieux les avantages de la création demandée.

Il y a, pour chaque science, une époque majeure, — *pivotale* pour ainsi dire, — avant laquelle, nonobstant des travaux quelquefois longs, estimables (considérables si l'on veut), elle n'existe point, sinon en germe, — et après laquelle aussi, quoi que l'on puisse y ajouter de beau, voire même d'important, elle ne reçoit vraiment plus que des perfectionnements ou des applications, non pas un nouveau caractère; — car, à partir de là, dût-elle continuer à se développer, elle ne change plus dans son essence.

Cette époque décisive, non de gestation, mais d'enfantement; cette crise, lors de laquelle une science se constitue, — elle est arrivée, par exemple, sous Linné pour la botanique, sous Franklin et Volta pour la physique, sous

Lavoisier et Fourcroy pour la chimie. C'est DE NOTRE TEMPS qu'elle a lieu pour la linguistique et l'ethnologie.

Dès la fin du XVIIIe siècle, deux événements de haute portée, — l'héroïque dévouement scientifique d'Anquetil du Perron, et la soumission du Bengale à l'Angleterre, — avaient laissé entrevoir à l'Europe les sphères intellectuelles où conduisait l'étude de l'ancienne Asie; au XIXe, le génie humain s'est précipité à leur conquête, par la porte qu'on lui ouvrait. Et si jadis ce fut un beau spectacle, que le travail de cette ruche d'abeilles dont les essaims eurent pour guides les Alde Manuce, les Turnèbe, les Estienne, les Budée, les Scaliger ou les Casaubon, — c'en a été, de nos jours, un plus imposant, un plus admirable encore, que la féconde activité de tous ces grands orientalistes qui s'appelaient Champollion, Chézy, Abel Rémusat, Saint-Martin, Eugène Burnouf, etc.: brillants capitaines d'une phalange que commandait Sylvestre de Sacy, et dont plusieurs glorieux officiers survivent à leur général,

Soldats sous Alexandre, et rois après sa mort.

Or ils ont pu, c'est vrai, à cause du charme que porte avec elle la nouveauté, fixer sur leurs recherches l'attention publique; et, quelque énorme qu'ait été la masse si variée de leurs labeurs, ils ont réussi, en un certain degré, à en faire connaître les résultats. Jusqu'à présent, ils ont su donner à leurs efforts l'ensemble et le retentissement nécessaires, au moyen de la fondation de la Société asiatique : simple académie libre pourtant, qui, sauf quelques faibles allocations venues du dehors, n'a de ressource positive que la bourse de ses membres. Mais tout ce qu'on a eu le bonheur de produire ainsi, par voie de séances ou de publications, ne concerne que l'ordre de la pensée pure; que l'ordre littéraire, idéal, et ce qu'on pourrait nommer la floraison de la science. Quant à l'ordre de choses terre-à-terre, — c'est-à-dire où le savoir, afin d'être rendu permanent, reçoit une organisation matérielle et rétribuée, — il n'y a encore presque rien de fait. Le magnifique mouvement dont nous parlons, n'a guère eu jusqu'ici pour soutien, dans ce genre, que l'existence des chaires du Collège de France et de celles de l'Ecole spéciale des langues orientales : institutions visiblement insuffisantes pour assurer le renouvellement des fruits de l'arbre, aussitôt qu'il aura perdu, par les années, quelque chose de son premier élan de sève.

En confirmation de ceci, faut-il attendre des preuves éloignées? — Nullement. — Dès à présent, si l'on y regarde avec soin, on est à portée d'apercevoir, à l'horizon, les signes précurseurs des dangers dont se trouve menacé, sous le rapport de la perpétuité, l'enseignement des idiômes de l'Asie.

A part l'instant de la phase initiale, qui est celle des grandes découvertes, — la propension individuelle des jeunes linguistes, quelque forte qu'on la suppose, ne saurait suffire pour assurer à ce professorat le recrutement non interrompu dont il a besoin. Certes le goût de la science orientale subsistera, plus ou moins; on peut, on doit même, espérer que longtemps il restera vif; — mais enfin, pour que les amateurs se déterminent à voir, dans le curieux terrein qui les séduit, autre chose que le lieu d'une simple promenade d'agrément; pour qu'ils consentent à se livrer à l'orientalisme avec persévérance, avec tenacité, et pour qu'ils prennent le parti d'en faire exclusivement l'occupation de leur vie : besoin est que de tels sacrifices paraissent mener à des résultats personnels sérieux, dont la poursuite puisse être considérée comme *une carrière*. Sans cela, il ne se fera rien de durable ; car la passion seule, fût-ce la plus louable, est un véhicule trop peu sûr. Outre que souvent elle s'amortit avec l'âge, elle sera victorieusement combattue par l'incessante action des pères de famille, qui, ne voyant rien de lucratif au bout du chemin choisi par leurs enfants, parviendront presque toujours à les en détourner.

Il ne faut donc point compter sur des sujets propres à remplir les places dont nous parlons, tant qu'elles ne seront point créées tout de bon. Eugène Burnouf meurt, par exemple : — et, faute d'une chaire établie pour le zend, — cette précieuse langue, qu'il avait exhumée, retombe sous terre avec lui.

Au reste, si le mal est évident lorsqu'il n'y a point de chaire spéciale érigée, semblable péril n'est guère moins à craindre lorsqu'il n'y en a qu'une ou deux. Ainsi, en France, le sanscrit possède bien une chaire ; mais, comme elle y est unique, voyez quel petit nombre d'hommes se mettent en mesure de l'occuper ! A la disparition récente de son illustre titulaire, il n'a guère été rassurant, pour l'avenir, de voir combien peu de concurrents se disputaient un si bel héritage.

C'est chose toute simple. Pour se mettre laborieusement en état de mériter un poste difficile, il faut, nous l'avons dit, apercevoir devant soi quelques chances sérieuses de l'obtenir. Or y en a-t-il de telles, lorsque la chaire à occuper est la seule de son espèce ? — Non. — Personne, certainement, ne se donnera la peine nécessaire pour s'en rendre digne, quand la loterie de la candidature peut ne se présenter que quatre ou cinq fois par siécle. Ce sera toujours un métier peu couru, que celui d'élèves réduits à cette pauvre et pitoyable perspective, de dire à leur maître : « Monsieur, quand allez-vous mourir.., pour qu'à la fin je vous succède? »

Une chaire unique, on le voit, est sous certains rapports une chaire à peu près nulle. Huit ou dix chaires, au contraire, — quand il n'y en aurait que ce nombre pour chaque langue orientale à enseigner, — offrent déjà aux aspirants assez d'espérance d'en atteindre une, pour que les vocations véritables ne soient pas réduites à s'étouffer faute d'issues (*).

Il dépend du Gouvernement de faire cesser les graves inconvénients signalés ici. Qu'il introduise dans les Facultés des Lettres le double enseignement qu'on lui propose de fonder, et tout sera dit. L'heureuse révolution désirée se trouvera accomplie, — au moins dans les limites actuelles du nécessaire.

Car les bons effets de la chose (on peut d'avance en être certain) dépasseront de beaucoup ses conséquences immédiates et directes. Il n'aura été créé, c'est vrai, que des chaires de sanscrit et d'arabe; mais rien n'empêchera les gens qui les courront, — une fois lancés dans cette direction, — de pousser l'étude plus loin, et de

---

(*) *Testis unus, testis nullus*, disait l'ancienne Jurisprudence, laquelle pourtant n'entendait point, par là, nier la valeur morale d'un témoin honnête, quoique isolé. Eh bien, pareillement, sans méconnaître le mérite, et même l'action partielle, de titulaires dignes, mais placés par malheur dans des chaires uniques, — on est en droit, à quelques égards, de dire aussi : *Cathedra una, cathedra nulla*.

s'appliquer en outre à divers objets analogues non exigés. Sans qu'on ait besoin de s'en mêler, le goût du savoir les y portera. Assurés qu'ils seront, comme orientalistes, de la possession d'un état de vie, — pourquoi se croiraient-ils condamnés à s'enfermer dans leur spécialité précise? Ils feront naturellement des excursions hors du cercle obligatoire, hors de l'idiôme dont le professorát formera leur moyen légal d'existence.

Ainsi, — et sans préjudice de créations ultérieures possibles, dont l'examen reste en dehors du présent travail (*e*), — une décision facile à prendre, — hardie, mais à laquelle tout le monde applaudirait, parce qu'elle arracherait au danger de torpeur les Facultés des Lettres, — peut, en même temps, assurer le développement, la conservation même ET LA VIE, d'un précieux genre de science, menacé de mort aujourd'hui dès son berceau. Il y a là, ce semble, de quoi tenter l'honorable ambition d'hommes distingués, qui, en ouvrant, par une mesure aussi simple que féconde, un magnifique avenir.., seraient maîtres de pourvoir non-seulement à l'extension, mais au salut peut-être, de l'orientalisme français, l'une des gloires de notre patrie (*).

(*) Evidemment, l'exécution de la chose ne pourrait pas être immédiate, car il y aura dans les premiers temps disette de sujets. Mais LE PRINCIPE SERAIT PROCLAMÉ SUR-LE-CHAMP ; et une fois admis et reconnu, il commencerait à produire ses heureux résultats. On le formulerait nettement PAR UN DÉCRET, qui érigerait dans chaque Faculté des Lettres une chaire de sanscrit et une d'arabe littéraire ; tout en réservant au Gouvernement, pour y pourvoir, un délai de trois ans, ou même de cinq. — Dès lors, on ne tarderait point à voir se former des sujets aptes à les remplir ; et, à mesure qu'il en apparaîtrait de capables, les nominations auraient lieu.

NOTES.

(*a*) Littérature éloquente et pure, si supérieure en moralité à celle des Grecs et des Romains.

Ce serait exagérer, sans doute, que de regarder d'avance comme *nécessairement chaste d'un bout à l'autre* tout ouvrage composé en sanscrit. Quel est l'idiôme qui peut se vanter d'un pareil bonheur ?

Mais s'il est une littérature classique qui paraisse en approcher, c'est à coup sûr la littérature brahmanique. Au moins n'a-t-elle jamais visé directement à la volupté, — hormis dans des opuscules du temps de sa pleine décadence (*).

Quoique ses œuvres, même épiques, aient malheureusement conservé plusieurs traces de la grossièreté légendaire primitive, et ne soient par conséquent pas exemptes de mythes bizarres ou blâmables, tels que celui de l'origine des Marouts ou celui du déguisement d'Indra près d'Ahalyâ, — il importe d'observer que les

(*) Tels que l'inconvenant et fade morceau qui s'appelle l'*Ananda Lahari*. Les sanscritistes auraient pu se dispenser d'éditer ce galimatias, sorte d'amphigouri érotique et ennuyeux ; d'autant mieux qu'il n'offrait aucun intérêt d'antiquité, sa composition, postérieure de plus de deux mille ans au *Râmâyana*, ne pouvant remonter plus haut que le siécle (déjà sénile pour l'Inde) des Othon et de Hugues Capet.

inconvenances prêtées ainsi à certains dieux de l'Inde ne sont jamais glorifiées; ce qui a lieu, comme chacun sait, pour celles des personnages de l'Olympe gréco-romain (*).

En général, la haute littérature sanscrite, nous le répétons, vise à tout autre chose qu'à la volupté, et les sensualistes y trouveraient rarement leur compte. Cela est surtout vrai de la Ramaïde.

Non pas qu'on ne puisse, jusque dans ce poème, dont l'ensemble, à certaines vieilles légendes près, porte un caractère si foncièrement décent, — voire si austère; — non pas qu'on ne puisse là même, disons-nous, rencontrer, par-ci par-là, des expressions d'une naïveté qui passe la mesure, ou d'une gentillesse qui va trop loin; — par exemple, la peinture trop vive des tentations du candide Richyasringa. — Mais quelques exceptions semblables ne détruisent point la règle. C'est d'après le type dominant qu'il faut juger.

(b) L'étude du sanscrit se trouve intéresser A TITRE DE PARENTÉ presque tous les peuples de l'Europe.

Pourquoi ne pas dire « presque tous ceux du monde civilisé ? » — L'expression serait assez juste; car il n'y a guère de civilisation complète, du moins comme nous l'entendons, qu'en Europe et en Amérique; or les trois langues parlées en Amérique, — l'anglais, l'espagnol et le portugais, — ou les quatre, si l'on y ajoute le français (de Saint-Domingue et du Canada), — sont toutes de la famille glossale indo-perse.

(*) En général, les légendes dont nous parlons, sorties d'une origine populaire, sont des allégories, — seulement mal choisies, et qu'on eût mieux fait de ne pas conserver. Celle d'Ahalyâ est agricole, elle rappelle la fable ovidienne de Vertumne et Pomone. Celle d'Umâ, de Gangâ, et du génie du Feu, créée pour dépeindre la formation des richesses métalliques au sein des montagnes, est encore plus choquante, dans sa nudité, non pas libertine il est vrai, mais brutale et sauvage. — Du reste, rien d'aisé comme de faire disparaître ces passages grossiers, car ils tiennent si peu au tissu du poème qu'ils y ont l'air intercalés; et l'on peut même fortement douter qu'ils soient de la main des grands auteurs épiques, avec la pensée dominante desquels ils forment disparate.

(*c*) Certains fragments d'antiquités perdues ailleurs.

Témoin, par exemple, le petit traité d'Euclide sur la balance, lequel, perdu en grec, vient, il y a peu d'années, d'être retrouvé en arabe.

(*d*) L'adjectif *littéral* ayant en français un autre sens.

M. Garcin de Tassy a découvert, il est vrai, un moyen de rendre pardonnable cette expression inexacte. Il suppose qu'on a eu l'intention de désigner par là le dialecte correctement écrit, celui où ne se trouvent supprimées aucune des *lettres* qu'exige la grammaire.

Une telle solution est des plus ingénieuses; mais le savant académicien, en voulant charitablement excuser les coupables, ne leur prête-t-il pas, sans s'en douter, le secours de son propre esprit? Certes, les premiers auteurs de la faute, lorsqu'ils sont entrés dans la voie erronée où le public moutonnier les a suivis, n'y en avaient pas vu si long (*).

(*e*) La belle langue classique que l'emploi scolaire du Coran a mise à l'abri des ravages du temps.

Il va sans dire, néanmoins, que les enfants qui rencontreront l'heureuse possibilité d'apprendre d'abord l'arabe vulgaire, ne fût-ce que d'une façon très-simplement pratique, — feront à merveille d'en profiter, et de s'ouvrir par là des sentiers vers l'arabe littéraire; car ils se ménageront ainsi, pour la première occurrence,

---

(*) Ce n'est pas proprement une *faute* si l'on veut, mais un latinisme; latinisme seulement inutile et qui produit confusion. Les premiers européens qui ont traité de la grammaire arabe, ont pu légitimement appeler *litteralem linguam* (langue des livres) l'idiôme coranesque; mais en traduisant leurs écrits, on n'aurait pas dû la nommer LITTÉRALE, car c'était faire une version fausse. *Litteralis* voulait dire en bon français, CLASSIQUE, RÉGULIÈRE, LITTÉRAIRE.

bonne chance d'arriver de l'une des langues dans l'autre ; d'y arriver avec promptitude et succès, quoique dans un ordre illogique. Il en sera d'eux, alors, comme il en est des Grecs modernes, lesquels ont visiblement plus d'aisance et d'instinct que nous pour saisir le vrai génie du grec ancien ; d'où ne résulte pourtant pas qu'il faille, étant chargé de l'éducation d'un Français qui ne saurait ni l'un ni l'autre idiôme, lui enseigner le romaïque avant l'hellénique. On peut très-bien, en certaines circonstances, *remonter* le cours d'un fleuve, — et quelquefois même les voyageurs auraient grand tort d'en négliger l'occasion ; — mais, néanmoins, toutes choses égales d'ailleurs, il est plus normal de le *descendre*.

(*f*) Sans préjudice de créations ultérieures possibles.

Par exemple, la fondation, au Collége de France, d'une chaire de *zend*, dont la non-existence forme un vide, une sorte de contre-sens, dans la capitale du pays qui a donné au monde Anquetil du Perron et Eugène Burnouf.

Le titulaire de cette chaire (ou plutôt d'une seconde) serait chargé de professer aussi les éléments du pehlévi, et de donner en outre quelques notions sur le PERSE : langue des plus curieuses, que nous ont révélée les inscriptions des rois Achéménides.

Par parenthèse, au sujet de cet idiôme, très-différent du zend, et qui n'est point non plus le persan, pas même *ancien*, — nos lecteurs feront bien de consulter la lettre adressée à M. Jules Mohl. (*Journ. asiat.* de février-mars 1853.) La phase la plus antique possible de la langue PERSANE est encore postérieure au pehlévi, tandis que le PERSE y est antérieur. Donner au *perse* le nom d'*ancien persan*, est une façon de parler aussi impropre que si l'on voulait, pour désigner le *latin*, dire l'*ancien italien*.

SUPPLÉMENT.

(1854.)

ÉTAT PRÉSENT DE LA QUESTION, QUANT A L'EXTENSION A DONNER A L'ENSEIGNEMENT ORIENTALISME.

Depuis qu'a été publiée la première édition de la brochure où l'on exposait en abrégé la nécessité et les moyens de rendre classique, dans une certaine mesure, l'enseignement des langues de l'Orient, — l'idée dont nous parlons n'a dû naturellement que poursuivre sa marche.

Eclairci, en effet, tant par cette discussion préliminaire que par les examens et débats auxquels elle a donné lieu, — le sujet, sans être assez généralement connu encore (bien s'en faut), l'est déjà beaucoup davantage. Dès lors, la pensée-mère de l'écrit ne pouvait manquer de grandir, plus ou moins, dans les esprits et dans les volontés.

Ce progrès, que devait amener en toute hypothèse la force seule du temps et du bon sens, et dont la brochure nancéïenne n'a été que l'une des occasions, il est opportun de s'en rendre compte; or c'est à quoi pourra contribuer la publication des documents ci-après.

I.

FRAGMENT D'UNE LETTRE ÉCRITE PAR L'UN DES DÉFENSEURS DE L'IDÉE ORIENTALISTE.

« Mille preuves viennent journellement confirmer la thèse soutenue dans l'écrit intitulé l'*Orientalisme rendu classique*, et montrer combien il est nécessaire d'organiser sans délai quelque chose, et quelque chose d'efficace. Un fait tout récent, postérieur à la publication de la brochure, mérite surtout d'être cité, car il est caractéristique.

L'Académie impériale de Pétersbourg, prenant en considération l'importance majeure du sanscrit, la nécessité de le répandre, et de faciliter de plus en plus cette belle étude, destinée à un avenir classique ; l'Académie de Pétersbourg disons-nous, bien certaine que l'appui du Gouvernement russe ne lui manquera pas, vient de se décider à la publication d'un dictionnaire sanscrit, qui soit supérieur, pour le complet et pour le soin, à ceux que l'on a possédés jusqu'ici. Et afin de rendre cet ouvrage profitable à toute l'Europe, les Moscovites font abstraction, là-dedans, des exigences d'une étroite vanité nationale : ce n'est point LEUR LANGUE qu'ils adoptent, pour moyen de traduction des mots et des phrases indoues ; leur dictionnaire ne sera pas *sanscrit-russe*. — Que sera-t-il donc ? — Hélas, en 1833, ç'aurait été un dictionnaire *sanscrit-français*. En 1853, ce va être quoi ? Un dictionnaire *sanscrit-allemand* (*).

(*) Quelques savants pensent, il est vrai, que l'Académie de Saint-Pétersbourg n'aurait pas refusé, même l'année dernière, de publier en français un dictionnaire sanscrit qui lui aurait été présenté. — Soit ! Mais la conclusion reviendrait encore au même ; car pourquoi les Français n'étaient-ils pas prêts, tandis que les Allemands se trouvaient en mesure ?

Et par malheur, force nous est de convenir qu'il n'y aura là que justice. L'état de la science le voulait ainsi.

Sous la Restauration, et même pendant les premières années de la monarchie de Juillet, nous étions, pour l'orientalisme, à la tête de l'Europe : nous sommes actuellement presque à la queue. Depuis vingt ans, nous n'avons rien fait, rien fondé de sérieux, en faveur des langues de l'Orient. Comme si nous avions dû être invincibles, nous nous sommes naïvement endormis sur nos lauriers ; ne prenant aucune mesure pour accroître (pas même pour conserver) les trésors dont nous jouissions. Or, vingt années ont suffi pour que les autres nations, vivement stimulées ou par leurs gouvernements, ou par des patronages éclairés et généreux, nous aient successivement REJOINTS d'abord, puis DÉPASSÉS en partie. Maintenant, débordés à l'envi, par les Anglais, par les Russes, par les Génevois, — par les Sardes même (lesquels font à Turin, pour leurs belles publications sanscrites, des sacrifices supérieurs, relativement au moins, à ceux dont on se contente à Paris), — nous sommes surtout laissés en arrière par les Allemands, qui tombent bien quelquefois un peu dans le rêve, mais qui, en somme, se sont donné la peine *d'apprendre*, et pour qui notre manque trop général de savoir, dans ces matières, commence à devenir un sujet de comparaisons dédaigneuses.

Rien n'est désespéré, c'est vrai ; car, si nous manquons d'élèves, il nous reste des maîtres ; et, pour peu que nous le voulions, nous aurons bientôt regagné notre distance. Mais encore faut-il le VOULOIR. Il est temps, grandement temps, de s'y prendre, et de songer enfin tout de bon à ne plus priver nos études littéraires de leur couronnement naturel, le sanscritisme.

Voici que le Gouvernement pense à établir des chaires de *grammaire comparée*. Il a raison. Mais, plus il entrera dans cette voie, plus se fera sentir le besoin des connaissances dont nous parlons ; et les titulaires des nouveaux postes réclameront bientôt eux-mêmes que le sanscrit soit enseigné autour d'eux. Autrement, les chaires de philosophie linguistique n'auraient pas fonctionné cinq ou six ans, que leur infériorité européenne sauterait aux yeux. Pour lutter avec avantage, il faut au moins des ressources égales.

Qu'est-ce qu'aurait été, sous François Ier, un professeur de géographie qui, quarante ans après la découverte de l'Amérique, n'en aurait tenu compte, et aurait continué à ne s'occuper que des *trois* parties du monde?

Qu'est-ce que seraient, pareillement, des professeurs de *grammaire comparée*, qui à présent, — c'est-à-dire plus de soixante ans après la possession acquise du sanscrit, et quarante ans après son introduction au Collège de France (*), — se borneraient encore à parler « du grec, du latin et du français, » sans profiter de l'immense révolution glossale amenée par la découverte de ce *nouveau monde* philologique?

Espérons que l'on ne pourra pas, chez nous, leur reprocher des programmes tellement arriérés. Une nation ne gagne jamais rien à se faire moquer d'elle.

Quant à l'arabisme, il y aurait aussi beaucoup à en dire; mais c'est moins nécessaire, parce que, la chose ayant certains côtés utilitaires, on s'en occupera volontiers et vite : tout ce qui peut mener à des emplois ou à des bénéfices, tout ce qui peut se traduire en argent, est promptement compris.

Comme, au contraire, il n'existe plus de pays où le sanscrit soit en usage; comme il ne parle qu'à l'esprit et au cœur, et qu'il n'offre rien qui doive faire la fortune des officiers, des magistrats ou des marchands : il n'a pas les mêmes chances de réussite, à moins qu'on ne s'occupe de l'encourager. — Son utilité, grande sans contredit, est toute grammaticale, toute littéraire, tout intellectuelle, toute morale. D'une part, il est vrai, c'est un idiôme d'une noblesse et d'une richesse merveilleuse, et de l'autre, c'est le propre aïeul de nos langues; mais, à ces deux titres, si recommandables, il ne peut guère intéresser que les hommes qui, s'élevant au-dessus du terre-à-terre, sont restés dévoués au culte du *beau*, ou bien ceux qui ont gardé le respect des traditions et qui attachent du prix au souvenir des ancêtres. »

(*) La chaire de M. de Chézy y fut érigée en 1814.

II.

FRAGMENT D'UNE AUTRE LETTRE.

« Quelques personnes, à qui tout fait peur dès qu'il s'agit de sortir de la routine, se sont déjà prises de crainte, sur le vu de quelques échantillons de travaux récents, où se montre en effet assez vive, assez hardie, la rénovation orientaliste qui cherche des issues pour se manifester ; — où l'on donne peut-être une extension excessive à certaines vérités précieuses : à celle, par exemple, qui fait voir la clé de nos langues dans le groupement des mots européens autour de quelques racines sanscrites.

Eh mon Dieu, chez tous les jeunes savants appelés à devenir les champions de telle ou telle idée nouvelle, il faut naturellement s'attendre à une surabondance d'activité qui peut les mener loin dans leurs conclusions. Quand la Justesse devrait en définitive venir restreindre leurs assertions, d'abord un peu conjecturales, ils ne se trouveraient pas moins avoir rendu de très-réels services à la Science. Le tisserand jette hardiment les fils de sa trame ; on les resserre ensuite... Et c'est ainsi que se fait la toile, — chose, à coup sûr, utile et bonne.

Quelle différence, après tout, entre le factice échafaudage des étymologies franco-sémitiques : théorie arbitraire, illusoire, qui péchait *par la base même ;* — et le système des étymologies indo-européennes, qui, sérieux, positif, lié, *vrai quant à son point de départ*, ne saurait devenir faux que d'une manière secondaire, c'est-à-dire uniquement dans certains détails, plus ingénieux que solides, suggérés par un trop vif désir de tout expliquer !

Comme les diverses choses fabuleuses, lesquelles ne règnent jamais qu'un temps, le premier devait tomber tôt ou tard dans l'abandon. En face du dernier, il était ce que devint l'alchimie en face de la chimie, ou ce que parurent bientôt les hypothèses de Ptolémée, une fois mises en regard avec les explications coperniciennes.

Quant aux superfluités ou fioritures, qui peuvent venir altérer la noble simplicité du système véritable, il n'y a pas de quoi s'en faire un épouvantail : elles tomberont bien vite, sous le frottement de la concurrence et du contrôle ; — si même il n'arrive pas que justice en soit faite par leurs propres auteurs, lesquels n'auront peut-être besoin pour cela de l'avis de personne, et y seront simplement conduits par leurs études poussées plus loin.

Lumière, lumière, lumière ! c'est là ce qui fait disparaître toutes les méprises et toutes les exagérations. — Loin de redouter l'enseignement du sanscrit, répandez-le davantage, rendez-le commode et sérieux. On ne sera plus tenté de se livrer aux chimères, quand on aura pris l'habitude des réalités.

Contre les dangers possibles de la sanscritomanie, s'ils venaient à surgir.., le remède serait précisément le sanscritisme. »

III.

QUESTIONS ET RÉPONSES ACADÉMIQUES.

Après avoir été d'abord publiée et débattue comme le serait une opinion individuelle (quoique son auteur ne l'eût point émise avant de s'être assuré de l'avis de connaisseurs graves), la pensée de l'*Orientalisme classique* devait, pour franchir un second pas, être soumise à des corps savants, afin qu'ils jugeassent de sa valeur.

La chose a eu lieu ainsi. Trois questions, que l'on va lire, ont été posées aux principales sociétés littéraires des diverses parties de la France.

C'est l'Académie de Stanislas qui a consenti la première à s'en occuper. Un savant rapport a consigné les résultats de l'examen approfondi auquel s'était livrée, par son ordre, une commission parfaitement choisie : résultats que nous allons transcrire tout à l'heure (*).

Bientôt après l'Académie impériale de Metz, acceptant la même tâche et adoptant la même marche, donna aussi ses conclusions, presque entièrement conformes à celles de l'académie de Nancy, dont elle a cru devoir aller, dans quelques passages, jusqu'à reproduire les termes.

Voici, mot pour mot, ces trois questions. En face, nous plaçons le texte sacramentel des trois réponses, comme elles ont été formulées par chacune de ces deux savantes Compagnies.

PREMIÈRE QUESTION.

L'Orientalisme, — qui offrirait de précieuses ressources, tant à nos littératures, plus ou moins épuisées, qu'à l'histoire, et notamment à l'histoire des sciences, — peut-il, ou ne peut-il pas, être appelé à prendre un rôle dans les études classiques françaises ?

RÉPONSE

DE L'ACADÉMIE DE STANISLAS.

Oui, il le peut, et avec avantage. Dès à présent, c'est là une vérité assez mûre pour que la

RÉPONSE

DE L'ACADÉMIE IMPÉRIALE DE METZ.

Oui sans doute, il le peut, et avec de grands avantages.

Il est de la dignité de la France

(*) La Commission a opéré avec une très-sérieuse spontanéité. Non seulement on n'avait pas mis au nombre de ses membres l'auteur de la brochure, et cela sans même attendre qu'il se récusât comme ayant son opinion déjà formée ; mais, par un raffinement d'impartialité qui est tout-à-fait de bon goût, il ne fut pas même appelé devant la Commission pour y fournir des renseignements. Aussi les conclusions du rapport s'appuient-elles sur d'autres considérants que ceux que l'écrivain aurait suggérés, et dépassent-elles même un peu (dans le n° 3) le degré auquel s'arrêtait selon lui l'opportunité présente. Il a donc la pleine satisfaction de n'avoir exercé sur les résultats aucune influence, puisque, loin d'avoir été l'un des juges dans le procès, il n'y a seulement pas été plaideur.

SUITE DE LA RÉPONSE DE NANCY.

chose doive être décidée en principe ; sauf les délais nécessaires en ce qui concerne l'exécution.

Et il y a urgence de s'en occuper, attendu que la France, qui possédait il y a trente ans, en fait d'orientalisme, l'avance sur toutes les nations civilisées, se trouve à présent, à cet égard, non seulement rejointe par les autres peuples de l'Europe, mais sur le point d'être débordée par eux.

SUITE DE LA RÉPONSE DE METZ.

de ne pas se trainer à la remorque des nations européennes.

Si elle ne veut pas se laisser déborder par les universités étrangères, — qu'elle ait hâte de ne pas déchoir de son rang et de s'égaler à elle-même. L'opportunité du classicisme oriental se fait sentir aujourd'hui, plus impérieusement que jamais.

SECONDE QUESTION.

S'il faut reconnaître comme admissible chez nous l'enseignement des langues et des littératures orientales, dans quelle mesure l'est-il? A quel point, pratiquement parlant, doit-on songer à l'introduire?

RÉPONSE

DE L'ACADÉMIE DE STANISLAS.

Jusques à concurrence : 1° d'une langue principale pour la famille des idiômes indo-européens, c'est à savoir, le SANSCRIT, et 2° d'une langue principale pour le groupe des idiômes sémitiques, c'est à savoir, l'ARABE LITTÉRAIRE.

RÉPONSE

DE L'ACADÉMIE IMPÉRIALE DE METZ.

Jusqu'à concurrence seulement,

1° Du *sanscrit*, comme type de l'élément gréco-latin et franco-gaulois, c'est-à-dire des langues européennes ;

Et 2° de l'*arabe littéraire*, pour les idiômes sémitiques.

TROISIÈME QUESTION.

Par quels moyens convient-il de réaliser, d'organiser cet enseignement, et d'en assurer l'efficacité?

RÉPONSE

DE L'ACADÉMIE DE STANISLAS.

Avant tout, par l'érection, *dans chaque Faculté des Lettres*, de deux chaires orientalistes : l'une *de sanscrit*, l'autre *d'arabe littéraire*, comme il vient d'être dit.

Leur création serait immédiate, afin de donner aux candidats un but certain, dont l'espérance leur fît embrasser sans délai les compléments de travaux nécessaires; mais les postes ne seraient remplis qu'au fur et à mesure des capacités constatées, et le Gouvernement se réserverait, par exemple, une latitude de cinq ans pour y nommer.

RÉPONSE

DE L'ACADÉMIE IMPÉRIALE DE METZ.

Par la création *dans chaque Faculté des Lettres*, d'une chaire, réduite *au sanscrit*, pour les idiômes indo-européens, et d'une autre, réduite *à l'arabe littéraire*, pour les idiômes sémitiques.

L'exécution immédiate de cette mesure paraît il est vrai présenter quelques difficultés. Il y aura nécessairement, pendant les premières années, disette de sujets pour certaines localités. Mais le principe, une fois admis, nettement formulé par un décret, ne manquera pas de stimuler le zèle des aspirants. Le Gouvernement, en nommant immédiatement des professeurs capables, et en se réservant un délai de trois ans (*)

(*) Trois ans seraient-ils assez? L'Académie de Stanislas propose d'en accorder *cinq* et cette latitude, plus grande, semble mieux répondre à tous les cas qui peuvent se présenter.

Quant aux dispositions à prendre pour assurer à ces chaires la chance d'un auditoire non pas nombreux, mais réel et permanent, ils pourraient consister principalement en une mesure très-simple :

Sans exiger des aspirants au Doctorat ou à la Licence-ès-Lettres, ni moins encore des professeurs de lycées ou de colléges, la connaissance du sanscrit, bien qu'il soit devenu indispensable à toute haute et sérieuse philologie, comme principe et clef des langues européennes : déclarer qu'*on tiendra compte aux candidats* de cette connaissance, ainsi que de celle de l'arabe littéraire. En d'autres termes, annoncer que si désormais il y en a parmi eux qui possèdent l'une ou l'autre des deux langues dont il s'agit, on considérera ce fait comme un titre de préférence à l'obtention des places, lorsqu'ils se présenteront, du reste, à droits égaux avec leurs concurrents.

pour introduire cette innovation dans toutes les Facultés des Lettres ne tarderait pas à voir se former des sujets aptes à ces deux spécialités.

Pour assurer aux nouvelles chaires un auditoire sérieux, il faut deux choses :

1° Exiger pour le grade de docteur-ès-lettres, à partir de 1860, la connaissance de ces deux langues, ou au moins celle du sanscrit.

2° Et sans l'exiger chez les professeurs des lycées, leur en tenir compte. Dès qu'en effet il sera notoire qu'on y aura égard, et que désormais, à droits égaux pour l'obtention des places, la préférence sera donnée aux candidats sanscritistes, le triomphe de l'idée est assuré ; l'émulation fera le reste.

SUITE DE LA RÉPONSE DE NANCY.

« D'ailleurs, selon l'avis de la Commission, il paraît facile encore, et par un moyen qui ne coûterait non plus rien à l'Etat, d'attirer l'attention et la faveur du public sur les langues orientales, auxquelles on préparerait ainsi des élèves dès avant l'âge où la jeunesse peut suivre les cours des Facultés. Il suffirait d'ajouter aux ouvrages de *grammaire comparée* adoptés pour les lycées, quelques lignes, éclairant par le sanscrit les règles et les exceptions de nos langues indo-germaniques, qui toutes en dérivent, et indiquant à propos les plus évidentes racines sanscrites.

» De cette même façon, on pourrait aussi donner aux élèves une idée générale du génie des idiômes sémitiques.

» Rien n'empêcherait non plus les professeurs de Rhétorique et de Seconde, de lire en français à leurs élèves, un petit nombre de passages choisis, traduits des meilleurs auteurs sanscrits et arabes, et de leur en communiquer le goût, en faisant à ce sujet un peu de littérature comparée. »

« En terminant, il est un point sur lequel l'Académie de Stanis-

SUITE DE LA RÉPONSE DE METZ.

Comme il y a, dans l'enseignement linguistique, des principes généraux communs à toutes les langues et une corrélation entre un grand nombre de mots des familles les plus éloignées, nos professeurs de hautes classes, dans les lycées même, sans enseigner positivement ni sanscrit ni arabe, pourraient en donner l'avant-goût aux élèves de Seconde et de Rhétorique, par le rapprochement de certaines formes grammaticales, par la recherche de certaines étymologies, et surtout par la lecture de la traduction de morceaux extraits des Mélanges sanscrits de M. Langlois, et de l'excellente Chrestomathie arabe de l'illustre Sylvestre de Sacy.

« Il est entendu, cependant, que la réforme que nous sollicitons, n'aura aucun effet rétroactif, et qu'elle respectera non-seulement les positions des fonctionnaires en exercice, mais aussi tous leurs droits à l'avancement.

» Enfin, l'Académie impériale de Metz s'associe à l'Académie

SUITE DE LA RÉPONSE DE NANCY.

las pense devoir éveiller la sollicitude du Gouvernement. Regardant comme utile de tirer de l'oubli une idée autrefois exposée dans le sein de l'Institut, elle émet le vœu de voir créer quelque part vers la frontière (à Marseille, par exemple), dans le triple intérêt du commerce, de la politique et des sciences, une école pratique des langues orientales, qui tout à la fois formant nos interprètes, et attirant à nous les étrangers, soit, sous les auspices de la France, le lien de l'Europe et de l'Asie. »

SUITE DE LA RÉPONSE DE METZ.

de Stanislas pour émettre le vœu de voir le Gouvernement créer, soit à Marseille, soit sur un autre point de la frontière maritime, et cela dans le triple intérêt du commerce, de la politique et des sciences, — une école pratique des langues orientales, qui, tout à la fois, formant interprètes et attirant à nous les étrangers, soit, sous les auspices de la France, le lien de l'Europe et de l'Asie. »

IV.

LES RÉSULTATS.

Ce n'est pas tout que d'avoir rédigé, en réponse aux trois doutes qui leur étaient soumis, trois déclarations raisonnées et formelles (*), dont la netteté ne laisse rien à désirer : les deux Académies dont nous parlons ont cru devoir en faire adresser le texte, par leur Secrétaire perpétuel, au Ministre de l'Instruction publique, afin d'attirer sur ce point, signalé trop rarement à son atten-

(*) *Raisonnées*, disons-nous ; et en ceci nous faisons allusion aux études réelles, et aux rapports duement élaborés, qui, soit à Metz, soit à Nancy, ont déterminé le vote des académiciens.

tion, toute la sollicitude du régulateur et du promoteur-né du savoir national.

Non pas que dans le sein de la première des deux, un membre, — qui, du reste, avait voté pour les solutions ci-dessus, — n'ait fait observer qu'un tel envoi, par lettre, sortait du cercle des mesures ordinaires, et que l'Académie de Stanislas n'avait pas coutume de prendre ainsi la parole auprès du Gouvernement sans être interrogée. Mais la Compagnie, eu égard à la grandeur d'un intérêt public, qui, peu compris, avait pourtant besoin de l'être, a jugé convenable de passer outre; reconnaissant que sa démarche en cela était exceptionnelle, mais voulant précisément faire une exception.

On le voit donc : la pensée du classicisme oriental a progressé d'une manière éclatante; elle est entrée dans une nouvelle phase. De personnelle qu'elle était (ou du moins qu'elle avait l'air d'être), la voilà devenue impersonnelle. Ce qui ne semblait que la proposition d'un individu, devient la décision de deux corps savants, lesquels même y adhèrent jusqu'au point d'en accepter le patronage et de s'en constituer les zélateurs officiels.

Et par parenthèse, dans une matière que plus tard on reconnaîtra toucher de si près à la gloire et aux intérêts de la France, ce sera un titre d'honneur pour les deux Académies lorraines, que d'avoir eu le courage de leur intelligence, et de n'avoir pas attendu, pour arborer ce drapeau, que la foule l'eût déjà salué. Elles auront enrichi par là, d'un anneau de plus, la longue série des initiatives généreuses par lesquelles s'est toujours fait distinguer leur pays.

V.

EFFETS SECONDAIRES PRODUITS.

Parmi les autres Académies de province, si jusqu'à présent on n'en cite pas qui aient émis le même ensemble de vœux que Metz et Nancy, on assure que de la part de plusieurs d'entre elles, il n'y a sous ce rapport que simple délai. La chose n'aurait rien d'étonnant, d'après les lettres chaleureuses écrites depuis un an, par certains de leurs membres, lesquels déjà, quant à eux, sont arrivés à la pleine compréhension. S'ils ont pris, en effet, si carrément une honorable avance, pourquoi ne seraient-ils pas bientôt rejoints par des confrères instruits et raisonnables, qui n'ont besoin, pour se ranger au même avis, que d'un plus ample informé!

Au reste, il y a déjà une société académique dont on peut signaler la marche sous ce rapport, et à qui des éloges spéciaux sont dus : celle de Besançon. Elle a examiné les questions, c'est beaucoup; elle les a résolues à sa manière.

Reconnaissant la réalité des devoirs de la France quant à l'extension de l'orientalisme, l'Académie de Besançon croit seulement qu'on pourrait les remplir moyennant un simple et unique foyer d'enseignement : moyennant l'Ecole normale supérieure de Paris, où les futurs professeurs de nos lycées seraient astreints à suivre des cours orientalistes.

Certes un tel système serait toujours un grand progrès sur l'absence actuelle de mesures quelconques. Si l'on fait abstraction des inconvénients (sérieux, il est vrai) que pratiquement il implique, — il peut très-bien, dans la théorie, satisfaire aux exigences avouées. Du moins offre-t-il l'un des principaux avantages des propositions de Metz et de Nancy : celui de proclamer comme elles la nécessité classique du sanscrit (*).

(*) Entre les opinions individuelles émises au sujet de l'apparition de l'*Orientalisme classique*, il y en a eu d'excentriques, mais fort peu. Deux ou trois personnes, par exemple, auraient préféré que pour représenter le groupe sémitique, on fît choix de l'hébreu, plutôt que de l'arabe.

D'abord (et ceci suffirait), c'est dans la sphère philologique qu'il s'agissait d'opérer; or, soit au point de vue des formes grammaticales, soit sous le rapport de l'abondance des ouvrages qui forment sa littérature, l'arabe classique est incomparablement la principale, la plus riche, de tout le groupe du sémitisme.

Mais ensuite, des considérations d'un autre ordre mettaient l'hébreu hors de concours, et les conseilleurs eux-mêmes le sentiraient en y réfléchissant. Quel homme d'expérience, quel homme prudent, songera jamais à créer, dans seize parties de la France, seize chaires d'enseignement *officiel laïque* de la langue sacrée! Pourquoi risquer, sans nécessité, de rencontrer des questions délicates? Quand on se propose de fonder quelque chose de durable et de bon, on tâche de le fonder en paix; on ne s'en va pas volontairement le bâtir sur un terrein qui puisse donner lieu à des conflits.

VI.

NOTE A CONSULTER.

La note suivante a circulé. Comme elle est propre à réveiller l'attention sur des nécessités trop oubliées, il serait bon que l'on réussît à la faire lire, d'autant qu'elle présente un assez court résumé de l'état des choses.

« Répandre en France l'étude des principales langues orientales, mais surtout la connaissance du sanscrit, c'est une nécessité sur laquelle on commerce à tomber généralement d'accord. Tout le monde convient qu'il y a « quelque chose à faire. »

» Mais *quoi* faire ? *quoi* organiser ? Mais que convient-il précisément d'entreprendre ? — Là dessus, plusieurs opinions ont surgi.

» 1° Certaines personnes, partant d'un principe qui est vrai, mais dont elles poussent les conséquences plus loin peut-être que le souhaitable, — et, en tout cas, que le possible ; — certaines personnes, disons-nous, voudraient que dès à présent le sanscrit prît une place formelle dans l'enseignement secondaire, à côté du grec et du latin.

» 2° D'autres, tout au contraire, se contenteraient de voir créer, à l'Ecole normale de Paris, une chaire centrale de sanscrit : chaire unique, mais dont les cours fussent rendus obligatoires pour tous les maîtres qui aspirent au professorat du grec et du latin dans les lycées.

» 3° D'autres, enfin, choisissant un système intermédiaire, demandent que l'on érige environ quinze chaires de sanscrit, c'est-à-dire une dans chaque Faculté des Lettres.

» Or de ces trois partis à prendre, le premier soulèverait trop d'oppositions. Qu'intrinsèquement il vise à des résultats désirables peu importe. Placé ou non sur la route de l'avenir, il n'est point dans les conditions du présent. C'est par d'autres voies, moins directes, que le sanscritisme viendra conquérir sur nos études classiques la juste influence qu'il a droit d'y exercer.

« Le second paraît fort commode ; il séduit par sa grande simplicité. Mais on a lieu de craindre, au dire des hommes pratiques, qu'il ne soit tout à la fois excessif et insuffisant. — D'une part, trop impérieux, il imposerait à tous les professeurs français un genre d'études qui ne convient (provisoirement du moins) qu'à une portion d'entre eux ; de l'autre, trop peu stimulant, il aurait l'inconvénient de ne créer, au profit des orientalistes, qu'une seule place à occuper, ce qui est une perspective beaucoup trop faible. Par là, d'ailleurs, on ne sortirait point des routines de cette centralisation exagérée , déplorable, qui ne sait rien faire germer hors de Paris.

« Quant à la troisième combinaison, qui est celle à laquelle se sont arrêtées les Académies de Metz et de Nancy, elle semble, par une foule de raisons, mériter la préférence. D'abord, elle n'amène rien de trop hâtif ; et comme elle se borne à la sphère de l'enseignement dit *supérieur*, c'est-à-dire de celui que distribuent les Facultés des Lettres, elle demeure dans les limites de l'opportun. Ensuite, elle allume, sur divers points de l'Empire, divers foyers, d'où se répandra la lumière du nouveau savoir. Enfin et surtout, ce système, par la création d'un nombre suffisant de chaires, fixes et rétribuées, possède l'avantage d'offrir aux jeunes savants un but d'ambition raisonnable ; un but assez à leur portée pour qu'en présence de l'espérance de l'atteindre, il puisse se former en France une petite phalange de sanscritistes et d'arabisants sérieux, regardant *comme une carrière* le professorat des langues orientales.

« Il faut toujours voir les réalités de la vie. Quel développement se promettre pour des idées qui ne conduiraient à aucune existence leurs partisans les plus fidèles ? Supposez le meilleur professeur possible de navigation ; et puis demandez-vous combien d'élèves, au bout de quelques années, assisteraient à son cours, s'il n'y avait en France, dans la marine commerciale ou maritime, qu'un navire, que deux navires en tout, où ils eussent la chance d'être admis quelque jour à monter comme officiers ! »

VII.

FRAGMENTS D'UNE LETTRE.

« On attache beaucoup trop d'importance à l'objection tirée du petit nombre actuel des étudiants de Faculté. — Elle paraît considérable, et pourtant ce n'est rien du tout. — Souvent, en ce monde, il arrive qu'on ne peut pas faire le *moins*, et qu'on réussit très-bien à faire le *plus*.

» Il nous serait aisé de citer une certaine Académie, qui, défiante d'elle-même, se bornait à publier, sans époques fixes, *quand elle le pouvait*, un tome de ses travaux. Or elle le *pouvait* à peine tous les deux ans; à la fin, même, il lui fallait trente ou trente-six mois pour trouver de quoi le remplir. — Un beau matin, cependant, poussée, stimulée, elle prend son courage à deux mains; elle décide (non sans héroïsme, — croyant en cela courir un grand risque), qu'elle publiera, à tout hasard, un volume par an. — Eh bien, le volume fut-il trop mince? fut-il le tiers des précédents? — Bah! Dès la première année il renferma pour le moins autant de matière qu'on en avait jusqu'alors pu réunir dans le double ou le triple de temps. Qu'est-ce donc plus tard? car, depuis lors, le nombre de pages n'a fait que s'accroître sans cesse.

» Il est possible, comme on le dit, très-possible en réalité, que tel cours oriental n'ait pas actuellement trois auditeurs, même au Collège de France. Fort bien; et puis..?

» Donc, disent les effrayés, il n'y a pas moyen de songer à établir ailleurs des cours semblables, car ils seraient plus vides encore.

» Combien de hâte irréfléchie dans ce *donc* et dans ce *car!*

» Le cours actuel n'est pas suivi? — c'est tout simple. Seul qu'il est de son genre, il n'a l'air que d'une bizarrerie; personne n'en entend parler; et d'ailleurs il ne mène à rien dans le monde, il ne prépare de positions à personne.

« Au lieu de cela, créez-moi quinze chaires de la même langue, aujourd'hui si abandonnée ; placez-en une au chef-lieu de chaque rectorat ; laissez les professeurs agir, et puis n'y songez plus. Je vous assigne à dix ans d'ici.

« Avant que dix ans n'aient passé, chacune des quinze chaires (*chacune d'elles*, entendez-le bien) aura, dans sa province, plus d'auditeurs, à elle seule, que n'en possède à présent à Paris l'unique chaire dont vous déplorez la langueur.

« Pourquoi ? — C'est que le point de vue aura changé ; c'est que la notoriété aura commencé ; c'est que les amours-propres et les intérêts, double mobile de la plupart des hommes, seront venus en aide au pur motif intellectuel. »

VIII.

AUTRE FRAGMENT DE LETTRE.

« Au reste, tous les professeurs de Facultés des Lettres, s'ils comprennent leur position, doivent appuyer l'idée émise ; car tous ils ont à gagner quelque chose à ce que la Faculté dont ils font partie soit rendue vivace. Oui, ceux qui professent, par exemple, le grec ou le latin, auraient bien grand tort de croire que l'enseignement orientaliste, en s'établissant à côté du leur, y nuirait. Ce serait le contraire. — Pour d'anciens hellénistes paresseux, que le sanscrit sera venu réveiller de leur torpeur, le grec aura repris de la valeur. Ayant été mis en état d'y découvrir d'autres aspects, ils y retourneront avec plaisir, comme à une science qui leur sera redevenue nouvelle.

« Et il y va, sachons-le bien, de tout l'avenir littéraire de la France. — Une telle assertion peut sembler exagérée, mais seulement faute d'examen. — Oui, DE L'AVENIR LITTÉRAIRE DE LA FRANCE.

Ce n'est pas un homme ou deux qui se hasardent à en juger ainsi : les plus forts connaisseurs s'en aperçoivent.

« Il ne s'agit plus de savoir, en effet, si le vieux classicisme ordinaire *pourrait* ou non nous suffire ; car « le vieux classicisme ordinaire » est en pleine décadence. Malgré de nobles efforts de régénération, tentés à l'Ecole normale ou ailleurs, l'affaiblissement des études courantes est un fait visible, indéniable. Nos lycéens, à coup sûr, sont loin d'être hellénistes comme le fut Racine, ou latinistes comme l'étaient les disciples du bon Rollin.

» Eh bien, à l'aspect de cette marche descendante, que rien n'arrête, il est temps de savoir prendre un parti. N'eût-on pas de goût aux choses neuves en tant que plaisir et que but, il faut les accepter comme remède ; il faut s'y décider DE PEUR DE PIS. Aujourd'hui, quand toutes les études se meurent de somnolence, craindre le réveil et la nouveauté, cela n'aurait plus de bon sens. Le progrès est devenu nécessaire A TITRE DE RESSOURCE ; on en a un besoin indispensable, non plus seulement pour améliorer le *statu quo,* mais pour éviter le recul. »

IX.

UN COUP D'OEIL SUR LES CIRCONSTANCES.

Est-il possible de fermer les yeux sur la portée des suites que laisseront après eux les événements du Levant, et sur les relations permanentes qui ne peuvent manquer de résulter de ce premier grand rapprochement de l'Orient et de l'Occident !

Or, si les deux genres de chaires à établir dans toutes les Facultés des Lettres (l'une pour l'arabe des livres, et l'autre pour le sanscrit) sont nécessaires d'abord au point de vue classique ; combien aussi ne deviendraient-elles pas utiles à titre secondaire, comme fournissant de premiers échelons vers la connaissance d'idiômes orientaux plus modernes !

Le goût du persan naîtrait aisément chez les auditeurs des cours de sanscrit. Rencontrant là, sur leur chemin, la source du zend et celle du perse (*), ils suivraient avec plaisir le fil par où, de ces deux langues mortes, on est conduit au langage actuel de l'Iran. D'avance ils auraient appris à reconnaître beaucoup de racines de l'idiôme de Hâfiz et de Sa'di.

Et quant au turc, il a beau être, linguistiquement parlant, aussi étranger à la famille sémitique qu'à la famille indo-germanique : comme c'est par centaines ou par milliers qu'il s'est approprié, avec la civilisation coranesque, les mots et les phrases qui en étaient l'expression ; comme par conséquent il n'y a plus moyen d'apprendre un peu bien l'ottoman si l'on ne sait d'abord l'arabe (l'arabe classique) : c'est aux professeurs de cette dernière langue qu'en général il appartient naturellement d'être nos initiateurs pour le turc. La tâche d'en donner les premiers éléments, échoira, sans objections, aux quinze ou seize titulaires des chaires arabes des Facultés (**).

Au reste, il y aurait plus qu'aveuglement, il y aurait ingratitude, à continuer de ne rien faire de sérieux en faveur de l'orientalisme, — quand de si beaux, de si nobles essais sont tentés par ses représentants, pour abattre les barrières qui semblaient encore le séparer de la masse des étudiants ordinaires.

Ce qui se passe à présent, par exemple, est quelque chose de prodigieux. Rien d'admirable, pour la manière dont elle prend naissance, comme la *Collection orientale* qui commence à se publier.

On manquait, en général, de livres orientaux. Ou l'on ne pouvait qu'à prix d'or s'en procurer d'imprimés, ou même la plupart d'entre eux ne l'avaient jamais été, et il s'agissait de les éditer pour la première fois : besogne des plus difficiles, comme chacun sait.

(*) Voir, ci-avant, sur la langue perse, la note *f*, page 240.

(**) Bien entendu que pour le turc poussé plus loin et considéré en lui-même, il faut en outre, dans les domaines français, quatre chaires spéciales ; savoir : 1° deux à Paris (l'une au Collége de France, et l'autre à la Bibliothéque) ; 2° une à Alger, et 3° une dans la grande école orientale pratique dont on réclame l'érection, école qui pourrait être placée soit à Lyon, soit à Marseille.

La tâche n'en était pas moins devenue doublement nécessaire à cause de l'urgence ; car notre époque, à ce point de vue, n'est pas sans quelque ressemblance avec le siècle de la prise de Constantinople, temps où les souvenirs de l'Antiquité allaient périr s'ils n'eussent été sauvés par l'élan de zèle érudit qui se manifesta tout à coup, et qui tira tant de parti de la machine de Guttemberg. Ce qui se passa pour le grécisme alors, a lieu maintenant pour l'orientalisme. La décadence du monde musulman, laquelle date déjà de loin, les crises surtout qui le bouleversent depuis cent ans pour le renouveler, ont déjà fait disparaître la plupart des manuscrits anciens que renfermaient la Turquie, la Perse, l'Egypte et l'Afrique. Si l'on ne se hâtait de rassembler, de comparer et de publier les meilleurs de ceux qui restent, il ne serait bientôt plus temps pour y réussir ; et l'on aurait à déplorer la perte d'ouvrages importants, pages mémorables de l'histoire de l'esprit humain.

Eh bien, tout ce qu'on désirait va s'opérer, ou plutôt s'opère déjà, par les résolutions récentes de la SOCIÉTÉ ASIATIQUE française ; grâce surtout à la généreuse hardiesse de quelques-uns de ses membres qui, presque sans appui jusqu'à présent, soit d'en haut, soit d'en bas, ont eu le courage de concevoir et d'aborder cette œuvre colossale.

Les ouvrages orientaux les plus curieux et les plus rares, — ceux qui n'avaient été imprimés que par extraits, ou même qui ne l'avaient pas été du tout, — non seulement ils vont être publiés en entier, avec le soin raisonné qu'apportaient jadis au travail les Turnèbe et les Casaubon, mais ils ne paraîtront qu'enrichis de traductions littérales, tout bonnement écrites en français. — Or ces précieux volumes, qui réuniront au docte mérite d'une édition *princeps* l'avantage de renfermer leur vulgarisation la plus familière.., moyennant quel prix se les procurera-t-on ? — Ecoutez. — Moyennant le prix auquel on achèterait en librairie tout autre volume du même format ; un volume, par exemple, de La Martine ou de M. Guizot (*).

(*) Ils seront mis en vente à 7. 50 le gros in octavo ; — sans préjudice encore des réductions, pour quiconque a droit d'en obtenir.

De pareilles conditions sont incroyables; on pourrait presque dire qu'elles sont absurdes ; mais tant mieux, cent fois tant mieux. A quoi ne condescend pas le zèle des savants dignes de ce nom ! Jusqu'où ne va point leur amour du vrai et du beau !

Puisse-t-on les comprendre, à la fin ! les soutenir, ces savants honnêtes! — et ne pas, à force de sotte et ridicule indifférence, les obliger de rester en route! — Ils donnent, sans bruit, leur temps et leur argent : ils ne peuvent pas faire davantage. Que le public, en acceptant leur sacrifice, sache du moins en profiter.

Dans tous les cas, et soit que la masse des acheteurs, si longue quelquefois à s'éclairer, devienne ou non, d'ici à longtemps, soigneuse de s'enrichir des trésors qu'on met si complaisamment à sa portée : espérons que dans les sphères supérieures, où existe plus de compréhension, la bienveillance ne tardera pas à se manifester par des actes, et qu'à la fin les Christophe Colomb de l'orientalisme trouveront bientôt une Isabelle.

Placé qu'il est dans des circonstances favorables à toutes les rénovations fondamentales, pourquoi le Gouvernement français, dont rien ne gêne l'initiative, ne se mettrait-il pas hardiment à la tête d'une idée si féconde ? Evidemment il y a ici quelque chose à faire, et quelque chose de grand.

Or ce quelque chose, en quoi doit-il consister d'abord ?

Dans les créations, aussi faciles que bien motivées, dont le projet, soumis à un double examen, est déjà indiqué à M. le Ministre de l'Instruction publique par deux corps savants : par les deux Académies lorraines.

Une telle mesure, également éloignée du trop et du trop peu, est le début convenable dans la nouvelle voie. Quoique modéré, le pas serait décisif ; il permettrait d'attendre, et de réfléchir pour les résolutions ultérieures. — Les deux chaires d'ORIENTALISME CLASSIQUE demandées pour chaque Faculté des Lettres, c'est ce qui répond au degré actuel des besoins. *Plus* que cela n'est pas encore nécessaire ; mais, dès à présent, il ne faut pas *moins*.

ÉPILOGUE.

(1857.)

Tel est l'aspect sous lequel se montrait la question orientaliste en 1854, époque où fut publiée la seconde édition de l'écrit qu'on vient de lire. Les tendances de l'opinion n'ayant fait, depuis ce temps, que se prononcer de plus en plus, tout donne lieu de penser que l'Autorité se déterminera bientôt à quelque chose.

Si l'on ne croit pas pouvoir réaliser D'UNE SEULE FOIS ET PAR ENSEMBLE la belle création demandée, rien n'empêche d'en poser du moins le principe par un décret; sauf à n'y donner exécution que successivement, — en commençant par les parties de la France qui semblent les plus avancées sous ce rapport.

Dès à présent, il y en a une à laquelle rien ne manque pour être apte à recevoir ce bienfait, et à en tirer noblement parti.

En s'occupant, il y a déjà quelques années, d'histoire comparée et de statistique morale, un publiciste, devenu depuis lors député au Corps législatif, a dit et imprimé (1851) que si l'on voulait *faire de la décentralisation sérieuse*, il ne fallait point opérer au hasard et partout, mais choisir dans les provinces quelques points, dignes de préférence, — en prendre surtout *un* d'abord, — et puis réunir là tous les moyens d'enseignement propres à former un ensemble intellectuel.

Or, quoique fort étranger aux habitudes et aux intérêts du Nord-Est de la France, — car c'est un gentilhomme breton, — l'écrivain reconnaissait que la ville la mieux désignée, soit par son passé, soit par son présent, pour devenir le théâtre d'un tel essai, c'était l'ancien foyer vital de la Lorraine ; c'était Nancy (*).

D'ailleurs, et outre les phénomènes généraux aperçus par M. Gustave de la Tour à l'avantage du point géographique signalé, il y a, quant à l'objet dont nous parlons ici (c'est-à-dire quant à l'orientalisme), une raison très-spéciale en faveur de ce choix.

Le mouvement, en effet, est venu de là.

Quelques personnes pourront bien, sans doute, trouver étrange qu'au lieu de s'être formée à Paris, ce soit dans un centre provincial qu'ait pris naissance la pensée de rendre accessibles et profitables les études orientalistes, partage exclusif jusqu'ici d'un petit nombre d'hommes. Mais enfin, surprenante ou non, la chose a eu lieu ; dès lors elle semble porter avec elle certaines conséquences naturelles.

Par parenthèse, on s'étonnerait moins du fait lui-même, si, connaissant mieux l'histoire réelle, on savait combien d'autres initiatives, mal à propos attribuées à tel ou tel pays, sont parties de cette province, restée si longtemps souveraine, de laquelle un poète a pu dire en latin : « Mille d'entre nos progrès modernes, la Lorraine

(*) *Lorraine et France* par G. de la Tour ; p. 109 etc. (Paris, 1851, in-8°.)

» les avait devancés, de son pas silencieux; elle qui, plus » riche en mérite qu'en bruyante renommée, se mon- » tre toujours prête quand il s'agit de choses utiles, et » se porte constamment alors parmi les soldats du pre- » mier rang. »

Gressus mille novos tacito Lotharingia passu
Præcessit; meriti quàm famæ ditior, ac se
Semper in utilibus promptam, primo ordine præbens.

Ceci, à la vérité, demanderait peut-être, pour ne laisser aucun doute, quelques développements et quelques preuves ; mais nous en laissons la tâche au jeune savant qui prépare un travail sur les INITIATIVES LORRAINES.

Après tout, qu'il soit décrété que le sanscrit et l'arabe (l'arabe non point vulgaire, mais classique) feront désormais partie de l'enseignement supérieur des Lettres, et que des chaires en seront créées dans tous les sièges de rectorats : voilà le seul point essentiel. Quant au choix, plus ou moins heureux, de l'emplacement qu'on adoptera pour les débuts..., quoique ce ne soit pas chose sans importance, c'est néanmoins chose accessoire. — Peu s'en faut, même, que nous n'ayions pris le parti de ne pas dire un seul mot sur ce chapitre ; de peur de paraître localiser, et par conséquent rétrécir, une question qui intéresse toute la France.

Et cependant, au point de vue pratique, — puisque chacun est raisonnablement tenu de songer aux modes d'exécution possibles des pensées qu'il émet, — quelque chose, convenons-en, aurait manqué à l'exposé de celle-ci, si l'on n'eût fait aucune mention des lieux favorables à son développement. En se laissant aller ainsi à trop écouter le sentiment de la réserve, on fût tombé dans l'omission.

Il est bon, d'ailleurs, de ne rien exagérer. Croit-on facile, pour la contrée qui suggère un projet, de s'effacer entièrement quand vient l'heure de le réaliser? Des instincts de délicatesse lui donneraient envie, à coup sûr, de s'abstenir tout-à-fait; mais elle ne le peut en quelque sorte pas; car enfin, une idée est un drapeau, et tout drapeau a besoin d'un bras pour le porter. Se mettre en avant UNIQUEMENT PARCE QU'IL LE FAUT, ne s'y mettre QUE DANS LES LIMITES OU IL LE FAUT, ce n'est point faire acte d'orgueil; c'est simplement rester fidèle à remplir jusqu'au bout le rôle dont on s'est chargé.

Voyez de quelle manière se comporta, en pareil cas, une héroïne qui n'était certes point vaniteuse; une des figures historiques les plus sincèrement modestes qui aient jamais existé : — la vierge lorraine ; Jeanne d'Arc.

Lorsqu'à travers luttes et périls, elle fut parvenue à conduire enfin Charles VII à Reims, se fit-elle scrupule, dans la cérémonie du sacre, de se laisser placer en vue? — Point du tout.

Et pourquoi cela? — Simplement parce qu'elle tenait là son étendard. « Il a été au combat, » disait-elle : « bien juste est-il qu'il soit à l'honneur. »

ERRATA.

Page 126, ligne 12 et 15. Tirer *de* ce monde le bien du mal.
Lisez : Tirer *dès* ce monde le bien du mal.
— 147, — 12. *D'entre les néants* ; lisez : *parmi les néants*.

www.ingramcontent.com/pod-product-compliance
Lightning Source LLC
Chambersburg PA
CBHW071807020726
47502CB00004B/1026
* 9 7 8 2 0 1 3 5 3 5 3 9 7 *